Mewes Maren

Seelen-Truhe

Eine Rekonstruktion

TWENTYSIX
Eine Marke der Books on Demand GmbH

© 2021, Mewes Maren

Herstellung und Verlag:

BoD – Books on Demand, Norderstedt

ISBN: 978-3-740-78763-9

*Medienmacht und Medien-Glauben,
mit der Empörung süßem Gift,
auf dem Altar der Mehrheitsmeinung,
ihr täglich Menschenopfer frisst.*

Prolog

„Glaubst Du eigentlich an Gespenster?" Meine Cousine Lisa wirkt ernsthaft besorgt. „So wie Du durchs Haus geisterst, wirst Du bald selbst eins sein. Du musst dringend wieder unter Leute."

Sie lässt nicht locker. Und so lerne ich nicht nur ihren Mann Wesley kennen, sondern auch Sana und Karl Hoffmann. Während sie noch für das LKA aktiv ist, hat er seinen wohlverdienten Ruhestand erreicht. Sicher nicht ganz leicht für ihn. Die beiden sind soweit ganz okay und gehen mir kaum mal auf die Nerven.

Das ändert sich schlagartig als eine alte Bekannte von Karl bei einem Verkehrsunfall ums Leben kommt. „Sylvia ist keltisch und steht für Waldfee." Na ja, Rentners Hang zur Nostalgie. Ich verkneife mir das „Holla, die...!"

Und weil er spekuliert, welche bösen Mächte hinter ihrem Unfall stecken könnten, artet das Ganze auch noch in Arbeit aus. Denn plötzlich finde ich mich als Mitglied einer privaten Mordkommission wieder.

Als 'Tatort' geschulter Krimi-Konsument bin ich von Karls ersten Fragen kein bisschen überrascht. Von den Antworten schon eher.

Mögliche Motive? Die freie Auswahl! Sylvia hatte sich ja so ziemlich mit jedem, sogar mit Leuten vom Fernsehen angelegt.

Ihr Umfeld? Alles dabei. Persönliche Beziehungen, eine wissenschaftliche Community, ministeriale Krawattenträger, Kollegen einer Fernseh-Redaktion und aus ihrem Kellnerjob.

Und dann ist da noch diese unmögliche Frau, die sich als Sylvias beste Freundin ausgibt und mich partout nicht leiden kann.

Zumindest geht sie mir meistens aus dem Weg und ignoriert mich dermaßen, dass ich mich beinahe belästigt fühle. Wäre ich doch nur zu Hause geblieben!

„Es ist nicht wichtig, wer Du bist, sondern was sie denken, wer Du bist." (Andy Warhol, Künstler und Verleger)

Sylvia. „Adam Smith hat schon im 18. Jahrhundert festgestellt, dass Wohlstand am besten durch Arbeitsteilung erreicht wird. Das berühmte Stecknadelbeispiel. Selbst bei der Produktion von Stecknadeln sollte jeder einen anderen Arbeitsschritt machen", belehrt der Grauhaarige eine junge Frau, die ihm gegenüber sitzt.

Sie ist blond und hat ein Fragezeichen im Gesicht: „Na ja. So richtig geklappt hat es ja wohl nicht?"

„Das ist Sylvia Gonzales", sagt Karl zu mir. Wesley habe ich selbst erkannt, trotz seines albernen Rauschebarts.

Er schwafelt über internationale Arbeitsteilung, die rasante Entwicklung der Mobilität und Folgen der Globalisierung. „Sehr viele Länder, ganze Kontinente, kamen da nicht mit und sind heute auf Entwicklungshilfen angewiesen."

Dann Thomas Robert Malthus. Anfang des 19. Jahrhunderts sei er der Inhaber des weltweit ersten Lehrstuhls für politische Ökonomie gewesen. Das menschliche Geschlecht folgte demnach blind dem Gesetz der unbegrenzten Vermehrung.

So lange, bis die Nahrung nicht mehr für alle ausreicht. Dann würden Elend, Hunger, Krankheit und Tod so wenige Menschen übrig bleiben lassen, dass wieder alle satt werden können."

Sylvia: „Da sind wir heute weiter. Wir vermehren uns wie die Karnickel und jeder Einzelne konsumiert auf Teufel komm raus. Mal sehen, ob überhaupt welche von uns übrig bleiben."

Wes: „Bisher haben wir jede Heuschreckenplage und Pandemie überstanden. Und Umweltschutz steht doch bei allen Parteien ganz oben auf der Agenda."

Sie seufzt: „Ach ja? Der Tanz ums goldene Kalb geht weiter. Als gläubige Liberale legen wir doch nur die Hände in den Schoß und beten zur Wirtschaft, dass sie uns von allem Übel erlöse. Dafür bringen wir ihr Steuergeschenke als Opfer dar."

Wes neigt den Kopf zur Seite. Bevor er ihn schütteln kann, redet Sylvia schon weiter. „Jeder dreht sich um sich selbst und seine Klientel. Und die Medien senden nur noch für gegebene oder gewünschte Mehrheiten!"

Sie beklagt in allen Einzelheiten und mit mehr oder weniger absurden Beispielen wie ärmere Leute vom Wählen abgehalten würden. Irgendwann verheddert sie sich und verliert den Faden am Ende ganz.

„Das Forum hat das ja an den Pranger gestellt?", nutzt Wesley die Gelegenheit. Sie nickt: „Da muss man sich was einfallen lassen und den Fernsehjournalisten den Spiegel vorhalten!"

Wes gibt sich verständnisvoll. „Kaum zu glauben, wie schnell die Medien die beiden Morde wieder zu den Akten gelegt haben. Über andere Sachen reden die monatelang!"

„Richtig. Aber nicht mal mit dem Forum der Nichtwähler hatten wir eine Chance!" Sylvias Mundwinkel hängen herunter.

Wes: „Da muss man kein schlechtes Gewissen haben. Die beim Fernsehen mauscheln ja auch!"

Sie nickt. „Genau! Wir sind doch die Einzigen, die überhaupt noch dafür kämpfen, dass man in den Medien nicht nur die Argumente der Konzerne hört!"

Wes legt seine Hand auf ihre Schulter. „Mit deiner Aktion hast Du ja immerhin für Öffentlichkeit gesorgt!" Sie schüttelt den Kopf: „Das stimmt nicht so ganz!" „Wie war es denn dann?"

Sylvia: „Erst die Todesfälle haben uns in die Medien gebracht. Aber jetzt habe ich Schiss! Wäre ich doch bloß ausgestiegen."

Wes nickt ihr aufmunternd zu: „War das alles deine Idee oder die von Daniel van Haaren?"

Sie lacht: „Ach, der Daniel. Anfangs hat er sich doch nur seine alten Sendungen angesehen und sich gefreut, wenn meine Gäste ihn erkannt haben."

„Das heißt, du hast ihn erst auf die Idee gebracht?", brummt er anerkennend.

Ihre Schultern gehen nach oben. „Nee! Es hat mich ohnehin gewundert, dass er das machen wollte. Eigentlich war der doch viel zu geizig! "

Auftakt. „So, das war es schon. Der Rest tut nichts zur Sache." Karl klappt seinen Laptop zusammen und schaut uns an. „Also. Noch mal der Reihe nach. Der Fake-Talk ist tatsächlich ausgestrahlt worden?" Ich kann es immer noch nicht glauben: „ARD und ZDF haben das gesendet? Kritik an der eigenen Arbeit?"

Karl: „Natürlich nicht freiwillig. Aber nachdem Kemal und Alfred getötet worden waren, blieb ihnen nichts anderes übrig. Sonst hätten die Privaten das ausgeschlachtet."

„Okay. Und wie ging es dann weiter?" Karl: „Nach dem Sana diesen van Haaren überführt hatte wurde klar, dass es eine reine Fake-Veranstaltung war. Von da an hat sich niemand mehr für das Forum der Nichtwähler interessiert. Auch über van Haaren wurde kaum noch etwas berichtet. Der hatte das Ganze ja nur organisiert, um wieder mal ins Fernsehen zu kommen."

Wes schaut aus dem Fenster: „Wo ist Sana eigentlich?" Karl folgt seinem Blick. „Die ist im Job. Da stehen Veränderungen an."

Mir fällt auf, wie ähnlich sich die beiden sind; schmale Gesichter, hohe Stirnen unter dünnen, beinahe unsichtbaren Haaren. Opa-Typen?

Okay. Glashaus? Ich bin ja auch schon in Rente, aber noch Junggeselle. Eine „deprimierende Kombination!" war mir gestern gegenüber dem Kellner meiner Stammkneipe heraus gerutscht.

Nein, er hat nicht gelacht, sondern glaubte mich aufmuntern zu müssen: „Jung und Geselle klingt doch besser als Ehemann. Verstehst Du? Ehemann, also ehemaliger Mann? Jemand, der vor seiner Heirat mal ein Mann gewesen ist."

Wes sieht Karl irritiert an: „Du glaubst nicht an einen Unfall?"
Hmh? Ich habe den beiden doch nur einen kurzen Moment nicht zugehört, aber wohl etwas Wichtiges verpasst.
Die beiden sehen sich an. Nachdenklich. Ein wenig zu lange.
„Wie kommt ihr denn auf so was?", unterbreche ich ihr Schweigen.
Karl nickt zögernd: „Klar, das Forum war Fake. Aber Leute, bei denen die Sendungen so ankommen, wie bei den Nichtwählern des Forums, gibt es tatsächlich."
Wes: „Du meinst, weil die ersten Toten ja Wortführer in den Talkshows waren und Sylvia in der dritten Show die Hauptrolle spielte, ist sie jetzt auch tot?"

Anna. Sie ist so hübsch und blond wie Sylvia, aber um einiges älter. Mit ihrer zierlichen Statur hätte ich sie deutlich jünger eingeschätzt und nicht für Ende fünfzig gehalten. Ihre kleinen Falten fangen das Licht ein und verleihen ihrem Gesicht eine beinahe überirdische Aura. Daran ändert auch ihr komisches Schlabberkleid mit den großen Blumen nichts. Ich fühle mich in die 80er Jahre zurück versetzt.
Nach einem kurzen Nicken zur Begrüßung führt Karl wenig charmant ein: „Sie haben mit Sylvia zusammen studiert? Aber Sie arbeiten an ihrer Doktorarbeit. Wie habe ich das denn zu verstehen?"
Sie lächelt süffisant: „Weil ich schon eine alte Frau bin? Na ja. Ich muss nicht arbeiten. Und mein Ex wollte, dass ich schnell fertig werde." Es stellt sich heraus, dass Anna trotz ihrer ganz anderen Lebensumstände tatsächlich eine enge Freundschaft mit Sylvia verbunden hat. „Sie war echt taff. Zwanzig Stunden kellnern, im Studium das volle Programm. Und über was sie sich alles Gedanken gemacht hat", schwärmt sie uns vor.
Karl, skeptisch: „Über was alles? Können Sie mir ein Beispiel nennen?"

Sie breitet ihre Arme aus. „Dass die Konservativen den Klimawandel unterschätzt oder sogar ignoriert haben. Die vielen Toten im Westen. Und die Medien? Die machen täglich neue Schuldige aus. Eigentlich müsste das den Grünen in die Hände spielen."

Hmh? Das war nicht die Frage. Auch Karl ist irritiert: „Da war ihre Freundin doch schon tot?"

Anna: „Ja, ja. So, wie ich Sylvia verstanden habe, geht es um die prinzipielle Frage, ob die Wähler wollen, das etwas dagegen getan wird oder ob es ihnen wichtiger ist so lange wie möglich weiter machen zu können, wie bisher."

Karl, abfällig: „Und so etwas hat die junge Frau Gonzales beschäftigt?"

Sie bläst die Backen auf. „Pfft. Wenn in einer Sendung zu den Folgen des Klimawandel über den Lebenslauf und das Buch der Baerbock und dann erst über die Umweltkatastrophe berichtet wird, muss man sich schon fragen, was unsere Medien da eigentlich machen."

Ich bleibe höflich: „Worauf wollen Sie hinaus?" Anna sieht Karl mitleidig an. „Einfältige Menschen wie ihr Begleiter vermuten dann einen Zusammenhang."

Karl verdreht die Augen: „Zwischen dem Buch und den Überflutungen?"

Sie nickt: „In einem Internetforum hat eine Frau Annalena Baerbock als grüne Hexe betitelt. Und behauptete, beweisen zu können, dass auch schon mal ein Urahn von ihr auf dem Scheiterhaufen gelandet wäre."

Sie seufzt: „Die Frage ist doch, warum die Medien nicht mehr über die Risiken eines 'weiter so' berichten, sondern die notwendige Klimapolitik als Schreckgespenst an die Wand malen."

Karl schüttelt den Kopf: „Und? Was glauben Sie?" Anna: „Sylvia meinte, dass die Reportagen von ARD und ZDF zwar korrekt und auch differenziert informieren."

Ihre Miene verfinstert sich. „Das schlägt sich aber in den Talkshows und Nachrichtensendungen kaum nieder."

„Warum sollte das so sein?" Anna: „In ein paar Wochen sind doch Wahlen." Karl, ironisch: „Die Bündnis-Grünen werden also benachteiligt?"

Anna: „Die Wahlergebnisse sind doch nur für die Parteien wichtig. Egal ob schwarz-grün, rot-grün oder grün–rot mit oder ohne gelb koalieren. Die Politik wird bei ihrem Klein-Klein bleiben."

Karl, interessiert: „Und eine große Koalition schließen Sie aus?" Sie zuckt mit den Achseln: „Wer weiß. Bevor es zu rot-rot-grün kommt oder zu schwarz-gelb-braun." „Braun?" „Na AfD." „Das ist unmöglich!"

Anna: „Zur Zeit machen die Öffentlich-rechtlichen doch eine Castingshow auf dem Niveau von 'Germanys nextTopmodell'."

Ich wundere mich schon einige Zeit. Wieso duldet Karl, dass sie seine Fragen zu einem politischen Diskurs nutzt.

Das ist ihm wohl auch bewusst geworden: „Können wir das Thema jetzt bitte lassen?" „Ist vielleicht besser. Nachher gehen Sie noch auf mich los", lächelt sie zuckersüß.

Er atmet durch: „Sind ihnen weitere Kommilitonen bekannt mit denen Sylvia befreundet war?" Sie denkt kurz nach und schüttelt dann den Kopf.

„Mit wem hat sie denn gemeinsam das eine oder andere Seminar besucht oder in einer AG zusammengearbeitet?", gibt er nicht auf.

„Hmh. Einige. Vielleicht ein knappes Dutzend. Ich glaube nicht, dass davon jemand eine engere Verbindung zu Sylvia hatte", antwortet sie zögernd.

Karl: „Und andersherum? Ist jemand dabei, der sich ihr gegenüber besonders distanziert oder abweisend gegeben hat?"

Anna sieht ihn erstaunt an. „Eigentlich war sie sehr beliebt. Na ja, die Nadja vielleicht."

Sie lacht: „Eine Streberin vor dem Herrn. Vor dem Herrn Professor, genau genommen. Sie wollte unbedingt eine der Assistentenstellen ergattern."

„Ist die denn gut? Ich meine Noten mäßig." „Ja, ziemlich. Noch besser als Sylvia. Trotzdem war sie eifersüchtig."

Karl: „Woran machen Sie das fest?" „Sie hat blöde Anspielungen gemacht. Zum Beispiel auf Sylvias Kellnerjob. So nach dem Motto: „Wie ist das mit dem Trinkgeld? Wackelst Du mit dem Hintern und zeigst Deine Möpse? Oder machst Du noch mehr dafür?" Sie schüttelt sich angewidert.

Er: „Sonst noch jemand?" „Hmh? Der Niklas vielleicht. Einerseits tut er so als würde er sie gut kennen und andererseits gibt er sich ihr gegenüber sehr distanziert."

„Kannten die sich denn von früher?" „Scheint so. Vielleicht von einem Ferienjob oder so. Sylvia hat mal erwähnt, dass sie sich vor gut zwei Jahren mal bei einem Projekt begegnet sind." Und so geht es weiter. Nichts besonderes. Oder doch?

Karl: „Sie haben kein Alibi, aber jede Menge Gelegenheiten. Und ein Motiv lässt sich sicher noch finden."

Das klingt nicht gerade freundlich, gehört aber wohl zu seinem Job. Auch, dass er nun hartnäckig darauf herumreitet, muss wohl so sein.

Doch dann geht er eindeutig zu weit. „War sie vielleicht das Schneewittchen und hat Ihnen täglich vor Augen geführt, dass sie zu alt sind und nicht mehr mithalten können?"

Anna sieht ihn mit aufgerissenen Augen an und presst ihre Lippen zusammen. Nein, sie weint nicht. Doch wie sie darum kämpft ihre Tränen zurückzuhalten, macht mich wütend.

„Sag mal spinnst Du, Karl? Was hat die Frau Dir denn getan?", platzt mir dann auch der Kragen.

Er sieht mich an. Irritiert? Verlegen? „Okay, ich habe da wohl ein bisschen übertrieben."

„Ein bisschen ist gut! Du machst das nicht noch mal! Hast Du mich verstanden!", schnauze ich ihn an. Er sieht mich an. Hält er mich für zu empfindlich?

Nein, er nickt nur. Der Anpfiff kommt von der anderen Seite. Ausgerechnet Anna nimmt ihn in Schutz: „So können Sie nicht mit ihm reden. Er macht doch nur seinen Job. Ich denke, Sie sind Freunde?" Das darf doch wohl nicht wahr sein.

Karl sieht sie erstaunt an, schüttelt den Kopf und wendet sich mir zu: „Ulrich. Bitte geh doch schon mal vor. Ich komme nach."

Muss ich das jetzt verstehen? Die beiden warten offenbar darauf, dass ich gehe und sie allein lasse. Okay, das können sie haben. „Gerne. Nichts lieber als das!", zische ich und verschwinde.

Der Korridor passt zu meiner Laune. Die grauen Wände sind vergammelt, die Reste der Farbe blättern ab oder sind von Schmiereien überdeckt.

Okay. Ein Studentenwohnheim. Trotzdem. Ich kann mir einfach nicht vorstellen, das Anna hier zu Hause sein soll.

Obwohl er schräg gegenüber von ihrer Zimmertür steht, bemerke ich ihn erst jetzt. Ein Student und Mitbewohner? Sein Gesicht von mir abgewandt.

Die breiten Schultern in dem dunklen Anzug deuten eher auf einen Bodyguard oder Banker hin, der sehr viel Kraftsport treibt.

Egal. Ich gehe an ihm vorbei in Richtung Ausgang. „Lass bloß die Finger von ihr!", glaube ich ein leises Knurren zu hören. Ich sehe mich nicht um. Wahrscheinlich kam das ja aus einem der angrenzenden Räume, wo die Tür nur angelehnt ist.

> *„Erinnerung .... ist Vergangenheit in der Gegenwart."*
> *(Karin Jahnke, Realschullehrerin)*

Niklas. Zu Hause haben wir ihn nicht angetroffen. In der Uni klappt es schließlich. Anna sei Dank. Denn wir wussten ja nicht mal wie der Typ aussieht.

Er sitzt in der Mensa an einem Tisch. Karl bittet Anna uns allein zu lassen. Weil ihre Anwesenheit den Typen irritieren könnte? Sie geht dann auch. Widerwillig. Nachdem sie ihm noch einen vielsagenden Blick zu geworfen hat.

Karl sitzt schon neben dem gesuchten Studenten, der sich darüber nicht gerade freut. So interpretiere ich zumindest seine abweisend blasierte Miene. Niklas ist ein hübscher Kerl; schmales Gesicht und dunkle Haare.

Ich ziehe einen Stuhl heran und nehme ihm gegenüber Platz. „Also, woher kennen Sie Sylvia?", fragt Karl offenbar nicht zum ersten Mal. Die Antwort kommt amüsiert und schnöselig: „Kennen geht nicht. Da sie tot ist kann ich sie nur gekannt haben." Karl patscht mit der Hand auf den Tisch. „Und?"

Niklas zieht die Mundwinkel nach unten. „ich weiß zwar nicht, was Sie das angeht. Aber ich will Sie ja nicht dumm sterben lassen."

Er verschränkt die Arme vor der Brust. „Wir haben beide mal gemeinsam an einer Diskussion teilgenommen. Das wissen Sie sicher." „Ja und?"

„Da haben wir sogar ein paar Euro für bekommen. Sylvia brauchte die Kohle." „Und weiter?" „Nichts weiter. Ich kannte sie ja vom Sehen. So groß ist unsere Uni ja auch wieder nicht."

„Wie war das denn? Ich meine die Diskussion. Haben Sie sich da mit ihr gefetzt?"

Niklas verdreht die Augen. „Gefetzt? Wo haben Sie denn den Ausdruck her? Klar, wir haben unterschiedliche Positionen vertreten, sonst wären wir ja nicht eingeladen worden." „Und Sie? Brauchten Sie auch das Geld?"

„Pfft. Die paar Euro. Nee, nicht wirklich. Das macht mein Taschengeld nicht fett." „Und warum haben Sie dann mitgemacht?"

Seine Schultern heben sich ein Stück. „Ach. In einem Seminar hat sie damit geprahlt, dass sie in so einem Forum wäre. Sie hat uns eine Aufzeichnung davon vorgespielt. Na, ja ein Stück davon." „Ja und?"

„Primitiv, grob und dumm. Das habe ich ihr auch gesagt. Dann hat sie mich provoziert, ich sollte es doch besser machen, wenn ich könnte." „Und haben Sie?" „Ja klar."

„Das ist doch sicher aufgezeichnet worden. Können Sie mir das mal zeigen? Oder mir Ihren Nicknamen nennen unter dem Sie teilgenommen haben?"

„Nee, kann ich nicht. Und mein Nickname geht sie nichts an." Niklas Arme sind wieder vor der Brust.

Karl: „Okay. Frau Gonzales hat sich ja sehr engagiert. Dafür gab es doch sicher auch noch andere Gründe?"

Niklas zuckt mit den Achseln: „Keine Ahnung. Ideologisch und sozialistisch war sie ja schon immer. Die Medien hatte sie erst später auf dem Kieker. Etwa zu der Zeit als sie diese Doktorandin kennen gelernt hatte.

Karl: „Und die Aufzeichnung?" Niklas grinst mitleidig: „Sylvia hat mir eine angeboten. Ich habe aber dankend abgelehnt."

„Hat sie den Mitschnitt denn sonst irgendjemandem gezeigt? Einer Freundin? Einem Freund?"

Niklas lacht verächtlich. „Vielleicht der Anna. Jonny wohl eher nicht. So eifersüchtig, wie der ist. Sie hat sich ja in der Diskussion ziemlich in den Vordergrund gespielt. Würde mich nicht wundern, wenn da noch mehr gelaufen wäre."

Verloren. Ich habe es sofort bemerkt und wollte auch schon wieder einsteigen. Doch die U-Bahn fuhr gerade los. Mit meinem Portemonnaie, das mir aus der Tasche gefallen war.

Und damit auch Personalausweis, Führerschein, Kredit-, Versicherungskarten, ein Zettel mit den Pin-Codes und gut hundert Euro in bar.

Stellen Sie sich vor, Sie tragen seit fünfzig Jahren ihre ganze Identität mit sich rum, immer in der rechten Gesäßtasche ihrer Hose. Und plötzlich ist da nichts mehr.

Phantomschmerz wäre übertrieben, aber unwillkürlich fasse ich immer wieder dahin, kann nicht glauben, dass da nichts mehr sein soll.

Die Telefonate mit der Bahngesellschaft, der Bank und der Polizei verhinderten, dass ein unehrlicher Finder sich an meinem Konto bedienen konnte. Eine Suchanzeige beim Fundbüro blieb ergebnislos. Schade, ich hätte mich gerne mit ein paar hundert Euro bedankt.

Um die gewichtslose Leere auszufüllen, habe ich mir ein altes ausrangiertes Portemonnaie in die Hose gesteckt.

Eigentlich kein Problem. Bis auf die Tatsache, dass sich darin noch das Bild eines lachenden Mädchens befindet. Ich weiß nicht, ob sie mich auslacht oder provozieren will.

Obwohl es mich stört, kann ich mich nicht überwinden, es herauszunehmen und wegzuwerfen. Nostalgie?

Mit Anne-Mona war ich früh zusammen gekommen. Ein schönes Mädchen, das zu mir gehörte, wie ich zu ihr. In meiner jugendlichen Überzeugung war ich sicher gewesen, das sich das auch niemals ändern würde.

Und da sie das genau so sah, waren wir sogar schon zum Amt gegangen und hatten bereits die Sondergenehmigung für unsere Heirat erhalten. Die Volljährigkeit galt damals ja erst ab 21. Doch wir wollten nicht abwarten bis auch sie so alt war, sondern sofort mit dem Rest unseres Lebens beginnen.

Wie war das noch? Erstens kommt es anders und zweitens als man denkt. So war es dann auch bei uns gewesen.

Es begann mit einem Zeitungsartikel über die Karnevals-Party in der örtlichen Diskothek. Das war Ende der 80er ja noch ein berichtenswertes Ereignis.

Und wir legten auch großen Wert darauf, nicht so spießig wie unsere Eltern zu erscheinen.

Tja, wie war das mit den Geistern, die ich rief? Jedenfalls artete das Ganze in ein ausschweifendes Tanzgelage aus, bei dem wir uns alle Mühe gaben, möglichst unanständig zu erscheinen.

Gegen Mitternacht musste ich los, weil das Vaterland mich rief und ich am nächsten frühen Morgen meinen Wehrdienst antreten musste.

Der Dienst an der Waffe stand in unserer Clique nicht gerade hoch im Kurs. Und so hatte Anne-Mona nur ihrer besten Freundin davon erzählt.

Und die ließ mich das an diesem Abend auch spüren. „Schlimm, dass Du Dich dafür entschieden hast, Deinen Kadaver zu opfern. Aber dass Du Anne-Mona auch noch die Party versaust, ist das allerletzte."

Klar, Moni, wie ich sie nannte, wollte mich natürlich zum Zug bringen. Doch um souverän zu erscheinen, heute würde man sagen cool, bat sie doch noch ein Stündchen oder so zu bleiben: „Du kannst doch Deine Freundin nicht alleine lassen." Sie wehrte sich mit Händen und Füßen, aber ich blieb hart und machte mich schweren Herzens allein auf den Weg.

Tja. Als ich am übernächsten Wochenende zurückkam, stand meine kleine Welt auf dem Kopf. In unserer Tageszeitung zeigten mehrere Fotos eine strahlende Anne-Mona. Sie hielt ein Bierglas in die Kamera. Und sie war nicht allein. Der Arm eines Mannes lag um ihre Hüfte und ihr Kopf an seiner Schulter.

Hmh? Deshalb nannte man die Überschrift zu einem Artikel wohl auch Schlagzeile. Denn die „jungen Partyluder außer Rand und Band" hauten mich regelrecht um.

Und so verbrachte ich die Nacht in meinem Elternhaus anstatt sofort zu ihr zu fahren. Ich musste den Schock erst mal verdauen, bevor ich mit ihr reden konnte.

Aus der 'Bravo' wusste ich ja auch, dass Eifersucht kein guter Ratgeber ist und eine beleidigte Leberwurst Gift für die Gefühle.

Keine Ahnung, warum es überhaupt nicht mehr zu einem Gespräch gekommen ist. Ich erinnere mich nur noch daran, dass meine Bekannten aus Kneipe und Nachbarschaft mich in den darauf folgenden Tagen mit Zeitschriften versorgten.

Bei aller Unterschiedlichkeit hatten die eines gemeinsam; Berichte über die Party in besagter Diskothek, die inzwischen von einem regional bekannten Jugendtreff zu einer berühmt, berüchtigten Örtlichkeit geworden war.

In einigen Artikeln waren Anne-Monas Fotos mit anderen Bildern zur knallbunten Kollage vermengt. So sollte wohl das ausschweifende Nachtleben der ´heutigen´, also damaligen, Jugend dokumentiert werden.

Peinlich berührt wartete ich darauf, das sich das Thema bald von selbst erledigt haben würde.

Vom Sommerloch bei den Medien redete damals ja noch niemand. Aber es gab es schon und ließ mich nicht zur Ruhe kommen.

In den regionalen Zeitungen wurde jedenfalls in Ermangelung von Fakten über alles mögliche spekuliert. Zum Beispiel, ob nicht einige der Damen auf den Fotos dem horizontalen Gewerbe nach gingen.

Oder darüber, welche Rolle Manni, der Diskothekenbesitzer dabei spielen könnte.

Von nun an drehten sich meine Gedanken um Anne-Mona und die hemmungslose Partyszene. Nein, nicht immer, aber doch so regelmäßig, als hätte ich sie abonniert.

Im Laufe der Zeit verschwamm meine Erinnerung und wurde lückenhaft. Andererseits fielen mir Szenen ein, bei denen ich mir anfangs gar nichts gedacht hatte. Zum Beispiel sah ich Anne-Mona so nah und vertraut bei Manni stehen, dass sie sich nicht mal anschauen mussten. Moni und Manni?

Darüber stand natürlich nichts in der Zeitung. Aber ganz ohne Grund würden die ja solche Artikel nicht ausgerechnet neben einem Foto von ihr platzieren.

Das Gesicht unkenntlich gemacht? Von wegen! Der Balken über ihren Augen war eher eine schmale Maske, wie bestimmte Damen sie bei ihrer Arbeit tragen.

Mein kleiner Bekanntenkreis stand mir zu Seite. Die Schulter klopfende Anteilnahme für mich, den Hampelmann, was alles andere als schön.

Nein. Ich habe Anne-Mona nie darauf angesprochen. Was hätte das schon gebracht? Außer, dass sie sich über mich auch noch lustig gemacht hätte. Naives Landei oder so.

Christian1. Vielleicht hätte ich Wes nichts davon erzählen sollen, denn mein sonst so nüchterner Kumpel wurde ein wenig emotional: „Vierzig Jahre! Wenn man jemanden so lange kennt gehört der quasi zur Familie. Das kann man sich nicht mehr aussuchen."

„Wie kommst Du denn jetzt darauf?", frage ich erstaunt. Er zuckt mit den Schultern. „Ach, es gibt da jemanden mit dem ich solange befreundet bin oder war." Soll vorkommen, denke ich mir, sehe aber dass es ihn beschäftigt und frage nach.

„Wir haben mal in der gleichen Behörde gearbeitet. Da waren wir jung, haben mit anderen Kollegen so einiges unternommen. Auch für verlängerte Wochenenden weggefahren. Trainingslager haben wir das genannt."

Er lacht: „Dreikampf. Fußball, Tennis und einarmiges Reißen, also Saufen. Gewandert sind wir auch." „Okay?" Ich frage mich, warum er mir das erzählt. Das erklärt er mir dann auch. Dieser Freund, Kollege oder alter Bekannter namens Christian wohnte inzwischen weit weg.

Als sie noch in der selben Behörde arbeiteten, hätten sie viel Kontakt gehabt. Gemeinsame Mittagspause und die gleichen Kneipen.

Eigentlich habe er, Wes, manche Sozialkontakte erst über Christians Freundin Gertrud gefunden.

Ich verdrehe die Augen. „Und Christian selbst?" „Ach, der kam mir vor allem in den ersten zehn Jahren sehr souverän vor, ja manchmal sogar arrogant. Während ich froh war in der nachgeordneten Behörde untergekommen zu sein, sprach er schon davon bald in ein Ministerium zu wechseln. Dazu kam es dann auch. Doch da er weiterhin in der Nähe wohnte änderte sich nicht viel. Er war und blieb der kluge Gesprächspartner, der sich mit meinen Ansichten ernsthaft auseinandersetzte."

Er verzieht das Gesicht. „Entweder hat er meine Gedanken weiter fundiert oder ihre Konstruktion zum Einsturz gebracht. Dafür bin ich ihm heute noch sehr dankbar."

„Und da gab es nichts, was Dich gestört hat?" „Selten", weicht er aus. Ich hake nach: „Zum Beispiel?"

Ich weiß nicht, ob er wirklich so lange überlegen muss oder ob er nur widerwillig darüber reden will. Es dauert jedenfalls.

„Na, ja, das ist schon ziemlich lange her. Anfang oder Mitte der 90er Jahre. Ich war ein paar Jahre schon in einer Clique, der die Segelei sehr wichtig war."

Er zögert: „Ich war sicher nicht der große Crack wie Alex, der schon als Kind mit einer Jolle unterwegs war. Aber ich war auch kein Anfänger mehr, so dass wir ein paar Mal über Pfingsten mit mehreren Jollen in Friesland unterwegs waren. Alex war immer souverän und tolerant; er sparte auch nicht mit Anerkennung für uns normal sterbliche Skipper."

„Ich dachte, es geht um Christian und nicht um diesen Alex?" „Ja, ja. Ich war nur so begeistert, dass ich mit einem kleinen Boot, einem Stück Segel und dem Wind durch die Seen und Kanäle so fahren konnte. Ich war ein bisschen stolz darauf, so eine Jolle zu führen."

„Was hat das mit diesem Christian zu tun?" „Tja, einmal ist der mitgekommen. Er war ja auch mit Alex befreundet. Wurde aber meiner Crew zugeteilt. Keine Ahnung, was mit ihm los war. Lustlos wäre untertrieben."

Wes atmet aus: „Er ignorierte meine Hinweise für beinahe jedes Manöver, maulte nur herum, dass das doch alles blöd wäre, er auch keine Lust hätte und lieber auf dem Boot von Alex wäre, der wenigstens Segeln könnte."

Sein Versuch zu lachen scheitert. So deprimiert habe ich ihn noch nicht erlebt. Ich frage nach: „Hatte Christian denn so viel Erfahrung. Dass er das beurteilen konnte?"

„Soweit ich weiß, war er zum ersten Mal auf so einer Jolle."

„Und wie war das sonst mit den Mitseglern auf Deinem Boot. Ich meine bei anderen Törns?"

„Klar, ich war nicht perfekt, aber machte meinen Job ganz ordentlich. Und die anderen hatten Spaß dabei, unterstützten mich als Skipper und wenn wir angekommen waren, gab es immer ein gegenseitiges Schulterklopfen."

Hmh? „Warum ist Christian denn überhaupt mitgekommen, wenn es ihm keinen Spaß macht?" Wes sieht mich erstaunt an. „Keine Ahnung."

„Tja, wenn das tatsächlich so war, dann ging das gegen Dich. Oder er war sauer, weil er nicht auf dem Boot von diesem Alex war. Das läuft letztlich aufs gleiche raus", stelle ich fest und hake nach. „War das nur dieses eine Mal so, das er Dich, äh, so abgetan hat?"

Er zuckt mit den Schultern. „Na ja, schon ein paar Mal, aber das habe ich nicht so ernst genommen. Bei der Segelei war ich wohl sehr empfindlich. Ich glaube, die meisten Segler sind da recht eitel."

Hmh? Vielleicht muntert ihn ja ein anderes Thema auf: „Und seine Freundin Gertrud?" „Die ist jetzt seine Ehefrau. Sie war schon immer *'a class of its own'*.

„Eine ungewöhnliche Beschreibung." Er nickt heftig: „Ist sie ja auch. Wir waren selten einer Meinung, denn ihre Sicht auf die Welt steht in einem zirkular reziproken Verhältnis zur Logik und Realität."

Kopfschüttelnd fährt er fort: „Eine Frau, die es eigentlich nicht geben kann. Eine altruistische, egomane Prinzessin für die Naturgesetze nicht gelten. Sie war missionarisch und ließ andere kaum zu Wort kommen. Andererseits habe ich es selbst erlebt, dass sie sofort bemerkt, wenn es jemandem nicht gut geht. Dann hört sie nicht nur zu, sondern stellt auch Fragen, die Deine Perspektive positiv verändern. Für mich war das immer sehr hilfreich. Sie scheut sich auch nicht in aller Öffentlichkeit jemandem beizustehen, selbst wenn sie dafür selbst Ärger bekommen könnte."

„Geht es Dir um Christian oder um Gertrud?" Wesley: „Um Chris. Der Name bedeutet übrigens 'der Steinharte, der aus dem Sumpf kam'." „Und Du meinst, das passt?"

Er lehnt sich zurück. „Na ja, auf seiner Hochzeit habe ich auch seine Mutter kennen gelernt, eine starke Frau, die ihm viel Wärme gegeben hat." „Warum betonst Du das so?"

Wes: „Keine Ahnung. Vielleicht, weil ich das selbst nicht erfahren habe."

Er zögert: „Wenn meine Eltern mir nahe kamen, dann hatte ich etwas ausgefressen und es gab Haue. Was meinem Vater noch unangenehmer war als mir selbst. Also haben wir uns Mühe gegeben, uns nicht in die Quere zu kommen."

„Ungeliebtes Kind?" „Eher ungeliebte Eltern. Die hatten es nicht leicht. Stell Dir vor, Du wärst 1945 Teenager gewesen."

Nachdenklich fährt er fort: „Manchmal denke ich, dass mein Vater so viel Pech hatte, weil er das Quentchen Glück, das jedem zusteht, mir überlassen hat."

Mein Blick ist wohl Frage genug. Er nickt: „Ich lebe schon zehn Jahre länger als er, bin gesund trotz meines Lebenswandels, habe eine akademische Laufbahn gehabt und dass bei einem Volksschulzeugnis, das nicht mal für eine Lehrstelle gereicht hatte und vieles mehr. "

Ich versuche den Überblick zu behalten: „Und deshalb....?" Wes nickt bekümmert. „...fehlt mir emotionale Kompetenz und Selbstbewusstsein."

Hmh? Keine Ahnung, was er damit sagen will. „Und da war Chris anders?" „Ich glaube, er hat gemerkt, das bei mir etwas nicht stimmt. Trotzdem hat er mich zu seinem Trauzeugen gemacht."

„Darüber hast Du Dich sicher gefreut?" „Nein. Ich war stolz darauf. Wusste aber nicht, wie ich mich verhalten sollte."

„Und dann?" Wes: „Keine Ahnung. Er war ja mit Gertrud zusammen und ich immer noch unterwegs. Ich weiß nicht, was davon schwieriger war. Für mich habe ich rückblickend eingesehen, dass ich für viele Frauen ein ideales Objekt war, um das 'Frösche-an-die-Wand-klatschen' zu üben."

Hmh? Frösche. Eigentlich kein schlechtes Symbol, aber im Bett für Frauen der Albtraum schlecht hin. Okay. „Und das hat er kritisiert?" „Na ja, zu recht." „Aber?"

„Na ja, vor zwanzig Jahren glaubte ich, die Frau fürs Lebens gefunden zu haben."

Er atmet durch: „Im Überschwang der Gefühle habe ich dann Chris angerufen, um mein Glück mit ihm zu teilen." „Ja und?"

„Er fühlte sich belästigt. Jedenfalls würgte er mich sofort ab: 'Und für so was rufst Du mich an?' Ich habe mich dann nicht mehr getraut meine Verlobung zu erwähnen." „Okay?"

„Tja, da wurde mir bewusst, was er wirklich von mir hält." „Und dann?"

„Keine Ahnung. Ich habe es wohl vergessen. Denn irgendwie hat er ja recht behalten."

"Die Wahrheit ist das Kind der Zeit, nicht der Autorität."
(Bertold Brecht, Dramatiker und Lyriker)

Sana. „Ich musste mir von meinem Chef so einiges anhören. Er meinte, ich hätte es ja selbst erlebt, dass die Kritik an den öffentlich-rechtlichen Sendern nur eine Fake-Veranstaltung gewesen war. Von den Russen finanziert. Dabei hat dieser Doktor, Doktor Wegener, mich von oben herab angesehen. Nicht nur, weil er größer ist als ich", knurrt Sana gereizt. Karl nickt ihr beruhigend zu.

Sie streckt ihm ihre rechte Hand entgegen: „Natürlich habe ich ihn korrigiert. Schließlich waren es nicht die Russen sondern ein Amerikaner, der sich rächen wollte. Aber das war ihm egal."

Ihre Ellenbogen auf den Tisch gestützt äfft sie ihn nach: „Es geht doch nur darum, dass das Forum der Nichtwähler ein Fake gewesen war."

Sie seufzt: „Ich habe ihn dann darauf hingewiesen, dass es die Sendungen, die kritisiert wurden, ja tatsächlich gegeben hat." Karl: „Was wollte er eigentlich von Dir?" Sie nickt: „Das habe ich ihn auch gefragt. Er hätte mich ja wohl nicht zu sich zitiert, um diese alte Geschichte aufzuwärmen." „Eben!"

Sana: „Tja, er meinte dann, ich wäre ja in den Medien hoch gelobt worden, weil ich die Hintergründe dieses Fake-Forums entlarvt hätte. Und jetzt meine der Innenminister, dass ich zu höherem berufen sein könnte."

Karl: „Hmh? So etwas vom Wegener? Das ist ihm sicher schwer gefallen. Und was heißt das jetzt?"

Sie hebt ihre Schultern an und lässt sie wieder fallen. „Im ZOK soll ein neues Dezernat eingerichtet werden." „Hmh?"

„Na, der Forums-Fall hätte ja gezeigt, dass Korruption sogar bei den Medien und in der Politik nicht völlig auszuschließen wäre." „Ja und?" „Du kennst Wegener doch. Natürlich musste er sich wichtig machen." Sie lacht: „Er gab den Nikolaus, der seinen Rucksack mit den Geschenken öffnet."

Karl: „Und was war drin?" „Es geht um die Leitung des neuen Dezernates. Die Stelle soll mit einem Regierungsdirektor, vielleicht so gar einem leitenden, besetzt werden."

Sie zögert: „Also A15 oder A16. Und der Innenminister hätte dem Innenausschuss vorgeschlagen, das die Leitung mir übertragen werden sollte." Karl: „Dann ist ja bald Bescherung?"

„Nicht so schnell. Ich habe mich natürlich gefragt, warum ausgerechnet Wegener mir so etwas erzählt?"

Sie sieht ihn an: „Eine solche Beförderung wäre sicher eine kleine Sensation. Vom gehobenen gleich so in den höheren Dienst?" Wesley: „Was willst Du damit sagen?"

Sana: „Eine so freudige Nachricht ausgerechnet von dieser doppelt promovierten Nebelkrähe? Da gibt es doch wichtigere Leute, die so etwas nicht entgehen lassen und es auch noch medienwirksam ausgestalten würden."

Karl: „Die Sache hat also einen Haken?" Sie nickt: „Ich habe ihn danach gefragt. Er war pikiert, dass ich so über ihn denken würde. Das war so überzeugend, dass ich mich sogar bei ihm entschuldigt habe." Ihr Mann sieht sie verwundert an.

Sana: „Dann haben wir erst mal über Routine-Dinge geredet und es schien alles in Ordnung zu sein. Das änderte sich, als ich ihn auf die alten Unterlagen des Forums angesprochen habe."

Ihre Schultern gehen hoch: „Die hatte ich ja angefordert. Das ist aber abgelehnt worden."

„Hmh? Wir haben das doch alles im Zuge der Ermittlungen vor zwei Jahren schon gesehen." Er schüttelt den Kopf: „Was hat er denn dazu gesagt?"

Sie hebt die Schultern hoch. „Er meinte, wenn überhaupt, ginge das erst, wenn ich die Stelle im neuen Dezernat schon angetreten hätte." „Wieso das denn?"

Sana: „Hat er nicht gesagt. Statt dessen fragte er mich, ob ich mir bewusst wäre, dass ich als Dezernatsleiterin beim ZOK eine neutrale Perspektive behalten müsste."

Wesley: „Klar, neutral und objektiv musst Du schon sein. Es geht schließlich um organisierte Korruption. Aber das ist wohl nicht gemeint. Oder?"

Sie schüttelt den Kopf. „Der Dr. Dr. hat mir einen langen Vortrag gehalten über Fingerspitzengefühl und Diskretion. Ich musste mehrfach nachfragen, um zu verstehen, was er mir sagen wollte. Auf den Punkt gebracht lief es darauf hinaus, das ich Politikern oder Medienvertretern in keinem Fall auf die Füße treten dürfte."

„Das wird sich ja in diesem Job nicht ganz vermeiden lassen. Aber das hast Du als Leiterin wohl in der Hand." Sie nickt: „So etwas in der Art habe ich ihm auch gesagt."

„Ja und?" „Irgendwie ging das Gespräch dann wieder von vorne los. Meine Ernennung sei ja noch nicht endgültig beschlossen. Und selbst dann, würde es schwierig." „Was hat er denn damit gemeint?" fragt Wes nach.

„Keine Ahnung. Er faselte dann, dass die Aufzeichnungen Eigentum des ZDF wären. Und etwas von Pressefreiheit und den damit verbundenen Schutz der Informationsquellen."

Ich bin irritiert. „Aber das ist doch vor zwei Jahren schon mal ausgestrahlt, also öffentlich gemacht worden? Es gibt sicher noch private Aufzeichnungen bei einigen Zuschauern."

Wes nickt: „Und die Mitglieder des Forums haben das für sich doch wohl als Erinnerungsstücke aufbewahrt."

Sana: „Soweit ich weiß, haben die sich das nicht mal angesehen. Obwohl sie selbst damit im Fernsehen waren." „Das kann ich mir nicht vorstellen."

„Stimmt aber. Aus der Diskussionsrunde waren nur Kemal, Alfred und Sylvia an so was interessiert", bestätigt Karl, „die ersten beiden sind ja tot. Bei denen hat man aber auch nichts gefunden."

Wes sieht Sana erstaunt an: „Hat die Polizei Sylvias Wohnung eigentlich durchsucht?"

Sie zuckt die Schultern. „Bei einem Unfall? Keine Ahnung. Eigentlich gibt es dafür keinen Grund."

Aufgezeichnet. „Ich war ja als Zuschauerin dabei", erinnert Sana ihren Mann an die letzte Sitzung des Forums an der Sylvia mitgewirkt hatte.

Nachdenklich schiebt sie hinterher: „Das ist dann ja nicht mehr gesendet worden, aber den Mitschnitt habe ich mir aufgehoben." Sie drückt Karl einen Stick in die Hand.

Er verzieht das Gesicht und steckt das Ding in seinen Laptop. „Ja ja. Eine schöne Erinnerung an unseren Hochzeitstag."

Er wirft Sana einen kurzen Blick zu und klärt mich auf: „Den habe ich ja ganz alleine verbracht. Meine Frau musste ja Daniel van Haaren Gesellschaft leisten."

So wie sie die Augen verdreht hört sie das wohl nicht zum ersten Mal. Jedenfalls leiert sie ihre Rechtfertigung amüsiert bis vorwurfsvoll herunter,: „Was sollte ich machen? Du hattest dich doch selbst dafür ausgesprochen, dass ich am Ball bleibe. Es hätte ja die letzte Talkshow der Nichtwähler sein können oder der Höhepunkt der Reihe." Karl, mürrisch: „Am Ball bist du ja dann geblieben."

Als Sana wütend Luft holt, reicht es mir: „Ist es wichtig, wer wo oder wie bei wem am Ball war? Ich meine für unseren Fall?"

Sie wirft ihrem Mann noch einen vernichtenden Blick zu. „Die Sitzung fand im Kongresszentrum in Hamburg-Dammtor statt; als Tagungsort etwa so romantisch wie eine Fischhalle."

„Okay. Überspringen wir das einfach", schlage ich vor, „wie war das denn für dich? Warst du vorbereitet? Wie hast du das erlebt?"

„Ich war schon ein wenig überrascht. Die Referenzsendung hatte ich ja schon live im Fernsehen verfolgt."

Sie zuckt mit den Schultern: „Da war mir nichts aufgefallen. Also nichts, was für die Diskussionsrunde etwas hergeben könnte. Ich erinnere mich auch an Fritz, den Kameramann. Der hat das Ganze ja sehr lebendig aufgezeichnet. Der ist nur ganz am Anfang für einen Moment zu sehen."

Sie nickt Karl aufmunternd zu, der auf die Wiedergabetaste hämmert.

Der besagte Kameramann, ein älteres Semester mit halblangen, ungepflegtem Haaren erscheint im Bild.

Vor ihm sitzt der Moderator Daniel van Haaren. Fritz bewegt seine Hand, als drücke er eine Stoppuhr. „Kamera läuft!"

In Daniels ausdruckslose Miene kommt das Leben, wie aus einem Startblock geschossen: „Diese Talkshow ist Kemal7 und Alfred28 gewidmet, die kürzlich tragischen Unfällen zum Opfer gefallen sind. Erst wollten wir diese Sendung ja einzustellen. Aber genau das hätten die beiden sicher nicht gewollt!"

Daniel sieht sich im Studio um. Fragend? Beifallheischend? Auf jeden Fall ernst! „Also diskutieren wir heute sozusagen ihnen zu Ehren!" Er schaltet den Beamer ein und drückt einige Tasten auf seinem Laptop.

„Ich beginne mit der Aufzeichnung einer Sendung der ARD, vom 18. November 2018, die wieder immer zufällig ausgewählt wurde!"

An der Wand erscheinen Bilder von Angela Merkel, die in Chemnitz mit irgendwelchen Leuten spricht. Besorgte Bürger? Parteifreunde?

Dann wird die Runde von Anne Will eingeblendet. Die Kamera fährt auf sie und Friedrich Merz, einen der Kandidaten für den Vorsitz der CDU, zu.

Frau Will formuliert ihre Kritik als Frage. „Herr Merz, war es ein Fehler, dass Angela Merkel nicht viel früher in Chemnitz war?"

Er sieht konzentriert in die Kamera. Seine Miene erscheint der Bedeutung dieser Frage angemessen.

Eine wirkliche Antwort gibt er nicht. Verständlich. Schließlich muss er sich als die bessere Wahl darstellen, kann aber die eigene Parteivorsitzende nicht kritisieren.

Anne Will wechselt ins persönliche und fragt ihn, wie er als reicher Besserwessi die AfD (bei den anstehenden Wahlen im Osten?) halbieren will.

Er redet über 2015, von seiner politischer Heimat, nennt Alfred Dregger als Beispiel! Konservatives Profil schärfen, aber keine Achsenverschiebung!

Sie fragt ihn, ob er als Mann der Finanzwelt, als Vorstand von 'Blackrock' keine Interessenkonflikte sehe.

Die sieht er mit dem Parteivorsitz der CDU nicht. Er habe auch noch andere Aufsichtsratsposten, zum Beispiel in der Papierbranche. Eine merkwürdige Argumentation.

Anne Will sagt: „...Klopapier!" Herr Merz korrigiert verschnupft: „Toilettenpapier!" Meint, Erfolg sei doch nicht zu kritisieren. Er habe zwei Juristische Staatsexamen und sei persönlich integer und clean. „Ich arbeite nicht für Unternehmen, die im Verdacht stehen, krumme Geschäfte zu machen!" Auf Nachfrage erklärt er, dass er sich zur gehobenen Mittelschicht zähle. Es fallen Begriffe, wie „Neoliberalismus" und „Zusammenhalt".

Anne Will erwähnt mit Blick auf Manuela Schwesig auch die „Neid-Debatte" und dass die mal Steuerfahnderin gewesen wäre.

Dann geht es um Finanzmarktregulierung, Wegfall von Kita-Gebühren und bezahlbare Mieten versus Steuersenkungen.

Daniel drückt eine Taste und wendet sich der kleinen Gruppe zu, die durch das Zurückfahren der Kamera sichtbar geworden ist.

„Gibt es Wortmeldungen?"

„Das war ja total langweilig. Aber der Merz hat schon Recht. Lieber weniger Steuern als auch noch die Kita-Gebühren zahlen für die Bälger!" Rolf1

Sylvia8: „Du zahlst doch keine Steuern. Dafür müsstest Du ja erst mal arbeiten."

Sie lacht: „Ich finde das unglaublich, das man dem Merz das Geschwafel durchgehen lassen hat. Der ist ein reicher Wolf, der sich nicht mal Mühe gibt, einen Schafspelz zu tragen! Und Alfred Dregger? Kann schon sein, dass der der AfD Stimmen abnehmen würde. Falls er nicht selbst bereits in die AfD gegangen wäre!"

Gerhardt15 nickt. „Genau. Merz und soziale CDU. Als es konkret wurde mit den Kita-Gebühren, hat er einen Finanzierungsvorbehalt gemacht. Klingt gut! Aber für Steuersenkungen hat er keine Probleme gesehen."

Sylvia8: „Ich glaube ja, dass die Leute sich daran gewöhnt haben, dass sie einerseits nichts machen können und hoffen andererseits, dass der Staat es schon richten wird."

Gerhardt15 bleibt ernst. „Ja, die Geringverdiener und kleinen Rentner, die einen alten Diesel haben, müssen jetzt auch noch hoffen, dass der Scheuer mit seinem Kasperle-Theater durchkommt!"

Rolf1: „Aber mit den Flüchtlingen, da hat der Merz doch recht! Wir brauchen mehr Rechtsstaat und Grenzen, die absolut dicht sind!"

Sylvia8: „Geschlossene Grenzen? Ich finde es zynisch, das die Grenzen für Geld, also Kapital, und Waffen sperrangelweit auf stehen."

Sie hebt die Hände hoch, als wolle sie sich ergeben: „Vielleicht sollten wir die Grenzen für das Kapital und Waffenexporte schließen und für die Menschen öffnen. Dann müssten auch nicht mehr so viele fliehen!"

Sie redet sich in Rage: „Unsere Feinde sind nicht im Süden oder Osten. Es gibt nur einen Feind für uns alle. Und das ist die Gier des Geldes!"

Gerhard15: „In unserer Welt sorgt der Staat durch Steuern und Transferleistungen dafür, dass es zumindest so etwas wie eine ausgleichende Solidarität gibt!"

Er hebt seine Arme: „Wusstet ihr, dass auf den Finanzmärkten drei bis vier mal mehr Geld bewegt wird, als man auf der ganzen Welt zusammen an Gütern dafür kaufen könnte? Es ist nur eine kleine Zahl von Menschen, die so über so viel Geld verfügen, dass sie gar nicht wissen, wie sie es ausgeben sollten."

Sylvia8 nimmt seinen Gedanken auf: „Und ausgerechnet diese kleinste Bevölkerungsgruppe, die keinerlei Beitrag zum Gemeinwohl leistet, genießt auf Grund ihres Einflusses auf die Medien den besonderen Schutz des Staates. Denn an den Medien kommt kein Politiker vorbei!"

Rolf1: „Jetzt hast du dir selbst widersprochen. Wenn es viermal so viel Geld wie Güter gibt, dann ist die ungleiche Verteilung doch gut. Denn wenn jeder gleich viel Geld hätte würde das doch vollständig konsumiert. Mit dem Ergebnis, dass alles bloß vier mal so teuer wäre. Ist also gut, dass das meiste bei den Superreichen geparkt wird. Je mehr desto besser. Es ist also Blödsinn, dass die Medien den Status quo ständig kritisieren!"

Sylvia8: „Ständig. Im Gegenteil. Du musst schon sehr genau hinschauen, um es zu sehen. Die Medien geben sich zwar gerne als Moralapostel, aber wenn es drauf ankommt, pfeifen sie auf die Moral!"

Rolf1 verdreht die Augen. „Ihr spinnt doch alle. Der Markt regelt alles am Besten, auch das Bevölkerungswachstum. Das war schon immer so. Wer nicht lebenstüchtig ist, geht eben unter. Diese ganze Gefühlsduselei und zieht das nur in die Länge!"

Gerhardt15: „Apropos Marktwirtschaft! Gibt es die denn überhaupt noch?" Rolf1: „Du spinnst doch."

Gerhardt15: „Wieso? In vielen Bereichen gibt es doch jetzt schon nur noch wenige Unternehmen und kaum Wettbewerb. Und wir Nachfrager können auch nur kaufen, was angeboten wird!"

Sylvia8: „Na ja, das ist die Grundsatzfrage, die die Medien verschleiern. Wenn der Merz gewinnt, ist die Antwort klar! Bei Annegret Kramp-Karrenbauer weiß ich noch nicht!"

Ein polterndes Geräusch im Hintergrund lässt sie zusammen zucken. Das Bild wackelt, fällt für ein paar Sekunden aus.

Dann ist es wieder da und Rolf1 zu sehen. Er schaut zur Seite und zuckt mit den Achseln: „Na, da werden sich die Grünen aber freuen. Die wollen sie uns ja sowieso alles verbieten."

Sylvia8: „Ach, da bauen die Medien wieder mal einen Popanz auf, Außerdem sind die Grünen noch viel zu unbedeutend. Das wird sich wohl erst ändern, wenn der Klimawandel uns selbst betrifft."

Sie seufzt: „Aber bis dahin wird man die Grünen in Misskredit gebracht haben. Was die Medien derzeit machen, ist das reinste Gaslighting." Rolf1: „Gaslighting?"

Sylvia8: „Eine Strategie, die ihre Opfer gezielt desorientiert und manipuliert, so dass die ihre eigenen Realität nicht mehr oder nur noch deformiert wahrnehmen können."

Rolf1: „Sage ich doch. Wir sollten unsere Rundfunkgebühren besser an Radio Eriwan entrichten. Dann bringt Pipi Langstrumpf die Nachrichten und ihre Korrespondenten kommentieren aus Taka-Tuka-Land. Da wachsen ja auch die Bananen besser!"

Das Schlimme... ist, dass die Dummen todsicher und die Intelligenten voller Zweifel sind."
(Bertrand Russel, Philosoph und Religionskritiker)

Doris. Die Eheleute Metzelder sind die einzigen Nachbarn, die mehr als „ja die habe ich schon mal gesehen und sie hat immer freundlich gegrüßt" sagen konnten.

Doris und Kurt, wie sie genannt werden wollen, laden mich sogar auf eine Tasse Kaffee ein. Na ja, eben Rentner denke ich. Die grauen Haare des gemütlichen Paares mit dem kleinen Übergewicht bestätigen den Eindruck.

Doris: „Ach ins Gespräch gekommen sind wir mit ihr erst, als sie eines Tages bei uns geklingelt hat und rein gekommen ist. Sie meinte, sie könne nicht in ihre Wohnung, weil jemand davor stünde, den sie nicht sehen wollte."

„Und dann?" „Sie hat nichts weiter dazu gesagt, hat aber den Kontakt zu uns behalten." „Wie äußerte sich das?"

Doris: „Sie hat oft für uns eingekauft und mit uns bei Kaffee und Kuchen zusammen gesessen. Manchmal hat sie uns auch von ihrem Job beim Fernsehen erzählt. Und von ihrer Diplomarbeit."

Sie lacht: „ Sylvia hat sich gefragt, wieso man seit Corona so viele Gastwirte und Kleinkünstler interviewt hat; und bei den Überschwemmungen quasi jeden Hausbesitzer."

„Nach dem Motto 'kennst Du einen kennst Du alle'?", versichere ich mich.

„Nein, nein. Die Schicksale haben sie schon interessiert. Aber immer dieselben Bilder von den Betroffenen mit immer anderen Reportern?"

Doris spricht nun schneller: „Immer die gleichen Fragen, die gleichen Antworten. Nur die Reporter wechselten, jedes mal andere. ARD und ZDF müssten ja tausende davon haben."

„Darüber hat sie sich beklagt?"

„Nicht beklagt. Sie hat nach einer Erklärung dafür gesucht. Der Informationsauftrag wäre ja auch erfüllt gewesen, wenn man jeden Ort benannt, ein dutzend Leute interviewt und Zahlen genannt hätte, wie viele es betroffen hat." „Und?"

„Tja. Sie meinte, dass man dadurch nur vermeiden wollte, auch über andere Themen berichten zu müssen. Eingespart hätte man dadurch wohl nichts, denn die hunderte Reporter in den Katastrophengebieten würden ja auch kosten. Außer, man hätte dafür Praktikanten eingesetzt." „Okay?"

„Sie hat sich auch gewundert, dass so viele Betroffene sich vor die Kameras zerren ließen. Ob die überrumpelt wurden oder ob die so eitel waren und glaubten, wichtiger zu sein, wenn sie im Fernsehen waren." „Okay?"

„Sylvia war so ehrlich, dass es manchmal weh tat." Doris verzieht den Mund. „Kurt war einmal kurz davor, den Kontakt mit ihr abzubrechen." „Gab es einen Grund dafür?" Sie wirft ihrem Mann einen fragenden Blick zu. Entschuldigend?

Kurt setzt sich gerade hin. „Ein bisschen unangenehm ist mir das schon. Damals bin ich ziemlich ausgerastet. Sylvia hat nämlich behauptet, dass Fußball eine Art Zwangsreligion wäre, die vom Staat oder den Medien verordnet sei."

Er legt seine Hände auf den Tisch: „Sonst müssten die ja für die Polizeieinsätze und Werbeauftritte im öffentlich Fernsehen zahlen. Über Fußballer würde sogar in den Nachrichten mehr berichtet als über wichtige Politiker. Und für Länderspiele fielen alle anderen Sendungen aus oder würden verschoben. Die Fernsehgebühren wären ja wie eine Steuer. Niemand könne sich dem entziehen. Ich war tatsächlich so wütend auf sie als hätte sie mich und das ganze Land verraten. Dabei bin ich als ehemaliger Geschichtslehrer ja eher ein rationaler Typ." Doris nickt zufrieden.

Nachvollziehbar. Es gibt sicher nicht viele Leute, die sich so etwas eingestanden hätten. Und ältere schon gar nicht.

„Alle Achtung!", sage ich und „was hat bei Ihnen zu dieser Selbsterkenntnis geführt?"

Kurt: „Sie hat noch einiges andere raus gehauen." Ich sehe ihn fragend an. Er muss einen Moment nachdenken: „Zum Beispiel, dass die Umweltschutzappelle und sämtliche Maßnahmen kaum eine Chance gegen den immer weiter ansteigenden Verkauf sinnloser Produkte hätten. Ich habe sie erst ausgelacht. Doch dann hat sie mich aufgefordert mit ihr gemeinsam Werbung anzuschauen und mir zu sagen, was ich davon brauchen würde."

Er nickt bekümmert: „Und tatsächlich. Nichts davon war für mich wichtig, auch wenn die Leute in den Spots in regelrechte Freudentaumel verfielen, wenn sie einen Snack, ein Getränk, eine Körperlotion, ein Handy, ein bestimmtes Auto oder sonst was konsumierten."

Seine Schultern zucken. „Ich musste schon nach einer halben Stunde einsehen, das da kaum etwas Sinnvolles dabei war. Aber dafür werden Rohstoffe verbraucht und die Umwelt belastet. Das alles auch im öffentlich-rechtlichen Fernsehen, das sich doch angeblich für den Klimaschutz einsetzt." Er sieht sich um. Irritiert? Hilfesuchend?

Doris legt ihre Hand auf seinen Arm: „Ja, und dann hat sie gemeint, dass das Fernsehen eine Autorität geworden sei. Zumindest träten die so auf als wären sie der liebe Gott persönlich. Eine Inquisition, die für ihre Einschaltquoten Andersdenkende verbrennt und sich am Fegefeuer wärmt."

„Sie meinen, die Journalisten nähmen sich zu wichtig?" Doris lacht: „Vergleichen Sie das mal mit früher. Da wurden die Nachrichten abgelesen und bei den Interviews war bestenfalls noch das Mikro vor dem Gesicht des Interviewten zu sehen? Heute setzen sich die Journalisten doch nur selbst in Szene. Und da sie auch nichts wissen, spekulieren sie wild drauf los. Oder überlegen, was die Krawattenfarbe eines Politikers wohl bedeuten mag. Am liebsten würden die doch nur sich selbst interviewen." „Okay?"

Doris, nachdenklich: „Was ich immer noch nicht verstanden habe. Sie meinte, wir müssten diesem Rüpel Trump, der mal amerikanischer Präsident war, dankbar sein. Durch den sei ihr erst aufgegangen, wie weit es mit den westlichen Werten eigentlich her ist, dass auch die Pressefreiheit durch den Markt reguliert wird und von den Mächtigen entschieden wird, was und wie die Fakten sind."

„So stimmt das sicher nicht...", setze ich an, werde aber von ihr unterbrochen: „Ich habe nicht verstanden, warum sie sich solche Sorgen um die Öffentlich-rechtlichen machte. Sie hatte Angst, dass die so werden, wie die Sender in den USA."

Hmh? Was soll ich dazu sagen? Es sind ja auch ganz andere Fragen, die mir auf den Nägeln brennen. Wie: „Hat sie denn schon mal Besuch bekommen?"

Doris lacht: „Was glauben Sie denn. Sie war ja eine junge Frau. Natürlich hat ihr Freund sie ab und zu besucht und andere auch."

Ich frage erst mal nach den anderen. „Na ja, überwiegend junge Leute, Kommiliton*Innen vermutlich. Nur einmal ein grau melierter Krawattenträger. „Keine Ahnung, wer das war und was er wollte. Vielleicht weiß ihr Freund da ja mehr."

Kowalski. In eine fremde Wohnung einzudringen ist so eine Sache. Zum Glück ist sie nicht versiegelt.

Wesley hat sich vor dem Hausmeister Kowalski als Sylvias Anwalt ausgegeben, der sich um ihren Nachlass kümmern wollte. Keine Ahnung, ob er damit berechtigt wäre ihre Sachen zu durchwühlen. Immerhin wurden wir reingelassen.

Nach dem Kowalski uns ein paar Minuten zugeschaut hat, verschwindet er kopfschüttelnd.

Weil wir die Schranktüren und Kommoden auf und wieder zu gemacht haben? Na ja, ich kann ihn verstehen. Denn die Fächer und Schubladen in der Zwei-Zimmer-Wohnung sind leer. Nicht mal Bilder hängen noch an der Wand.

Damit habe ich nicht gerechnet. Schade, das Karl nicht hier ist, um das selbst zu sehen.

„Sag mal Wesley, diese Sylvia? Die hat doch sicher verfolgt, wie der Fall Fake-Forum ausgegangen ist?"

Er sieht mich verdutzt an. „Ja klar." „Und sie war eine Aktivistin. Politisch. Ideologisch und naiv?"

Wesley, empört: „Naiv? Nein. Sie war zwar eine Gerechtigkeitsfanatikern, aber sehr intelligent und analytisch." „Okay. Ist ja nicht so wichtig."

Wes, nachdenklich: „Vielleicht doch. Nehmen wir an, Du hättest etwas vor, dass einigen Leuten nicht gefallen würde. Und Du glaubst, dass die alles tun würden, um Dich daran zu hindern."

Ich sehe ihn fragend an. Er nickt: „Da hätte ich doch die Sorge, dass meine Arbeitsergebnisse verschwinden könnten." „Okay?"

„Nehmen wir an, es wäre so. Dann sollten wir uns noch mal genauer umschauen. Und zwar genauer als die Polizei."

Gesagt, getan. Jeder von uns nimmt sich ein Zimmer vor. Unsere Hände gehen unter die Tischplatte, wir ziehen die Schubladen heraus, tasten ihre Böden ab, klopfen die Wände ab, schauen hinter die Fußleisten, treten auf die Dielen und lassen sie knarren.

Ein paar Minuten später klingelt es an der Tür. Der Hausmeister? Bevor ich den kurzen Flur betreten kann, hält Wesley mich am Arm fest. „Kannst Du das für mich einstecken?"

Er drückt mir ein Feuerzeug in die Hand, das ich verdattert in die Hosentasche schiebe. Da ist er auch schon an der Tür, reißt sie auf, rempelt sich zwischen zwei Uniformierten durch und rennt weg.

Na ja. Rennen ist vielleicht zu viel gesagt. Aber für einen 70-jährigen ist er noch recht flott unterwegs. Die Überraschung der Polizisten währt nur eine Sekunde, dann nehmen sie die Verfolgung auf.

„Da ist noch einer", höre ich den Hausmeister rufen. Er zeigt auf mich. Einer der Beamten bleibt auf halber Treppe stehen und wirft ihm einen fragenden Blick zu.

„Der hat was mitgehen lassen", zische ich Kowalski zu, „wir müssen ihn aufhalten." Der Hausmeister nickt und ruft dem Polizisten zu. „Der darf nicht entkommen. Er hat was geklaut. Der Hinterausgang."

Erst zögernd, dann entschlossen nimmt der Beamte die Verfolgung wieder auf.

Ich bin ein wenig außer Atem, obwohl ich ja selbst gar nicht gerannt bin. Schnaufend lege ich meine Hand auf Kowalskis Arm und japse: „Hoffentlich kriegen die den. Ich hatte ja von Anfang an ein komisches Gefühl. Die Sylvia hat mir nämlich nichts davon gesagt, dass sie einen Anwalt hat. Das konnte sie sich doch gar nicht leisten."

„Ja, hoffentlich kriegen die das Schwein", pflichtet er mir bei. „Kannten Sie die Sylvia gut?"

Ich reime mir aus dem, was ich erfahren habe zusammen, wie sie gewesen sein könnte. Wohl einigermaßen zutreffend oder auch Kowalski hat sie kaum gekannt. Jedenfalls stimmt er mir heftig nickend und voller Anteilnahme zu.

„Ich komme in den nächsten Tagen noch mal vorbei. Dann könnten wir ja auf ein Bier in die Kneipe gehen", schlage ich vor, bevor er mich noch auf einen Kaffee zu sich einlädt. Mit einem kumpelhaften Klaps auf die Schulter verabschiede ich mich von ihm und gehe hinaus.

Einige Meter neben dem Hauseingang sehe ich die beiden Beamten. Sie drücken einen Mann gegen die Hauswand und klopfen ihn von oben bis unten ab.

Auch, wenn ich sein Gesicht durch das Gemäuer vor seiner Nase nicht sehen kann, weiß ich, dass es mein Kumpel ist.

Ich gehe in die andere Richtung und sehe zu, dass ich Land gewinne.

Feuerzeug. Noch am selben Abend treffen wir uns bei mir. Ich habe Karl angesimst. Der ist jetzt da. Ich schildere ihm in aller Kürze, was in Sylvias Wohnung passiert ist.

Es klingelt an der Tür. Wesley!. Mir fällt ein kleiner Stein vom Herzen. Ich umarme ihn, als wäre er tagelang verschollen gewesen.

Karl: „Sie haben Dich also laufen lassen?" Wes, lakonisch: „Wieso sollten die mich festhalten? Wer will beweisen, dass Sylvia mich nicht beauftragt hat. Gestohlen habe ich auch nichts."

Karl: „Also haben die nur Deine Aussage aufgenommen?" Wes schüttelt den Kopf: „Nicht nur. Ich bin jetzt sicher, dass irgendetwas nicht stimmt." Ich sehe ihn fragend an.

Wes: „Na ja. Ein Verkehrsunfall, dessen Untersuchung bereits abgeschlossen wurde. Eine trotzdem von der Polizei oder Spurensicherung leergeräumte Wohnung? Ein Hausmeister, der die Polizei anruft, weil jemand in der Wohnung ist?"

Er patscht mit der flachen Hand auf seine Sessellehne. „Die haben nichts bei mir gefunden, mich aber trotzdem vorläufig festgenommen. Nein. Nicht nur fürs Protokoll. Die haben mich auch geröntgt." Ich sehe ihn ungläubig an. „Geröntgt?"

Karl nickt: „Macht man schon mal bei Drogenkurieren. Die wollten wohl feststellen, ob Du etwas Illegales oder sonstiges Diebesgut heruntergeschluckt hast."

Wes: „Das passt doch alles nicht zusammen." Da kann ich ihm nur zustimmen. Auch Karl nickt heftig. „Wir sollten das erst mal für uns behalten. Auch Sana sollten wir außen vorlassen."

Auf meinen fragenden Blick hin fährt er fort. „Na ja, sie kann schnell in einen Loyalitätskonflikt geraten. Und ihr Chef ist derart vorauseilend gehorsam, dass er uns in die Suppe spucken könnte."

Wes wendet sich zu mir. „Hast Du Dir das Feuerzeug schon mal angesehen?" „Ein Stick. Woher wusstest Du das?"

Er verzieht das Gesicht. „Ein Feuerzeug kann schon mal hinfallen und unter ein Möbel rutschen. Aber nach oben in eine geschlossene Deckenlampe?"

Vorstellung. Der Stick enthält eine Menge Dateien, die nach Datum und Inhalt geordnet. Aufzeichnungen von ARD und ZDF, Reaktionen aus dem Forum sowie Mitschnitte von der gefakten Talkshows des Herrn van Haaren.
Heute ist sozusagen unser erster Kinoabend. Ich führe in das Thema ein. „In diesem Forum sind angeblich ausschließlich Nichtwähler, die sich so etwas normalerweise gar nicht anschauen würden. Aber sie werden dafür bezahlt, dass sie es jetzt doch tun."
Ich drücke auf die Wiedergabetaste: „Und die drei mit den gegensätzlichsten Positionen wurden dann zu der Talkshow eingeladen. Die Aufzeichnung kam auch ins Fernsehen!"
An der Wand erscheint überlebensgroß Daniel van Haarens Gesicht. „Der hat sich das Forum ausgedacht, um den Medien eine Lektion zu erteilen."

Van Haaren schaut von der Wand freundlich auf uns herunter. Leise, aber gut verständlich beginnt er zu sprechen. Angenehm sonor und so entspannt als säße er zu Hause im Wohnzimmer und unterhalte sich mit einem alten Freund. „In meiner Kindheit gab es anfangs nur zwei Fernsehprogramme. ARD und ZDF!"
Sein Gesicht füllt jetzt den ganzen Bildschirm aus: „Als jemand - wie es heute so schön heißt – aus einer bildungsfernen Schicht bin ich bis heute vor allem zwei Institutionen sehr dankbar. Sie haben mir nämlich den Zugang zur Bildung ermöglicht."
Er hebt seine Hand als wolle er an den Fingern abzählen: „Einmal hat die damalige Regierung den zweiten Bildungsweg zum sogenannten SPD-Abitur geschaffen. Und zum anderen den öffentlich-rechtlichen Fernsehanstalten, die mir Wissenschaft, Kultur und Politik auf verständliche Weise näher gebracht haben. Ich bin daher uneingeschränkt dafür, dass ARD, ZDF, Phönix et al durch Gebühren finanziert werden."

Seine Hand öffnet sich: „Nur so können die ihren Informationsauftrag unabhängig, vollständig und neutral erfüllen. Und damit der Meinungs-, Informations- und Pressefreiheit im Interesse aller Bürger hinreichend Geltung verschaffen. Meines Erachtens eine wichtige Voraussetzung, um die soziale Teilhabe aller Menschen sicherzustellen und eine Spaltung der Gesellschaft zu verhindern."

Er beugt sich vor:. „Aber die Spaltung der Gesellschaft scheint voranzuschreiten, bis hin zur egoistischen Vereinzelung der Menschen, die sich auch in den Wahlergebnissen und in der Politik widerspiegelt. Und ich frage mich, ob die Öffentlich-rechtlichen nur darüber informieren oder auch dazu beitragen haben?"

Sein Kopf wird kleiner: „ Sie fragen sich, warum ich mich nur mit dem deutschen öffentlich-rechtlichen Fernsehen beschäftige?"

Seine Hände gehen hoch: „Das lässt sich einfach erklären. Wer die Medien finanziert, bestimmt auch was berichtet wird. Also meistens Verlage und Geldanleger. Und dann gibt es noch die Konzerne, die für ihre Werbung zahlen!"

Er lehnt sich im Sessel zurück:. „Aber es gibt auch das Grundgesetz und den gebührenfinanzierten Informationsauftrag. Wenn es auf der Welt ein Medium gibt, dass die Bürger neutral und vollständig frei von wirtschaftlichen und politischen Zwängen informieren kann, dann sind das ARD und ZDF!"

Die Kamera entfernt sich von ihm und zeigt einen Besprechungstisch an dem noch drei weitere Männer sitzen. „Ich freue mich, Sie heute zur ersten Talkrunde unseres Forums ´ARD, ZDF und die Nichtwähler´ begrüßen zu dürfen!"

Er stellt die Gesprächsteilnehmer mit ihren Nicknamen vor. Alle drei hätten einen guten Otto Normalverbraucher abgegeben. Mittelgroß, nicht dünn, nicht dick, unauffällige Frisuren und Gesichter, die man im nächsten Moment schon vergessen hatte.

Vielleicht liegt es ja daran, dass sie im Vergleich zum strahlenden Daniel van Haaren so unscheinbar wirken.

Man kann sie eigentlich nur auseinanderhalten, weil Alfred28 im Gegensatz zu den anderen blond und nicht dunkelhaarig ist und, dass Hans4 als einziger einen kurzgeschorenen Vollbart trägt.

Van Haaren bittet sie um ihr Eingangsstatement. Dem wird dann Folge geleistet, wenn auch ohne große Begeisterung.

Hans4 macht den Anfang. „Von mir aus braucht es die Öffentlichen nicht zu geben. Die sehe ich mir sowieso nicht an. Fußball und Filme sehe ich mir bei den Privaten und im Sportkanal an. Für das Forum habe ich mir dann die vorgeschriebenen Sendungen angeschaut und..."

Hier wird er von Daniel van Haaren unterbrochen: "Die Teilnehmer sollten sich an zufällig ausgewählten Tagen die Tagesthemen, das Heute Journal und die Talkshows von Anne Will, Sandra Maischberger und Maybrit Illner ansehen!"

Hans4 nickt. „Genau! Und das war wie erwartet. Immer die gleiche Kiste. Die Großkopferten haben herum schwadroniert, niedrigere Steuern, der Markt regelt alles am Besten und wenn einer sagt, dass die reichen Säcke ruhig etwas mehr für die Schulen und die Ärmeren abgeben sollen..."

Der Moderator hakt ein. „Reiche Säcke? Sie meinen die Besserverdienenden?"

Hans4 schüttelt verärgert den Kopf: „Nein, ich meine das, was Sie jetzt auch gemacht haben." Van Haarens Miene zeigt ein übertrieben großes Fragezeichen.

Hans4 fährt fort: „Wenn einer sagt, dass die Superreichen, deren Leistung vor allem darin besteht, dass sie reiche Eltern hatten und mit ihrem Geld noch mehr Geld verdienen, ruhig etwas mehr für die anderen abgeben sollen, wird er abgewürgt."

Er schnaubt: „Und die Moderatoren und Liberalen lenken schnell mit abstrusen Rechenbeispielen oder Einzelfällen und Beispielen aus kleinen Familienbetrieben vom Thema ab. Das geht dann endlos so weiter, bis keiner mehr weiß, wie die Frage war!"

Er sieht den Moderator vorwurfsvoll an: „Deshalb sehe ich mir den Scheiß nicht mehr an!"

Friederich18 behauptet ebenfalls, dass er sich den Mist gar nicht anschauen würde und auf ARD und ZDF gut verzichten könnte; verlangt ebenfalls die Abschaffung der Rundfunkgebühren. „Die beim Fernsehen blasen ja doch nur ihre Backen auf."

Er fordert Steuersenkungen, denn der Staat tue mit dem Geld ja doch nichts für die Bürger. „Im Gegenteil. Die verheizen doch alles für völlig unsinnige, noch dazu schlecht geplante Projekte oder werfen es den Sozialschmarotzern in den Rachen!

Van Haaren fragt nach. „Und Sie meinen, dass das in den ausgewählten Sendungen nicht richtig dargestellt wird?"

Friedrich18: „Na ja, anders! Die Mehrheit in den Talkshows denkt wohl wie ich, aber es wird alles so kompliziert dargestellt, dass man das kaum noch erkennen kann."

„Und welche Rolle spielen die Moderatoren oder Journalisten?" Van Haarens sachlich ruhiger Ton passt nicht ganz zu seiner eher angespannten Miene.

Friedrich18: „Die sind wohl alle meiner Meinung, glaube ich zumindest. Aber sie trauen sich das nicht zu sagen und sorgen so dafür, dass man am Ende noch weniger weiß als vorher!"

„Und Sie! Wie sehen Sie ARD und ZDF als öffentlich-rechtliche Fernsehanstalten?", wendet sich van Haaren nun dem dritten Mann am Tisch zu.

„Eigentlich ja gar nicht!" Alfred28 grinst. „Die nehmen diesen merkwürdigen Informationsauftrag doch nur noch für den DFB. Was zeigen die denn? Fußball, Sport, Kochen, Quizsendungen mit ihren dümmlichen B-Promis. Nachrichtensendungen sind kurz und eher selten. Die kann man doch nur noch sehen, wenn man seinen ganzen Tagesablauf daran orientiert."

Er deutet ein herzhaftes Gähnen an: „Objektiv und neutral? Dass ich nicht lache! Ich weiß gar nicht, warum es so viele Journalisten gibt, wenn sie alle immer nur das gleiche Thema haben und dazu das gleiche sagen."

Sein Zeigefinger fährt durch die Luft: „Was machen die tausend Mitarbeiter eigentlich, wenn es weder Überschwemmungen, noch Corona, olympische Spiele noch Fußballbundesliga gibt?"

*„Niemand ist weiter von der Wahrheit entfernt
als derjenige, der alle Antworten weiß."
(Zhuangzi, Dichter, 365 bis 290 v.Chr.)*

Jonny. Wieder ein Zitat. Wesley war mir damit ganz schön auf den Wecker gegangen. Keine Ahnung, ob er wirklich so belesen ist oder ob er die Sprüche aus dem Internet und Kreuzworträtsel kennt.

Eigentlich bin ich jetzt ganz froh darüber. Denn ohne diese Lebensweisheiten, hätte ich an manches gar nicht mehr gedacht. Zum Beispiel an unser erstes Gespräch mit Jonny.

„Wenn Du Geburtstag hast, dann sei mir zu Gast, die ganze Nah...hacht...", brummt er niedergeschlagen, „damit hat sie mich in den Wahnsinn getrieben. Sie konnte nämlich gar nicht singen. Jetzt fehlt es mir." Der junge Mann presst die Lippen aufeinander.

Ein merkwürdiger Typ; groß, sehr schlank, Haare dünn und farblos blond, weder gut aussehend noch hässlich, wirkt er unsicher und angespannt.

Ich folge seinem Blick zu den Bildern und Fotos an der Wand. Eines von Sylvia, die lächelnd auf jemanden herunterschaut.

Daneben hängt ein Urlaubsfoto. Sylvia und Anna? Der Blick der beiden ist gut gelaunt nach oben gerichtet. Die Kamera muss deutlich höher sein als sie. Ich sehe ihre Zungen. Strecken sie sie heraus? Oder lecken sie sich die Lippen? Synchron?

Karl: „Ist Ihnen in den Tagen vor dem Autounfall irgendetwas aufgefallen? War sie vielleicht anders als sonst?"

Jonny, nachdenklich: „Sie war anhänglicher als sonst. Wollte sogar mit mir zusammenziehen." „Und?"

Er zuckt mit den Schultern. „Das hätte ich ja auch gerne getan, habe ihr schon vor einem halben Jahr vorgeschlagen, dass wir uns eine gemeinsame Wohnung suchen. Da wollte sie das noch nicht."

„Und woher dieser Meinungswechsel?", frage ich nach. „Hatte sie vielleicht vor irgendetwas Angst?"

Er sieht mich erstaunt an. „Darüber habe ich noch gar nicht nachgedacht. Ich habe es auf ihre Diplomarbeit zurückgeführt. Sie stand ja kurz vor ihrem Abgabe-Termin."

Und nach kurzem Zögern: „Aber jetzt, wo Sie es sagen. Es könnte auch etwas anderes gewesen sein." „Und zwar?"

„Keine Ahnung. Sie machte ja ein Praktikum beim Fernsehen. Ich glaube, beim ZDF. Das war schon komisch, denn in ihrer Diplomarbeit setzte sie sich ja sehr kritisch mit den Medien auseinander. Wissen Sie, dass sie vor zwei Jahren bei einem Diskussions-Forum mitgemacht hat, dass sogar ins Fernsehen kam?"

Karl: „Dass das ein Fake war, ist Ihnen bekannt?" Es ist nicht zu übersehen, dass ihm die Frage nicht gefällt.

„Objektiv betrachtet haben sie recht." Jonny windet sich, als müsse er die nächsten Worte aus sich heraus schrauben. „Dieser alte Sack von Moderator wollte doch bloß wieder auf den Bildschirm. Sylvia dagegen war es ernst."

Karl. „Und das hat Sie gestört?" Eine feine Röte zieht sich über das Gesicht des Studenten. „Na ja, ich war kurz davor unsere Beziehung zu beenden." „Wegen des Fake-Forum?"

„Nein, das war mir egal. Aber dieser Typ? Sie redete nur noch von ihm. Daniel hier, Daniel da", knurrte er verlegen.

„Sie waren eifersüchtig?", staune ich. Er nickt beschämt. „Schauen Sie sich doch mal an, wie oft junge Frauen etwas mit alten Knackern anfangen, bloß weil die beim Fernsehen sind."

„Sie hatte vor kurzem auch Besuch von einem grau melierten Herrn gehabt. Das wissen sie ja sicher?", erinnere ich ihn.

Er sieht mich erstaunt an. „Keine Ahnung, wer das war. Der van Haaren sitzt doch im Knast? Oder?"

Karl wechselt das Thema. „Ihre Diplomarbeit? Können Sie sich vorstellen, warum Frau Gonzales so ein schlechtes Bild von den Medien hatte?"

Jonny sieht ihn erstaunt an. „Keine Ahnung. Vor zwei Jahren lernte sie Anna kennen. Die ist ja eine Altachtundsechzigerin. Na ja, eben so ein Typ. Ein paar Wochen später fing das auch bei Sylvia an."

Karl: „Geht es in ihrer Diplomarbeit auch um dieses Thema?" Jonny nickt, steht auf und geht zu seinem Schreibtisch. „Sie hat dazu einen Fragebogen entwickelt und verteilt. Die von meinen Freunden und Bekannten auch ausgefüllt worden waren, hat sie natürlich mitgenommen."

Nach kurzem Herumwühlen kommt er mit ein paar Blättern zurück und reicht sie mir. Hmh? Auf zehn Seiten nur wenige Fragen zur Person, Alter, Geschlecht, Mieter oder Eigentümer und Einschätzung der eigenen finanziellen Lage. Dann Fragen zur Wahlbereitschaft und zu den Quellen, bei denen man sich informiert. ARD und ZDF explizit angeführt.

Anschließend einige Thesen zum Informationsauftrag, wie er im Rundfunkstaatsvertrag formuliert ist.

Jonny: „Sie hat es so angelegt, dass man Erkenntnisse für den endgültigen Fragebogen erhalten kann. Es handelt sich hier also eher um einen Pretest."

Karl: „Und die Ergebnisse? Liegt schon etwas vor?" „Ja ja, sie hat erste Auswertungen gemacht. Und Notizen für zukünftige Befragungen."

„Können wir die mal sehen?", frage ich und schiebe freundlich hinterher: „Bitte!"

Er hebt die Schultern. „Danach habe ich schon gesucht. Kann die Auswertungen aber nicht mehr finden."

„Wann haben Sie die denn zuletzt gesehen?" „Vor ein paar Tagen."

„Ist da was besonderes gewesen? Hatten Sie eventuell Besuch?" „Eigentlich nicht. Hmh? Besonderes?" Seine Mundwinkel zucken: „Na für mich schon. Es passiert ja nicht jeden Tag, dass mir jemand vor der Haustür die Hucke voll haut."

„Wissen Sie denn warum?" „Tja, er hat mich offenbar verwechselt. Und dann war auch noch die Polizei hier."

„In der Wohnung?" „Ja klar, die haben doch nach Einbruchsspuren gesucht?" „Und auch gefunden?" „Keine Ahnung. Die meinten nur, das mein Fenster wohl die besten Tage hinter sich hätte."

„Es schließt jetzt nicht mehr richtig?" Er nickt. „Hat es vorher auch schon nicht."

Diplomarbeit. Die Gebäude der Leibniz-Universität scheinen mir irgendwie aus der Zeit gefallen zu sein. Ein Schloss mit großen Räumen und Wandelhallen für die Sprösslinge des Hochadels? Eines, das von einer ganzen Horde gammelig gekleideter Turnschuhträger besetzt wird?

Nach dem Zimmer des Professors zu fragen, stellt sich als zeitraubende Angelegenheit heraus. Entweder kennt der oder die Gefragte ihn gar nicht oder sie haben mich nicht richtig verstanden. FFP2?

Endlich stehen wir vor seiner Tür und können das Schild auf dem der Name Maifeld und Professor steht sogar entziffern.

Wir klopfen an. Dreimal. Nichts. Wir treten ohne auf das „Herein" zu warten ein. Tatsächlich sitzt dort jemand am Schreibtisch des kleinen Vorzimmers. Ein älterer Typ, mit dünnen grauen Haaren um eine Glatze. Vermutlich um die 60. In seinen Laptop vertieft beachtet er uns nicht.

Karl räuspert sich vernehmlich. Keine Reaktion. Erst als ich in die Hände klatsche und „Hallo" rufe, zuckt er zusammen und sieht erschrocken auf.

Er fasst sich schnell, stellt sich uns mit Maifeld vor und bietet uns mit einer einladenden Handbewegung an, Platz zu nehmen.

Platz zu machen trifft es eher; erst mal müssen wir die Stühle von Zeitschriften und Bücherstapeln befreien.

Karl: „Wir haben ein paar Fragen zur Diplomarbeit von Frau Gonzales. Was können Sie uns dazu sagen?"

Der Professor sieht ihn irritiert an. Karl: „Was war denn das Thema ihrer Arbeit?" Maifeld starrt geistesabwesend auf den Bildschirm.

„Haben Sie Sylvia Gonzales überhaupt gekannt?", platze ich heraus. Der Professor nickt.

Ich werde lauter: „Ja und?" Er sieht mich an. „Ja ja, die Gonzales. Ein liebes Mädchen. Und so fleißig. Steht kurz ihrem Diplom."

'Stand', korrigiere ich in Gedanken: „Um welches Thema ging es denn da?"

Er hebt die rechte Hand: „Den genauen Titel wusste sie noch nicht. Es ging meines Wissens um den Rundfunkstaatsvertrag und den Informationsauftrag der Öffentlich-rechtlichen."

„Hat sie mit Ihnen darüber gesprochen?" „Nicht direkt. Sie wollte nur wissen, welche Möglichkeiten es gibt, das Ganze zu umgehen, ohne das es auffällt oder nachgewiesen werden kann. So genau habe ich das nicht verstanden."

Er betrachtet seine Fingernägel. „Vor ein paar Tagen hat schon mal jemand danach gefragt. Ich glaube, der macht ein Praktikum bei einem Fernsehsender."

„Ja und?" „Na ja, als dann meine Doktorandin dazu kam, artete das Gespräch in eine Grundsatzdiskussion aus. So nach dem Motto, ob zuerst das Ei oder das Huhn da war." „Ei oder Huhn?"

Er lacht. „Na, ob die Politik dafür verantwortlich ist oder die Medien." Karl: „Wofür?"

Bevor er antworten kann fliegt die Tür auf und schlägt gegen ein Regal. Einige der Bücher fallen heraus. Wir fahren herum.

Anna steht im Türrahmen. „Tut mir leid." Ihr Blick straft ihre Worte Lügen. „Um was geht es denn?"

Karl verdreht die Augen: „Wir reden hier mit Herrn Maifeld. Das geht sie wohl nichts an. Oder?"

Sie winkt ab. „Ach so. Ich dachte, Sie interessieren sich für Sylvia. Da habe ich mich wohl geirrt."

Karl verzieht Gesicht. „Dazu befragen wir ja ihren Professor. Mit Ihnen haben wir ja bereits gesprochen."

„Aber nicht über ihre Diplomarbeit!" Sie dreht sich auf dem Absatz um und geht zur Tür. „Bleiben Sie doch!", mische ich mich ein und tausche einen schnellen Blick mit Karl.

Sie geht weiter. Hat sie mich nicht gehört? Karl: „Nun bleiben Sie doch!"

Sie hält inne. Ein zufriedenes 'geht doch' steht ihr ins Gesicht geschrieben. „Also, was wollen Sie wissen?"

Karl: „Henne oder Ei? Medien oder Politik?" Sie grinst: „Der Vergleich hinkt. Die kennen sich doch schon lange. Jeder weiß, was andere will. Da spielt man sich die Bälle zu."

„Ach ja? Und der Wahlkampf?" Sie würdigt mich keines Blickes. Hat sie mich nicht gehört?

„Und der Wahlkampf?", wiederholt Karl so selbstverständlich als wäre ich sein Souffleur.

Anna lacht: „Einfach nur die Wirtschaft machen lassen ist ja wohl kein Wahlprogramm."

Maifeld: „Na ja, die Wirtschaft zu entfesseln ist doch ein wichtiger Schritt. Die Unternehmen sehen die Folgen des Klimawandels ja auch. Oder wollen Sie, dass der Sozialismus unsere Lebensgrundlagen zerstört?"

Anna: „Die entfesselte Wirtschaft haben wir doch schon seit Jahrzehnten und das Elend der dritten Welt ja auch. Wir zahlen Entwicklungshilfe und Spenden um die Bestie zu besänftigen." Karl: „Bestie?"

Sie verzieht das Gesicht: „Na, das Raubtier Kapitalismus läuft doch immer noch frei herum?"

Karl: „Wollen Sie lieber die Diktatur des Sozialismus?" Anna: „Der existiert doch längst nicht mehr. Alles im Eigentum des Volkes? In Russland und China gibt es die größten Konzerne und jede Menge Superreiche."

Karl wendet sich Maifeld zu: „Ist es normal, das radikale Linke als Doktoranden an ihrem Lehrstuhl arbeiten?"

Maifeld sieht ihn mitleidig an. „Wir beschäftigen uns hier mit wissenschaftlichen Fragen. Und nicht damit, wie wir komplexe Realitäten so vereinfachen, dass wie wir sie in die Schubladen schlichter Gemüter stecken können!"

Hmh? Karl ein schlichter Geist? Ich beobachte Anna aus den Augenwinkeln. Sie tut so, als habe sie nichts gehört.

Karl, kleinlaut: „Na ja, ich meinte das Verständnis von Politik. Da stehen sich ja diejenigen, die umverteilen wollen denen gegenüber, die dafür sorgen, das es etwas zu verteilen gibt."

„Immerhin hat der Lindner eingesehen, dass es besser ohne ihn ist", lacht Anna ihn an. Oder aus? In Karls Gesicht erscheint ein großes Fragezeichen.

Ihre Miene wird zu einem erhobenen Zeigefinger: „Das hat der Lindner damals selbst gesagt. 'Besser nicht regieren als schlecht regieren'." Ich kann mir nur mit Mühe ein Grinsen verkneifen.

Maifeld hebt das Kinn: „Der Markt ist immer noch das beste aller uns bekannten Wirtschaftssysteme."

Anna: „Ah ja? Der Markt hat doch die Ungleichheiten erst verursacht, wird sie weiter verstärken und sich am Ende selbst zerstören. Das hat Sylvia schon richtig gesehen."

Karl: „Wieso das?" Sie verdreht die Augen: „Bei jedem Wettbewerb gibt es einen Sieger oder Gewinner. Und der verdrängt dann die Verlierer. Irgendwann gibt es nur noch einen. Ist der dann der Markt?"

Maifeld, belustigt: „Na ja. Frau Gonzales hat den Medien die Schuld gegeben, weil sie die Freiheiten des Individuums wie eine Monstranz vor sich her tragen. Angeblich würden die Mächtigen und Leute mit viel Geld das nutzen, um die Freiheiten der anderen einzuschränken."

Anna: „Ist doch so. Wenn etwas nicht eindeutig geregelt ist oder die Einhaltung vorhandener Gesetze nicht sichergestellt wird, dann gilt das Recht des Stärkeren." Karl: „Wer will schon, das alles verboten wird." Anna: „Aber wenn am Seeufer das 'Zutritt verboten Privatbesitz' steht ist das okay?"

Sie verzieht das Gesicht. „Freiheit klingt doch toll. Es geht ja um die Wirtschaft. Und Otto Normalo merkt gar nicht, das er eine Marionette der Konzerne ist. Er kämpft sogar darum, dass es so bleibt."

Karl: „Das ist Ideologie und Wahlkampfgetöse. Ich dachte, Frau Gonzales hätte sich mit den Medien beschäftigt?"

Anna: „Sie meinte, dass die öffentlich rechtlichen die Angst der Leute vor Veränderungen schüren anstatt rationale Entscheidungen zu ermöglichen."

„Ach? Und wie machen die das?" Anna wirft ihren Kopf in den Nacken: „Die Medien bringen doch jeden Tag und zur besten Sendezeit Werbespots und jemanden, der das Schreckgespenst des Sozialismus an die Wand malt?"

7.10.18. Auf der weißen Wand uns gegenüber ist ein großes helles Rechteck zu sehen, erzeugt durch den Lichtstrahl des Projektors.

Erst unscharf, dann deutlicher ist eine feiernde Menschenmenge zu erkennen. Es geht um die Forderung des Rodungsstopps am Hambacher Forst. Das Urteil des OVG Münster vom 5.10.2018 wird verlesen. „(Es sei) nicht gerechtfertigt durch die Rodung des Hambacher Forstes vollendete Tatsachen zu schaffen."

„Die Polizei soll die Demonstranten aus dem Hambacher Forst entfernen, damit die Rodung beginnen kann!"

Da erscheint Anne Will auch schon im Bild und stellt ihre erste Frage: „Herr Laschet! Haben Sie den Wald voreilig räumen lassen und stehen jetzt reichlich blamiert da?"

Die Antwort ist etwas länger, ich bekomme aber nur mit, dass die Räumung wohl aus Sicherheitsgründen erfolgen musste. Fehlender Brandschutz für die Baumhäuser oder so. Hmh?

Sie hakt nach: „Und das ist Ihnen Mitte September zufällig eingefallen und da besteht kein Zusammenhang zwischen dem Rodungstermin, der dann Mitte Oktober liegt?"

Nun kommt die Naturschützerin oder interessierte Bürgerin, das habe ich nicht so genau verstanden, zu Wort.

Sie wirft Laschet vor, dass er Polizeieinsatz und Rodung nicht gestoppt hätte. Ich verstehe nur, dass sie besorgt ist, aber über die politischen und rechtlichen Hintergründe wohl nicht so genau Bescheid weiß. Zumindest höre ich das von Laschet, der sie immer wieder unterbricht.

Frau Will hört sich das mit ernsthaft, neutraler Miene an, greift aber nicht ein. Sie.wendet sich Christian Lindner zu: „Warum haben sie sich am Ring …. führen lassen?"

Lindner redet lange, antwortet aber nicht auf die eigentliche Frage. Er hält einen kleinen Vortrag über Klimaschutz, geltendes Recht, Stuttgart 21, Dieselgate, BER, Bürgerbeteiligung etc.

. Erstaunlich, dass die Will ihn gewähren lässt. Ohne weiter darauf einzugehen, spricht sie nun die Bundesministerin Schulze (SPD) an und holt dabei weit aus: „Fragen wir doch auch die, die verantwortlich sind. Frau Schulze, Sie sind heute in komischer Rolle", „waren Landesministerin bis 2017 als SPD und Grüne krachend verloren haben."

Sie schaut auf ihren Zettel und fährt fort:„Haben gesagt, das es gut wäre, mit der Rodung zu warten" und „deshalb müssen sie natürlich wahnsinnig heute aufpassen, was Sie sagen!" Ein grinsender Lindner wird eingeblendet.

Erst jetzt kommt Will zu ihrer Frage. „Hat die Landesregierung den Wald voreilig räumen lassen und sich zum Erfüllungsgehilfen von RWE gemacht?"

Frau Schulze, die schon mehrfach hilflos, verlegen wirkend im Bild zu sehen war, kommt endlich zu Wort. Oder doch nicht? Sie versucht zu antworten, wird aber zweimal von Herrn Laschet und dreimal von Frau Will unterbrochen. Einmal wird sie sogar von ihr belehrt, als es um die genaue Bezeichnung der sogenannten ´Kohlekommission´ geht. Danach schaut Anne Will triumphierend, die Mundwinkel verächtlich nach unten gezogen, in die Kamera.

„Kommen wir zu der Talkshow und dem Diskussionsforum der Nichtwähler!" Daniel tastet auf dem Laptop herum. Es erscheinen einige kurze Texte erscheinen, die an SMS- oder WhatsApp-Nachrichten erinnern.

„Echt gut, dass die Will von vorn herein klar gestellt hat, das die SPD und die Grünen für das ganze Theater verantwortlich sind! Und jetzt versuchen sie es dem Laschet in die Schuhe zu schieben!" Bodo12

„Genau. Erst richten sie den Schlamassel an und dann wollen sie nichts mehr davon wissen! Denen kann man echt nichts glauben!" Karin0

„Aber die haben doch mit dem Polizeieinsatz nichts zu tun! Wieso behauptet die Will, die SPD wäre dafür verantwortlich?" Gerda3

„Ach, jetzt wieder diese Leier! Der Lindner hat schon recht, die wollen sich nur raus reden!" Günesch9

„Die Will ist doch die einzige, die klar Position bezieht! Der Lindner hat die Frage ja gar nicht beantwortet?" Gerda3

„Da hast Du recht! Die Politiker schwafeln doch alle nur herum! Die Will nimmt die ja sowieso nicht ernst!" Cem16

„Das geht doch nicht. Immerhin sind das unsere Volksvertreter. Die haben wir gewählt!" Annette5

„Volksvertreter? Meine jedenfalls nicht. Ich wähle Erdogan!" Cem16

„Kann ich ja nicht. Vielleicht wähle ich die AfD, die lassen sich wenigstens nicht alles gefallen!" Heinz23

„Die hetzen doch nur. Vor allem gegen Flüchtlinge und gegen Europa!" Eva11

„Und die Moderatoren und anderen Parteien hetzen gegen die AfD. Noch schlimmer als gegen die SPD und die Linken! Das soll Demokratie sein?" Heinz23

„Die AfD ist doch nicht demokratisch! Die sollte man verbieten!" Eva11

„Da sieht man doch mal wieder, was für eine Scheiße das mit der Demokratie ist!" Kurt 25

„Das glaube ich langsam auch!" Luciano19

„Ein Irrtum ist umso gefährlicher, je mehr Wahrheit er enthält."
(Henry-Frederic Amiel, Tagebuchautor)

Spaziergang. Ich steige an der U-Bahnhaltestelle Leibniz Uni aus. Was ich hier mache? Keine Ahnung. Beim letzten Besuch der Uni haben wir ja einen großen Bogen um den Park gemacht und sind direkt zur Uni gegangen.

Jetzt latsche ich durch den Georgengarten vorbei an Museum und Minigolfplatz, biege ein in den Prinzen- oder Welfengarten. Ich bin schon ein wenig aus der Puste und setze mich auf eine Bank. Ein netter Platz mit Blick auf den Weg zur Uni. Nicht viel los.

Zwei junge Männer kommen vorbei und reden miteinander. Es gefällt mir, dass sie das ohne Handy tun, wenn auch ein wenig zu laut. Ich kann sie sogar verstehen und werde hellhörig. „Die Frohmann ist ja ganz okay, aber der Prof wird allmählich seltsam. Ach, da kommt sie ja." Gespannt warte ich darauf wie es weitergeht, doch jetzt sie sind schon zu weit weg.

Frohmann? Heißt nicht die Anna so? Ich sehe mich um. Nur eine zierliche Gestalt. Weit weg. Sie entfernt sich weiter von mir.

Ich stehe auf. Vielleicht hole ich sie ja ein, wenn ich mich ein wenig beeile, war ja lange nicht mehr walken gewesen.

Zum Glück hat sie es nicht eilig. Jetzt bin ich schon auf zwanzig Meter heran und überlege, ob ich sie rufen soll. Nein besser nicht, vielleicht dreht sie sich ja von alleine um. Mein Schnaufen und Gehuste ist eigentlich nicht zu überhören.

Nichts. Sie sieht nach vorn. Jetzt bemerke ich ihn auch. Ein Radfahrer mit Kapuze, der in einem Höllentempo auf sie zurast. Sie geht einen kleinen Schritt zur Seite. Er streckt den Arm nach ihr aus und greift zu; erwischt ihre Tasche und reißt sie ihr aus den Händen.

Ich stelle mich ihm in den Weg und breite die Arme aus. Er steigt hart in die Bremsen und dreht ab. Die Reifen rutschen durch den feinen Split. Das Hinterrad erwischt noch meine Beine und wirft mich zu Boden.

Der Kapuzen-Typ kämpft mit dem Gleichgewicht; die Tasche fällt ihm aus der Hand. Hat er es nicht bemerkt? Jedenfalls nimmt er wieder Fahrt auf und verschwindet hinter der nächsten Kurve.

Anna schaut ihm nach bis er nicht mehr zu sehen ist. Sie kommt zurück und hebt kopfschüttelnd die Tasche auf. Nur ein paar Meter von mir entfernt! Sie hängt sich den Riemen über die Schulter, wendet sich um und setzt ihren Weg fort als wäre nichts gewesen. Hat sie mich wirklich übersehen?

Okay. Länger als nötig muss ich hier ja nicht herumliegen. Eilig versuche ich aufzustehen. Ein stechender Schmerz im Knöchel meldet sich. Mit dem Aufstehen klappt es bei mir ja schon länger nicht mehr so gut. Aber jetzt kann ich mit dem linken Fuß nicht mal mehr auftreten.

Hoffentlich sieht niemand, wie ich zum nächsten Baum krieche. Der ist ganz in der Nähe. Ich ziehe mich langsam hoch. Es klappt ganz gut. Endlich stehe ich, belaste den Fuß. Es tut weh.

Ein großer Kerl lehnt gegen einen Baum auf der anderen Seite des Weges und sieht mich an. Amüsiert er sich über mich? Na ja, ich kann mich irren. Er ist ja mindestens 20 Meter entfernt. Hat er wirklich gegrinst und den Zeigefinger über seine Kehle gezogen? Er dreht sich weg und geht.

Von Anna ist nichts mehr zu sehen. Na ja. Vielleicht besser so, dass sie mich nicht bemerkt hat. Ich hinke zurück zu der Bank und lasse mich ächzend fallen.

Kontaktversuch. Anna hat uns erzählt, dass sie fast jeden Abend in die Kneipe um die Ecke geht.

Ich habe lange mir gerungen. Und gewonnen. Oder verloren? Keine Ahnung. Heute Abend bin ich jedenfalls auch in dieser Kneipe. Zu Fuß gegangen. Kaum noch gehumpelt.

Tatsächlich. Anna ist da. Nicht zu übersehen. Hat sie vorher zu Hause ihren alternativen Schlabberlook getragen, ist sie jetzt in ihrem Minirock ein richtiger Hingucker.

Keine Ahnung, warum sie dermaßen ihre Beine zeigen muss. Auf dem Barhocker kommen sie jedenfalls gut zur Geltung. Vielleicht will sie von ihrem Gesicht ablenken, weil sie glaubt, zu viele Falten zu haben.

Sana hat es mir mal erklärt. Jede Frau glaubt nämlich irgendetwas zu haben, das nicht gerade schön wäre; Gesicht zu kantig, Nase zu groß, Hüften zu breit, zu wenig Busen oder Arme zu lang. Also suchten sie etwas an sich, das so durchschnittlich ist, das es nicht auffällt. Und das würden sie dann hervorheben.

Auf meinen skeptischen Blick hin hatte sie gelacht: „Ach. Ihr Männer seid ja so gestrickt, dass ihr ausgehend von so einem Blickfang auch den Rest von uns anziehend findet." Na ja.

Anna sitzt nicht alleine an der Bar. Der Typ scheint angetan von ihr zu sein.

Ein gutaussehender Mittfünfziger mit einem netten Lachen und einem gutsitzenden blauen Sakko über einem weißen T-Shirt. Seine Mimik ist die reinste Filmvorführung. Ein schneller Wechsel von Actionstreifen und romantischen Komödien?

Sie schaut sich sein Gesichtskino interessiert an, ihre Lippen leicht geöffnet. Jetzt lacht sie. Übertrieben? Es perlt regelrecht. So kommt es mir vor.

Ich spüre einen Stich im Magen und spitze die Ohren. Obwohl ich nur ein paar Meter von den beiden entfernt sitze, verstehe ich kein Wort. Ob sie mich wohl gesehen hat?

Ab und zu streift Annas Blick durch das Lokal. Was ist jetzt? Ihre Miene verfinstert sich. Sie blafft ihn an.

Hat er etwas falsches gesagt? Er windet sich verlegen, redet auf sie ein. Sie schüttelt energisch den Kopf und wedelt mit der Hand, als wäre er eine lästige Fliege geworden.

Tatsächlich. Der Kerl steht auf, knallt einen Schein auf den Tresen und wendet sich verächtlich ab.

Sie dreht den Kopf in meine Richtung, lächelt mich an und winkt mir zu. Soll ich jetzt näher kommen soll? Nach dem Motto: Der Nächste bitte?

Egal. Der Kerl ist gegangen und ich setze mich neben sie. Da hat sie sich schon abgewendet und schaut gelangweilt in den Spiegel hinterm Tresen. Ich sehe ihr klassisches Profil und ein zartes Ohr, das sich durch ihre blonden Locken kämpft.

Ihre gerümpfte Nase und heruntergezogene Mundwinkel deuten darauf hin, dass das Casting vorbei ist und ich schon durchgefallen bin?

Hmh? Dann soll sie mir das gefälligst sagen, denke ich beleidigt. Doch meine Worte kommen nur zögernd aus mir heraus, als hätten sie Angst vor dem, was sie erwartet.

Ich erinnere sie daran, wir uns schon mal gesehen haben und stelle mich noch mal vor; bemüht deutlich zu sprechen und meiner Stimme einen festen Klang zu geben, klingt es, als würde ich ein Gedicht aufsagen.

Hört sie mir überhaupt zu? Ich frage sie direkt: „Äh... Darf ich Sie auf einen Drink einladen?" Sie dreht sich zu mir hin. „Gern!" Und zum Barkeeper: „Einen Martini-Cocktail, wie immer."

Ich bestelle ein Pils und einen Brandy. Das steht schnell vor mir. Den Schnaps kippe ich hinunter und nehme einen großen Schluck von meinem Bier. Und jetzt? Ich bin völlig aus der Übung. Na ja, das letzte Mal ist Jahrzehnte her.

Das war bei einem Klassentreffen; schon schwer genug, obwohl wir da eigentlich genügend Themen hatten.

Was tun? An unser Gespräch über Sylvia anknüpfen? Über die Ausstattung der Kneipe reden? Oder über die Attraktionen Hannovers? Nein, ich sage was mir einfällt: „Sie sind ja eine sehr attraktive Frau und ich frage mich, wie es sein kann, dass sie hier alleine...."

Ich breche ab, denn ihre Lippen bewegen sich als sprächen sie meine Worte mit. Hmh? Hat sie das schon öfter gehört? Egal, ich spreche weiter: „Warum machen Sie das?"

Ihre Diamanten-Augen verdunkeln sich. „Was meinen Sie?" „Wie soll ich es sagen? Äh, na ja, Sie sitzen hier so...äh...man kann Sie nicht übersehen." Ach, Du lieber Gott, was rede ich denn da?

„Sie meinen, ich soll mich besser unsichtbar machen?" Eine steile Falten erscheint auf ihrer Stirn.

„Sie wissen, was ich meine", stottere ich und ernte einen dramatischen Augenaufschlag. „Sagen Sie es mir", spielt sie den Ball zurück und nippt an ihrem Cocktail.

Ich nehme einen großen Schluck Bier. „Sie haben Niveau, die Barhocker nicht." Empört sieht sie sich um. Doch niemand beachtet uns.

Bis auf die gelegentlichen Blicke der Männer, die etwas tiefer zielen. Auf ihre Beine? Klar, auf meine sicher nicht.

Ihr Kopf geht nach oben, doch ihre Mundwinkel scheinen unten festgefroren zu sein. „Warum sind Sie dann hier?"

„Ihretwegen!", rutscht mir heraus. Hastig schiebe ich hinterher: „Ich rede eben gern mit Frauen." Sie rümpft die Nase. „Ach ja? Und warum?"

Gute Frage. Was soll ich dazu sagen? Außer: „Keine Ahnung. Weil Frauen mir zwar selten Recht geben, aber mich irgendwie auch verstehen können?" Ihre Mundwinkel zucken: „Und die Männer?" „Da ist es umgekehrt."

Hmh? Was habe ich da eigentlich gesagt? Auch Anna scheint darüber nachzudenken.

Barhocker. Ihr Blick geht zur Eingangstür. Ein sehr großer Mann in einem grauen Anzug betritt die Bar und steuert direkt auf uns zu. Ein blonder, skandinavischer Typ, der mir mit den schulterlangen Haaren und seiner kräftigen Statur wie ein Wikinger erscheint, der von Armani ausgestattet wurde.

Da steht er auch schon vor ihr: „Wir sind beim letzten Mal unterbrochen worden, Anna!" Das klingt nicht besonders freundlich, passt aber zu seiner unbewegten Miene.

Ich verliere für einen Moment das Gleichgewicht und muss mich an der Theke festhalten. Vielleicht habe ich einfach zu hastig getrunken?"

„Woher kennen Sie meinen Namen?" Was ist das denn? Annas Stimme ist die eines verängstigten Teenagers. Ihr bleiches Gesicht wendet sich dem Hünen zu.

Der knurrt: „Ich weiß immer, was ich wissen will." Anna sieht sich um. Irritiert? Hilfesuchend?

Die Gespräche an den Tischen sind verstummt und alle Blicke auf uns gerichtet. Nun sind wir auf der Bühne.

Der Hüne schaut mich aus den Augenwinkeln an. „Sie sitzen auf meinem Hocker. Wenn Sie so freundlich wären!" Seine Miene ist finster. Er wendet sich wieder Anna zu.

Hmh? Was tun? Der Wikinger ist mindestens einen halben Kopf größer als ich, doppelt so breit und mindestens zehnmal so gewaltbereit. Meine Finger krallen sich am Tresen fest.

Hmh? Ich weiß nicht, was ich machen soll, traue mich auch nicht nach Anna zu sehen. Dazu müsste ich ja den Schläger aus den Augen lassen.

Angst hat keine Logik. Das habe ich mal irgendwo gelesen. Okay? Dann ist ja auch egal was ich jetzt mache. Zu schlecht soll Anna natürlich auch nicht von mir denken?

Mir fällt das Panik-Seminar ein, an dem ich teilgenommen habe. Das hieß natürlich anders. Irgendwas mit Stress. Ich erinnere mich noch an den ersten Lehrsatz: „Machen Sie sich Mut!"

Ich versuche es. Okay. So dramatisch wird es schon nicht werden. Es gibt schlimmeres als ein blaues Auge, ein ausgeschlagener Zahn, geprellte oder gebrochenen Rippen? Und wenn ich erst mal am Boden liege wird sicher jemand die Polizei anrufen.

Bestimmt hat schon jemand sein Handy gezückt. Hoffentlich nicht nur um Fotos zu machen.

Hmh? Was hatte der Psychologe dann als nächsten Schritt empfohlen? Ach ja: „Hören Sie ihrem Gegenüber genau zu, bieten Sie ihm eine Alternative an."

Okay, am Besten nehme ich Ihn beim Wort. Also erhebe ich mich langsam und stehe breitbeinig, sogar ohne Zittern. da. Ich stelle den Hocker auf dem ich gesessen habe, ein Stück zur Seite, ziehe einen anderen zu mir heran und nehme auf ihm Platz.

Mit einer einladenden Handbewegung deute ich erst auf den Wikinger und dann auf das freigewordene Sitzmöbel. „Bitte schön." Mein Lächeln schmerzt ein wenig, aber es geht.

Den Geräuschen nach zu urteilen, finden die anderen Gäste das lustig. Der Hüne wohl nicht, denn er funkelt mich wütend an. Zu meiner Überraschung halte ich dem Blick stand und schaffe es sogar meine Mundwinkel oben zu halten.

In der Kneipe ist es still geworden. Auch ohne hinzusehen, weiß ich dass alle Augen auf uns gerichtet sind.

Was mache ich denn jetzt? „Nicht provozieren, Verständnis zeigen" hatte der Psychologe gemeint. „Ich kann Sie gut verstehen", kommt heiser über meine Lippen, „ich mag es auch nicht, wenn jemand meine Sachen woanders hinstellt."

Jetzt fällt es mir wieder ein. 'Umgang mit Stresssituationen' hieß das Seminar. Und die zweite These: „Melden Sie ganz höflich und offen Ihre Bedürfnisse an, dann fühlt sich ihr Gegenüber ernst genommen."

Meine Schultern gehen hoch. „Aber Sie werden verstehen, dass ich nicht so unhöflich sein kann, mein Gespräch mit der Dame einfach abzubrechen."

Von den Tischen ist leises Raunen zu hören. Und ein unterdrücktes Hüsteln. Vielleicht warten die anderen Gäste ja auf die Reaktion des Hünen. Ich irgendwie auch. Dann hätte ich es hinter mir.

Er wird laut: „Wollen Sie mich auf den Arm nehmen?" Hmh? Was hatte uns der Psychologe geraten?

„Versuchen Sie auch das positive bei ihrem Gegenüber anzuerkennen. Sprechen Sie es aus."

Ich halte kurz den Atem an und stoße ihn hektisch wieder raus. „Also vorweg mal, vielen Dank, dass Sie so deutlich sprechen." Seine Miene ist ein verblüfftes Fragezeichen.

Meine Erklärung ist schon unterwegs. „Ich höre ja nicht mehr so gut. Wirklich nett von Ihnen. Dabei kennen Sie mich ja gar nicht."

An einem der hinteren Tische ist ein unterdrücktes Kichern zu hören. Na, die haben gut lachen.

Ich hätte mich ja gerne danach umgesehen. Zu denen, die da sitzen, wo ich jetzt auch gern sitzen würde.

Aber das wäre dem Wikinger gegenüber unhöflich gewesen und ich wollte ja auch nichts verpassen. Zum Beispiel, wenn seine Faust auf meine Zähne trifft.

Der Hüne sieht mich entgeistert an und brüllt: „Wenn Sie nicht sofort aufstehen, dann...." Er holt tief Luft und sucht offenbar Worte, die zu einer lächerlichen Figur wie mir passen könnten.

In der Bar ist es wieder still geworden. Ich sollte besser auch die Klappe halten und tun, was er mir sagt.

Hmh? Was hatte dieser Psychologe uns geraten. „Spielen Sie auf Zeit und vertrösten Sie ihn."

Ich versuche, die Bilder der Faust zu verdrängen, die auf mich zugeflogen kommt. Nicht so leicht etwas zu sagen. Meine Lippen sind schwer wie Blei und auch noch verkantet.

Mit aller Kraft reiße ich sie auseinander und hänge die Mundwinkel zu einem Lächeln auf. „Nein, danke. Das passt jetzt nicht so. Ein anderes Mal gerne."

Meine Lippen über den Zähnen eingerastet, wende ich mich Anna zu. „Wo waren wir eigentlich stehen geblieben?"

An den Tischen bricht prustendes Gelächter aus, während die schöne Frau vor mir quiekende Geräusche von sich gibt.

Der Blonde verfärbt sich: „Sie haben es nicht anders gewollt." Er macht mit geballten Fäusten einen Schritt auf mich zu.

„Bewahren Sie ihr Gegenüber davor, etwas Unüberlegtes zu tun. Er wird es Ihnen danken!", springt mir der Psychologe zur Seite.

Ein Reflex hebt meinen Arm und schüttelt den Kopf. „Denken Sie doch mal an die Leute hier. Was macht das denn für einen Eindruck?"

Der Hüne zögert irritiert, fragt sich wohl, was er von diesem lebensmüden Alten halten soll. Dann läuft sein Gesicht so rot an, dass er mich an einen feuerspeienden Drachen erinnert.

Keine Ahnung, was ich machen soll. Auch dem Psychologen sind die Ratschläge ausgegangen. Jedenfalls meldet er sich nicht mehr.

Um das wütend verzerrte Gesichts des Wikingers nicht mehr sehen zu müssen, mache ich die Augen zu.

Polizei. „Kann ich Ihnen helfen, guter Mann?", höre ich eine ruhige Stimme. Sie kommt mir bekannt vor. Nun sehe ich auch warum.

Da steht der ehemalige Polizist Karl Hoffmann, der mein Freund geworden ist. Neben dem Wikinger wirkt er winzig und beinahe grazil.

Der Armani-Träger schaut grimmig auf ihn herunter und donnert: „Das wagst Du nicht." Ich zucke zusammen.

Karl schüttelt den Kopf: „Tz, tz, Eine Drohung gegen einen Polizisten. Gar nicht gut!"

Die Augen des des blonden Hünen fahren herum zu einer Ecke weiter hinten im Lokal. Dort sitzt ein dunkelhaariger Mann, der angestrengt in die Karte schaut.

Der Wikinger wendet sich wieder Karl zu. Der lächelt breit; er hält ihm seine Zähne so demonstrativ entgegen als wären sie ein Dienstausweis.

Ich sehe schon die Faust in Karls blutigem Gesicht, ihn sich krümmend am Boden liegen und den Hünen auf ihn eintreten. Doch nach einem erneuten Blick durch das Lokal verzieht der Wikinger das Gesicht, geht mit einer wegwerfenden Handbewegung an Karl vorbei und verschwindet aus dem Lokal.

Erleichtert drehe ich mich zu Anna hin. Hätte sie am liebsten in den Arm genommen, sehe sie aber nur noch von hinten. Sie steht nun vor Karl und redet auf ihn ein.

Ich kann sie hören. „Du hast mich gerettet. Ein fürchterlicher Typ." Sie wirft ihm einen dankbaren Blick zu.

Na ja, Blick? Sie verschlingt ihn mit ihren Augen. „Seinen Lebensretter kann man doch duzen. Oder?"

Er nickt: „Karl. Also eigentlich Karlheinz." Sie breitet ihre Arme aus. „Du weißt doch was der Name bedeutet?", strahlt sie ihn an. Er zuckt mit den Schultern.

„Freier Mann oder in Sylvias Muttersprache Hombre Libre", flüstert sie ihm zu.

Er brummt etwas in seinen Bart, das ihr gefällt. Jedenfalls strahlen Ihre Augen wie die ein Kindes unterm Weihnachtsbaum. Karl hampelt mit den Händen herum, als wolle er seine Worte wieder einfangen. Sie redet weiter auf ihn ein.

Kopfschüttelnd wehrt er ab, um dann geschmeichelt hinterher zu schieben. „Na, wir wollen ja mal nicht übertreiben."

Die Leute in der Kneipe unterhalten sich schon wieder als wäre nichts gewesen. Nur noch ab und zu schaut jemand zur Theke. Nein, mich beachten sie nicht mehr. Auch Anna und Karl sind mit sich selbst beschäftigt. Und so bleibt mir nichts anderes übrig, als die Rechnung zu zahlen und abzuhauen.

„Politik besteht darin, Gott so zu dienen, dass man den Teufel nicht verärgert." (Thomas Fuller, Historiker)

Nadja. Wir sitzen mit Sylvias Kommilitonin Nadja Paranowa in der Mensa. Fast wie auf einer Bühne. Die anderen Studenten wuseln um uns herum und lassen uns nicht aus den Augen.

Nadja ist eine Frau, die man nicht übersieht. Mit ihren hohen Pumps ist sie sicher über 1,90 groß. Ihre glatten Haare gehen ihr nur bis zu den Schultern, aber bei ihrem langen Schwanenhals ist das schon etwas.

Attraktivität liegt bekanntlich im Auge des Betrachters. Während ich Sylvia als hübsch bezeichnen würde, kommt mir die Paranowa wie eine kühle, aristokratische Schönheit vor.

Ihr schmales, blasses Gesicht schaut unbewegt auf uns herab. „Sie können Sie mich Nadja nennen, wenn Sie das wollen." Wesley nickt und schildert ihr, um was es geht.

„Sylvia und engagiert? Ich glaube, Sie nehmen die ebenso zu wichtig, wie sie sich selbst." Nadja schaut uns mitleidig an. „Ist Ihnen noch nicht aufgefallen, dass sie mit ihren schrägen Thesen immer im Mittelpunkt stand?"

Wesley grinst. „Da ist schon was dran. Aber Sie, Nadja, sind ja auch nicht gerade unauffällig." „Das will ich schwer hoffen", grinst sie, als habe sie einen Witz gehört.

Ich komme zum Anlass unseres Gesprächs zurück. „Was wissen Sie über Sylvias Diplomarbeit?"

„Das sie hat darum einen ziemlichen Aufstand gemacht hat. Ich kam mir wie im Zirkus vor. Einem mit mehreren Manegen. Sie wissen schon. Wie Ringling, Barnum, Bayley." Ihre Hände jonglieren imaginäre Bälle: „The greatest show on earth." Wes: „Um was ging es denn dabei?"

Sie schaut zu Boden als wäre ihr etwas heruntergefallen. „Um was wohl? Natürlich um etwas oder jemanden im Mittelpunkt des Interesses. Wenn man dagegen attackiert bekommt man ja selbst eine gewisse Aufmerksamkeit."

„Sie meinen das Fernsehen?", vermute ich. „Klar, was denn sonst. Die Journalisten und Moderatoren sind ja große Stars."

Sie lacht: „Und wer ihnen an die Karre fährt, wird in ihrem Windschatten ebenfalls prominent." Wesley: „Was hat Sylvia denn gesagt?"

„Ach, sie redete viel, wenn der Tag lang ist." „Zum Beispiel?" Sie rümpft die Nase. „Zum Beispiel hat sie unseren Professor solange belabert bis der dann einen alten Bekannten angesprochen hat. Der ist Redakteur." „Belabert?"

Sie lacht. „Ach, der Maifeld ist ein alter Grabscher. Da hat sie wohl damit gedroht ihn wegen Belästigung auffliegen zu lassen."

Hmh? Das ist mir neu. Ich tausche einen schnellen Blick mit Wes. Der schüttelt nur den Kopf: „Aber Sie haben trotzdem die besseren Noten?"

Sie nickt: „Sehen Sie mich doch an. Von nichts kommt nichts. Die mit der Macht sind eben schwach." „Will sagen?"

„Niemand legt ungestraft seine Hand auf meinen Hintern." Sie neigt sich auf die Seite und deutet mit dem Finger auf das besagte Körperteil. „Nicht ungestraft?"

„Ja klar. Nicht lang schnacken, Fuß im Nacken." Der belustigt strenge Blick den sie mir zu wirft lässt mich ahnen, wer am Lehrstuhl das Sagen hat.

Wesley: „Haben Sie von Sylvias Arbeit denn auch mal etwas mitbekommen?" Sie zuckt die Achseln. „Nur, was im Seminar besprochen wurde."

„Über die Medien?" „Auch. Es gibt ja noch andere Themen, wie Politik, Verwaltung oder Korruption."

Wesley: „Hatte Sylvia denn Feinde?" Sie verzieht den Mund. „Von mir mal abgesehen, meinen Sie?" „Was haben Sie denn gegen Sie?"

Nadja: „Na ja, sie hat einen schlechten Einfluss auf den Prof." „Inwiefern?" Sie grinst: „Immer wenn sie bei ihm gewesen war, hat er herumgezickt." „Wie bitte?"

„Er gab dann ständig Widerworte." Sie kichert, als habe sie einen Scherz gemacht. Wes sieht mich ratlos an.

Ich übernehme: „Gibt es noch jemanden, der etwas gegen Sylvia haben könnte?"

„Hmh? Schwer zu sagen. Sie hat sich ja überall eingeschleimt. Vielleicht jemand vom Fernsehen, dem sie Konkurrenz gemacht hat. Oder doch ihr Freund. Grund zur Eifersucht hat sie ihm ja genug gegeben."

Interessant. Darüber hätte ich gern mehr gewusst. Sie scheint auch auf entsprechende Nachfragen zu warten. Doch bevor ich den Mund öffnen kann spüre ich die Hand von Wes auf meinem Arm.

„Frau Paranowa, wären Sie bereit uns bei der Sichtung ihrer Unterlagen zu unterstützen?", fragt er sie. Ich bin überrascht.

Nadja: „Unterlagen?" Er nickt: „Das, was uns noch von Sylvias Arbeiten vorliegt."

Sie wirft ihm einen erstaunten Blick zu. „Und warum wollen Sie das?" Er zuckt die Achseln. „Weil Sie vermutlich einen anderen Blick auf die Arbeiten haben als Sylvias Freunde."

Ich nicke erstaunt, während sie sich amüsiert: „Warum sollte ich das tun?" „Wir könnten Sie dafür bezahlen?"

Ihre Nase geht noch ein Stückchen weiter nach oben. „Ich bin aber nicht ganz billig."

9.10.18. „Das Heute Journal vom 9.10.18." An der Wand erscheint in Übergröße die wie immer bedenklich ernste Miene von Klaus Kleber.

„Für die Bundesumweltministerin war heute kein sonniger Tag. Gestern noch musste sie nach den neuen Meldungen über die Erderwärmung Treue zum Klimaschutz schwören und heute ihren europäischen Kollegen dann erklären, dass sie selbst…. drastische CO_2-Senkungen nicht durchsetzen kann, weil ihre Koalition das nicht erlaubt, was die Klimaforscher für zwingend notwendig halten. Und dann hagelt es heute auch noch das Berliner Urteil. Es war und ist für die deutsche Ministerin gerade nicht lustig im Kreis der EU-Kollegen als Umweltminister. Beobachtungen von …!"

Nun folgt ein Bericht mit Stellungnahmen von Fachleuten, Politikern und Verbandsvertretern, die das eben so sachlich wie genüsslich auswalzen.

Ingo Zamparoni greift das Thema an diesem Abend in den Tagesthemen ebenfalls auf. Die Umweltministerin lässt sogar einen flammenden Appell los. Für strengere Vorgaben, muss aber selbst gegen ihre Kollegen stimmen, die genau das fordern. Absurd!

Wieder führt van Haaren als Moderator souverän, beinahe schillernd durch die Talkshow. Diesmal hat er aber zumindest optisch eine durchaus ernstzunehmende Konkurrenz bekommen. Und zwar Kemal7, einen türkisch aussehenden Mann, der an den jungen Erol Sander erinnert.

Zwischen Gerhardt15, der mit Scheitel und Bierbauch recht bieder wirkt und dem glatzköpfigen, untersetzten Rolf1 sticht er regelrecht ins Auge.

Inhaltlich erwarte ich eigentlich nichts Neues und höre nur mit halbem Ohr hin. Doch dann wird van Haaren lauter und setzt sich freundlich, aber bestimmt dafür ein, sein Gegenüber ausreden zu lassen und nicht persönlich zu attackieren.

„Sie meinen, nicht so wie bei den Journalisten und Moderatoren im Fernsehen? Da unterbrechen sich die Teilnehmer ja ständig. Vor allem einige konservative Männer lassen die anderen kaum mal ausreden. Und die Moderatoren bringen verkürzte Zitate einzelner und hetzen die Politiker aufeinander. Die wollen keinen sachlichen Austausch von Argumenten. Die wollen Blut sehen!" Kemal7 schüttelt verächtlich den Kopf. Van Haaren und die anderen am Tisch sehen ihn erstaunt an.

Kemal7 ist immer noch empört. „Da wird diese komische, kleine Frau Ministerin von der SPD vorgeführt. Aber die CDU mit ihrer Kanzlerin wird mit keinem Wort erwähnt!"

Er seufzt: „Aber Weglassen von Informationen vereinfacht ja bekanntlich die Meinungsbildung! Ihr habt keinen Respekt! Und Eure Journalisten polieren die Fakten so lange, bis sie sich drin spiegeln können!"

„Eure in der Türkei ja nicht, die sitzen im Knast!" Rolf1 streicht sich über seinen Glatzkopf. Aus dem Hintergrund meine ich das Wort „Fleischkappe" zu hören.

„Was sollen die vom Fernsehen denn machen? Die Politiker sind eben so!" Rolf1 zuckt mit den Schultern.

„Wie wäre es mit kritischem Journalismus. Zum Beispiel...", Kemal7 muss wohl einen Moment nachdenken.

Dann fährt er fort: „Zum Beispiel einfach darüber informieren, dass man so viele Autos nur braucht, weil die Regierungen in den letzten Jahrzehnten die Bahn und damit hunderttausende von Arbeitsplätze abgebaut hat."

Gerhardt15: „Du willst die Leute doch nur aufhetzen!" Rolf1 nickt: „Genau!"

„Ne, das machen Eure Journalisten schon. Oder sind Eure Ostdeutschen wirklich alle Nazis? Oder wollen die Linken und die Sozis wirklich eine Planwirtschaft?" Kemal7

„Sag mal, bist Du wirklich Türke?" Rolf1 sieht ihn misstrauisch an. „Klar, wenn Du als Deutscher so etwas sagen würdest, wärst Du ja ein Nazi oder ein Kommunist!", grinst Kemal7

Gerhardt15: „Aber so völlig unkritisch, wie ihr Erdogan gegenüber seid? Das ist doch krank!"

Kemal7: „Genau so krank ist, dass die ihr Leute wählt, die ihr für Betrüger haltet." Gerhardt15: „Machen wir ja nicht."

Kemal7: „Aber es stört Euch nicht, wenn eure Journalisten sie so behandeln. Wenn man nach den Einschaltquoten urteilt, findet ihr das noch sogar toll. Warum geht ihr überhaupt wählen? Ach nein, ihr ja nicht!"

Rolf1: „Die Politiker haben es nicht anders verdient. Die springen doch über jedes Stöckchen, dass die Journalisten ihnen hinhalten!"

Kemal7 lacht. „Als eine deutsche Journalistin Erdogan interviewt hat, war sie ganz brav, um nicht zu sagen ehrerbietig. Aber euren eigenen Politiker wird keinerlei Respekt entgegen gebracht. Im Gegenteil!"

Rolf1: „Ist doch richtig so. Die reden den Journalisten doch nur nach dem Mund, damit sie nicht selbst zur Zielscheibe werden. Nur die AfD hat keine Angst vor denen!"

Kemal7: „Das hat sich vielleicht bald sowieso erledigt. Jetzt reden die ja sogar schon von künstlicher Intelligenz. Und wie toll das alles ist, dass die uns so vieles abnehmen können."

Er lacht: „Vielleicht lässt man die Roboter schon bald auch für uns wählen, um uns den Weg zum Wahllokal zu ersparen!"
„So ein Quatsch. Die würden dann ja einfach auf eine Partei programmiert!" Rolf1
Gerhardt15 lacht. „Na ja. Irgendwie sind wir durch die Medien doch heute auch schon programmiert!"

11.10.18 Daniel van Haaren: „Sehen wir uns mal den folgenden Beitrag aus den Tagesthemen an!" Er drückt einige Tasten und an der Wand erscheint die imposante Gestalt von Ingo Zamparoni.
„Muss der eigentlich so breitbeinig dastehen!", zischt Sylvia8, „so dick können seine Eier doch gar nicht sein!" „Psst!" Daniel schüttelt den Kopf und deutet mit dem Kinn zur Projektion.
Seiner Miene nach verkündet Herr Zamparoni dramatisches: „…haben wir darüber berichtet, dass die AfD in Hamburg eine Online-Plattform geschaffen hat auf der Schüler und Eltern es melden können, wenn sie glauben, dass Lehrkräfte nicht politisch neutral genug sind und somit gegen das sogenannte Neutralitätsgebot verstoßen. Weil mittlerweile auch andere AfD-Landesverbände solche Portale planen, hat sich heute auch die Kultusministerkonferenz mit diesem digitalen Pädagogen-Pranger, wie es Kritiker bezeichnen, beschäftigt. Meldeportale sind aber nicht die einzigen Methoden mit denen die AfD gegen Lehrkräfte vorgeht, von denen sie sich kritisiert fühlen. Dienstaufsichtsbeschwerden sind andere, wie Moritz …. berichtet!"
Es folgt eine ausführliche Reportage über einen Lehrer für Mathe und Physik gegen den ein AfD-Abgeordneter Dienstaufsichtsbeschwerde einlegt hat. Wegen einer Bemerkung über rechtsextreme Abgeordnete im Bundestag, die abgewiesen wurde.
Daniel legt seine gebräunten Finger übereinander und lächelt souverän. „Wortmeldungen?"
Gregor24. „Das mit der Plattform bringen die ja nicht zu ersten Mal. Das hätte man ja eher von den anderen erwarten können. Schließlich möchte ich nicht, dass meine Kinder mit irgendeinem kommunistischem oder rechtsextremem Zeug aufgehetzt werden. Aber…"

Sylvia schnaubt dazwischen: „Natürlich ist die Beschwerde des AfD-Abgeordneten Schwachsinn! Die Frage ist doch, warum die Tagesthemen so ausführlich darüber berichten? Sollten die wirklich nicht wissen, dass auch negative Nachrichten über die eine gute Werbung sind?"

11.10.18 An der Wand erscheint Klaus Kleber, der mit gewohnt eindringlich, ernster Stimme auf uns herab redet. „...CSU gerichtet sein, ob sie tatsächlich 10 % Punkte oder mehr einbüßt, dabei droht der SPD in Prozentpunkten ein ähnliches Schicksal und während dreizehn % Punkte bei der CSU etwas mehr als ein viertel der Stimmen bisher sind wäre es bei der SPD nahezu die Hälfte, die sie verliert."

Die Kamera fährt auf ihn zu: „Ein Desaster, nicht nur für die bayerische SPD. Britta ... über die Angst der Roten heute in Berlin vor der weiß-blauen Wahl! Es droht ein Absturz in die Unwichtigkeit!"

Daniel van Haaren räuspert sich. Ganz Moderator. „Erst mal soweit!"

„Was soll dieser Bericht? In Bayern spielt die SPD doch sowieso keine Rolle!" Meves17

„Ich finde das fair! Die Leute, die SPD wählen würden, können doch gleich zu Hause bleiben!" Kurt25

„Ach, das geht doch gegen die Bundes-SPD! Die große Koalition ist doch sowieso am Ende!" Wilfred13

„Wer wählt schon eine Partei, die Schiss vor Neuwahlen hat? Da hat der Kleber schon recht!" Achim26

„Das ist mir egal! Über die wichtigen Dinge wird wieder mal nicht berichtet!" Kurt25 „Es geht darum über die Stimmung zu informieren!" Bodo12 „Oder Stimmung zu machen!" Meves17

„Schaut doch mal genau hin. Die Moderatoren beschäftigen sich doch vor allem mit Spekulationen. 90% der Fragen gehen in diese Richtung. Am Ende hat man die wenigen Fakten, die gebracht werden, wieder vergessen." Sylvia8

„Was meint ihr wofür das Kürzel ZDF wirklich steht?" Mevew17

Sylvia8 lacht: „Wenn man sich Interviews und Talkshows ansieht, steht ZDF wohl für Zentrales Desinformations-Fernsehen."

„Genau. Mich interessiert eher, ob die den Koalitionsvertrag vernünftig abarbeiten. Aber die berichten nur über Seehofer oder Söder. Und dass die Merkel an allem schuld ist!" Meves17

„Die vom Fernsehen halten uns doch für blöd und wollen uns noch blöder machen. Verdienen alle viel Kohle und wollen, dass die gewinnen, die die Steuern senken!" Gregor24

„Die werden doch selbst aus Steuergeldern bezahlt. Rundfunkgebühren, da kann man nicht mal etwas von absetzen." Meves17

„Die sind also Beamte?" Gregor24. „Nein, wie die meisten im öffentlichen Dienst nur Angestellte. Beamtet sind nur Leute, die hoheitliche Aufgaben wahrnehmen." Meves17

„Also die Information der Bürger ist keine hoheitliche Aufgabe? Die können also berichten was sie wollen." Sylvia8

„Pressefreiheit. Okay." Gregor24. „Aber wieso wollen die einen schlanken Staat mit immer weniger Beschäftigten? Die schimpfen doch ständig darüber, das alles viel zu lange dauert." Sylvia8

„Aber, wenn etwas schief geht machen die ein Riesentheater, das man da nicht sorgfältig genug geprüft hat." Meves17

„Na ja, so haben eben immer etwas über das sie sich aufregen können und sparen sich die journalistische Arbeit." Gregor24

„Da hast Du recht. Ich habe den Eindruck, das hunderte Leute uns immer wieder das gleiche berichten. Meistens nicht mal Fakten sondern Meinungen und Spekulationen." Gregor24

„Den Moderatoren geht es längst nicht mehr darum uns zu informieren sondern darum sich selbst in Szene zu setzen." Sylvia8

„Meinst Du wirklich?" Meves17 „Ja klar. Kuck doch mal, wie die da stehen. Als wären sie der liebe Gott persönlich!" Sylvia8

„Ich finde das total unfair, wie ihr über die vom Fernsehen redet!" Claudia20.

Sylvia8 lacht. „Wir gehen mit den Moderatoren und Journalisten nur so um, wie die das mit den Politikern machen!"

„Also ich wünsche mir ja deutlich schlankere Sendeanstalten. Da wäre weniger sicher mehr. Dann würde auch das Gerangel um die Quoten und die Verunglimpfung unserer Politiker aufhören. Ich fände es gut, wenn unsere Journalisten endlich wieder ehrlich arbeiten könnten." Meves 17

„Hinter jedem Idioten steckt eine große Frau."
(John Lennon, Musiker und Komponist)

Heimweg. Es ist schon nach 23 Uhr als ich aus dem Haus gehe und für einen Absacker noch mal zu Annas Stammkneipe fahre.

Kaum bin ich angekommen, sind auch die Zweifel da. Macht es so kurz vor Mitternacht überhaupt noch Sinn hineinzugehen? Um diese Zeit dürfte sie ja längst zu Hause sein.

Na gut, wenn ich schon mal da bin will ich wenigstens einen Kaffee trinken. Ich trete ein und schaue mich in der nahezu leeren Kneipe um.

Beinahe hätte ich sie übersehen. Sie beugt sich so weit vor, dass ihr Oberkörper fast auf dem Tresen liegt. Ein heftiger Flirt mit dem Barkeeper? Da will ich dann doch nicht stören. Ich mache auf dem Absatz kehrt, schnappe vor der Tür ein wenig frische Luft und gehe ein paar Schritte. Genau. Ein kleiner Spaziergang wird mir sicher gut tun. Und dann nichts wie nach Hause.

Meine Gedanken drehen sich im Kreis. Um Anna und den gemeinsamen Abend, der ja erst ein paar Tage zurückliegt. Keine schöne Erinnerung. Sie sitzt vor mir und schaut mir angewidert dabei zu, wie ich mich zum Narren mache. Und dann ihre Erleichterung als Karl sie von meiner unangenehmen Gesellschaft erlöst.

Meine schlechte Laune ist noch längst nicht fertig mit mir. Ich sehe mich um. Keine Ahnung, wo ich hier bin. Also laufe ich ein Stück zurück. Da, auf der anderen Straßenseite. Schon wieder diese Kneipe? Und eine Bank unter der Kastanie.

Ich bin müde, setze mich hin. Mir fallen die Augen zu und mein Kopf nach vorne. Da bin ich auch schon wieder wach. Eine Bewegung auf der anderen Straßenseite?

Ich schaue auf die Uhr. Kurz nach eins. Die Kneipe macht wohl dicht. Anna? Sie steht da und schaut auf den Rücken eines Mannes. Der Barkeeper, der die Tür abschließt?

Zögernd geht sie ein paar Schritte weiter. Hat sie mich nicht bemerkt? Ich halte inne. Hat sich da etwas bewegt? Aus den Augenwinkeln sehe ich einen Schatten vor der Kneipentür.

Es knallt? Eine dunkle Gestalt, die den Barkeeper mit einer Hand im Nacken hält? Ihn nach vorne stößt? Hmh? Ein dumpfer Aufprall? Rutscht da jemand an der Tür herunter und sackt in sich zusammen?

Hat Anna nichts gehört? Jetzt zögert sie, bleibt stehen, dreht sich langsam um. Der Schatten ist schon hinter ihr, hält sie fest und seine Hand auf ihren Mund. Sie hebt abwehrend die Arme und tritt nach hinten aus. Die dunkle Gestalt zieht sie hoch. Ihre Füße zappeln in der Luft.

Ich bin schon unterwegs zu ihr. Beeile mich, so gut es geht. Meine Gedanken überholen mich. Ich schnaufe zu laut, um überhört zu werden. Ist der taub oder nur abgelenkt? Jedenfalls macht er einfach weiter. Hmh? Warum auch nicht? Er ist ja mindestens einen halben Kopf größer als ich und doppelt so breit. Nicht das schon wieder!

Dann stehe ich hinter den beiden. Hilflos und wütend trete ich ihm in die Hacken. Was immer ich getroffen habe, muss ziemlich empfindlich sein. Sein Schrei ist schmerzhaft laut und aggressiv.

Ich trete noch mal zu. Jaulend lässt er Anna fallen und hüpft auf einem Bein. Zwei, drei Mal. Humpelnd dreht er sich um und rammt mir seinen Ellenbogen in den Magen.

So schnell wie ich zusammenklappe sehe ich nur noch seine Kapuze in der Dunkelheit verschwinden. Nach Atem ringend versuche ich mich aufzurichten.

Anna rappelt sich schon auf wieder auf und kommt aufgeregt auf mich zu. Ich habe keinen Dank von ihr erwartet. Trotzdem bin ich überrascht, als sie mich wütend anschnauzt: „Du bist doch nicht ganz dicht."

Dem weiteren Blitzgewitter ihrer Augen entgehe ich zum Glück, denn sie sieht den Barkeeper auf dem Boden liegen. Sie wendet sich von mir ab und geht mit schnellen Schritten hin zu ihm. Sichtlich erschüttert setzt sie sich neben ihn, hebt seinen Kopf auf ihren Schoss und redet sanft auf ihn ein.

Als ich neben ihr stehe, sehe das blutverschmierte Gesicht des Typen; gleich zwei große Platzwunden auf der Stirn, die Nase scheint gebrochen zu sein. Ich nehme mein Handy heraus und rufe den Rettungsdienst.

Erstaunt registriere ich, das auch sie in ihr Handy spricht. Sie müsste meinen Anruf doch mitbekommen haben und wissen, dass Hilfe unterwegs ist? Ich weiß nicht, was ich sagen soll. Auch Anna schweigt. Sie sieht mich nicht mal an.

Obwohl es nur ein paar Minuten dauert, kommt es mir ewig vor, bis ein Rettungswagen kommt. Ich höre seine Sirene schon bevor ich ihn sehen kann. Dann ist er da. Nicht nur der. Neben ihm funkelt das alarmierende Martinshorn eines Streifenwagens. Zwei Uniformierte steigen aus und sehen sich eilig um.

Zusammen mit einem Sanitäter gehen sie auf Anna zu, die den Bewusstlosen noch in ihren Armen hält. Sie hebt den Kopf und zeigt mit dem Finger in meine Richtung. „Das ist er!"

Bevor ich ihr einen entgeisterten Blick zu werfen kann werde ich schon an den Armen hoch gerissen und von ihr weggezerrt. Dass jemand meinen Kopf herunterdrückt, wird mir erst bewusst, als ich nur noch den den grauen Asphalt der Straße sehe.

Verhör. Auf der Wache gibt man mir endlich die Gelegenheit zum Tathergang Stellung zu nehmen.

Ein junger Beamter mit faltenfreier Stirn schaut auf ein Blatt Papier, das vor ihm liegt. „Frau Frohmanns Aussage liegt uns vor. Sie ist eindeutig."

Er hebt das Kinn: „Schildern Sie doch mal, wie Sie das erlebt haben. Haben Sie sich wehren müssen? Sind Sie angegriffen worden? Erst vom Barkeeper und dann von Frau Frohmann?" Seine Stimme trieft vor Ironie.

Was soll ich dazu sagen? Den „Rotz-Löffel" denke ich nur und grinse. „Habe ich das Recht ein Telefonat zu führen?" Der Junge nickt amüsiert.

„Dann möchte ich mit einem richtigen Polizisten sprechen. KHK Sana Hoffmann." Ich gebe ihm ihre Handynummer.

Sein Gesicht verzieht sich als habe er in eine Zitrone gebissen. Er gibt sich gönnerhaft und stellt die Verbindung her. „Dann will ich mal nicht so sein."

Sana lacht laut, als hätte ich einen schlechten Scherz gemacht. „Gib mir mal den Kommissar." Das Gespräch der beiden ist kurz. Er nickt zweimal, dann lacht er und legt auf.

Mit wieder faltenfreier Stirn berichtet er, dass Frau Anna Frohmann zwar weiterhin an meine Schuld glaube, aber einräumen musste, mich nicht in Aktion gesehen zu haben.

„Für einen Schläger sind Sie wohl zu alt." Amüsiert und besorgt zugleich fährt er fort: „Soll ich Ihnen einen Rollstuhl besorgen oder können Sie alleine gehen."

Amtsanmaßung. Noch auf der Treppe vor dem Polizeirevier klingelt mein Handy. Wesley weiß schon Bescheid: „Wir treffen uns gleich bei Karl. Pass auf, dass Du nicht wieder verhaftet wirst."

Nun. Das gelingt mir und mit der Straßenbahn bin ich schon eine halbe Stunde später da. Noch vor Sana, die erst Minuten später hereinkommt.

Sie würdigt uns keines Blickes und wirft sich so wütend in den Sessel, das der ächzt. Oder gibt sie selbst so ein Stöhnen von sich? Das würde jedenfalls zu ihrer Miene passen.

„Was ist los?", fragt Karl besorgt. „Der Wegener dreht am Rad", schnaubt sie. „Was ist denn jetzt schon wieder?" „Ihr befragt die Nachbarn, den Freund, die Kommilitonen von Sylvia Gonzales." „Ja und?"

„Er meint, es wäre pietätlos Freunde, Nachbarn und Kollegen einer Toten zu belästigen. Der Fall sei doch abgeschlossen. Euer Verhalten liefe auf Amtsanmaßung hinaus."

Sie schaut ihren Mann übertrieben grimmig an. „Da ich nun mal mit Dir verheiratet wäre, werfe das natürlich auch ein schlechtes Licht auf mich."

Wesley schüttelt den Kopf. „Na und. Er ist doch als Privatmann unterwegs, der das Opfer persönlich gekannt hat. Was ist dagegen einzuwenden?"

„Tja. Wegener meint, dass das ZDF, bei dem sie Praktikantin war, ja schon sein Bedauern zu diesem Unglücksfall geäußert hat." „Ja und?" Sie zuckt die Schultern: „Davon, dass man in der Sache noch recherchieren solle, hätten sie nichts gesagt."

„Ach, ermitteln LKA oder ZOK jetzt nur, wenn die Medien dazu den Auftrag erteilen?", spotte ich.

Sie hebt die Hände. „Er meinte, dass der Fall van Haaren schon schlimm genug gewesen sei. Wir könnten sicher nichts gebrauchen, das unsere Medien wieder in ein schlechtes Licht rückt."

Wesley: „Na ja, die Beiträge, die sein Forum kommentierte sind ja tatsächlich so gesendet worden. Und wenn die Fernsehleute, vor allem in den Talkshows so agieren, dann dürfen sie sich nicht wundern."

Sana: „Der Wegener sieht die Pressefreiheit bedroht. Es stehe uns nicht zu. Denn nach dem Grundgesetz darf keine Zensur stattfinden." Wes: „Ja und?"

Sie verzieht das Gesicht: „Na die Medien hätten doch schon berichtet, dass es ein Unfall war." Wesley schüttelt den Kopf.

„Ach und was soll ich dagegen machen? Er ist mein Chef. Der wartet doch nur darauf, mich los zu werden", knurrt sie gereizt.

Wesley, zögernd: „Okay, seinen Anweisungen kannst Du Dich nicht widersetzen. Such Dir doch etwas anderes, womit Du ihn beschäftigen kannst."

Sana: „Der Blödmann hat mich darauf hingewiesen, dass ich bei meinen damaligen Ermittlungen ja selbst mit dem einen oder anderen Redakteur gesprochen hätte und wüsste wie penibel die arbeiteten."

Karl, genervt: „Ich weiß, alles anständige Kerle. Und so nett." Sana verzieht das Gesicht. „Das sind auch nur Menschen, ganz normal. Zumindest, wenn die Kamera läuft." Wes sieht sie fragend an.

Sie zuckt die Achseln. „Na ja, die werden als Stars verkauft oder halten sich sogar selbst dafür. Aber die sind auch nicht anders als wir alle." Das Fragezeichen steht jetzt in meinem Gesicht.

Sana: „Wenn die Kamera aus ist, lassen manche von ihnen schon mal den Star raus hängen."

Sie atmet durch. „Andere sehen durchaus die Gefahren, die von einer entfesselten Medienberichterstattung ausgehen und versuchen das Schlimmste zu verhindern."

Karl verdreht die Augen: „Ja ja, tolle Kerle, die täglich ihren Kopf riskieren, ach nein, ja nur in jede Kamera halten."

Hmh? Es macht ihm wohl noch zu schaffen, dass seine Frau mit van Haaren und anderen Promis aus den Medien zu tun gehabt hat." Sana bläst die Backen auf.

Ich warte nicht ab, was dabei herauskommt: „Und was hat das jetzt mit unserem Fall zu tun?"

Sie atmet hörbar aus: „Es gibt schon schwarze Schafe, die kleine Fehler aufbauschen, wie sie jedem unterlaufen können. Und da ihnen die Recherche manchmal zu aufwändig ist, spekulieren sie lieber herum." Ich sehe sie verständnislos an.

Sana: „Na ja. Es wäre strafbar zu behaupten, jemand sei korrupt, ein Betrüger, ein Agent der Russen oder Chinesen oder so was."

Wes: „Auch Journalisten dürfen nicht verleumden." Sie wiegt bedenklich ihren Kopf. „Das ist richtig. Aber jemanden um drei Ecken herum danach zu fragen, ob er so etwas sei, gehört zur Pressefreiheit. Egal, ob da was dran ist. Etwas bleibt immer hängen."

Frauen. Sana sieht mich an. Nein, das ist natürlich nichts Besonderes. Oder doch? Diesmal ist es der Blick einer Frau.

Ja ja, ich weiß, davon verstehe ich nichts. Trotzdem. „Was ist?", frage ich also. Sie hebt ihre Schultern hoch. „Was hältst Du eigentlich von dieser Anna?"

„Warum fragst Du das?" „Ich weiß nicht. Karl glaubt, dass Du ihr aus dem Weg gehst. Gibt es einen Grund dafür?" Hmh? Ich weiß, dass Sana clever ist und etwas ahnt.

„Na, sieh mich doch an. Sie macht sich nichts aus Alkohol." Ihre fragende Miene hellt sich erst nach einigen Sekunden auf. „Ha ha. Schön saufen. Wie witzig."

Da sie keinen Schminkspiegel vor der Nase hat, bedeutet ihre Gesichtsakrobatik wohl, dass sie mit sich ringt.

Schließlich nickt sie. „Ich habe ein längeres Gespräch mit ihr geführt." „Mit Anna?"

„Nein, mit der Frau des Yetis", pampt sie zurück. Hmh? Albern kann ich auch: „Der ist verheiratet?"

Sie lacht. „Männer und Ironie." „Was sagt sie denn über mich?" „Nichts. Wir haben gar nicht über Dich gesprochen."

Sie sieht mich an, erst amüsiert, dann interessiert und am Ende mitfühlend. „Na ja. Wenigstens nicht direkt. Du weißt, dass sie verheiratet war."

„Geschieden", korrigiere ich. Sie nickt. „Aber dafür muss man mal verheiratet gewesen sein. Das war sie lange. Jetzt ist ihr Ex gestorben und sie Witwe."

Sie wartet. Darauf, dass ich sie korrigiere? Keine Ahnung, ob man Witwe wird, wenn der Ex gestorben ist. „Ja und?"

„Nichts und. Sie hat von ihm erzählt. Ein wunderbarer Mann und ein Genie." Was soll ich dazu sagen? „Schön für sie."

Ihre Mundwinkel zucken. „Getrennt hat sie sich von ihm, weil er etwas herausgefunden, aber nicht öffentlich gemacht hat."

„Er war wohl zu bescheiden?", vermute ich. „Du kennst die Anna ja schon länger als ich. Sie ist ja eher der offene Typ und nimmt kein Blatt vor den Mund."

Ich frage mich, warum sie das länger so betont. Wegen der paar Tage?

Ihre Augen inspizieren mein Gesicht. „Sie hat ein großes Herz und liebt die Menschen. Das hast Du ja sicher selbst schon erlebt."

Wenn sie die Menschen liebt? Was bin dann ich? Ein Erdmännchen? Sana hat sich wohl unklar ausgedrückt: „Du sprichst von Sylvia?"

Sie nickt. „Ja. Das ist schon ziemlich ausgeprägt. Aber sie scheint auch Euch ins Herz geschlossen zu haben."

„Du meinst Wesley und Karl?", frage ich vorsichtig. „Nein, ich meine Euch alle drei", brummt sie und schaut so unbeteiligt zum Fenster, dass ich stutzig werde.

Was will sie denn jetzt hören? Dass Anna eigentlich nur Augen für den Hombre Karl hat? Natürlich hat sie bemerkt, dass Anna sich für ihren Mann interessiert.

Will sich Sana ihre Eifersucht nicht anmerken lassen und arbeitet deshalb nach dem Ausschlussprinzip?

Hmh? Wenn ich jetzt sage, dass Wesley von Anna zwar mehr beachtet wird als ich, aber sie auch nicht gerade seine Nähe sucht? Dann würde sie wahrscheinlich denken, das zwischen Karl und Anna etwas läuft.

Zumindest hätte Anna das wohl gerne. Nein, das muss ich Sana nicht auf die Nase binden.

Okay, die halbe Wahrheit ist keine Lüge: „Weißt Du, ich bin nett zu ihr. Und aufmerksam. Kannst Du mir sagen, was sie gegen mich hat?" Sie sieht mich erstaunt an. „Vielleicht ist sie ja abgelenkt und auf etwas anderes fixiert?" Hmh? Mit etwas meint sie wohl Karl.

Was soll ich dazu sagen? Mir fällt nichts ein. Außer: „Na ja, sie ist vielseitig interessiert und offen für alles mögliche." Sie legt ihre Stirn in Falten.

Einen Moment später entspannen sich ihre Gesichtszüge. „Ich habe also recht behalten. Karl wollte es ja nicht glauben."

„Wovon redest Du?"

Sie grinst: „Wovon schon? Davon, das Du in Anna verknallt bist. Und zwar nicht zu knapp."

Öffentlich. Wesley: „Ulrich, Du hast da etwas angedeutet?" Ich bin unsicher. „Ja ja. Aber, ob uns das weiterbringt? Es gibt da eine Aufzeichnung. Einen Zusammenschnitt, den hat mir Anna gegeben. Der stammt ursprünglich von Sylvia."

Dass sie den Stick mit einem strahlend bescheidenen Lächeln eigentlich Karl angeboten hat, tut jetzt nichts zur Sache. Auch, wenn seine unfreundliche Ablehnung mich immer noch ärgert: „Nein, danke. Ich glaube nicht, das uns das weiterhilft."

Also hatte ich sie um den Stick gebeten: „Wenn Sylvia das aufgehoben hat, wird sie sich schon etwas dabei gedacht haben." Obwohl ich alles andere als leise sprach, tat sie so, als hätte sie mich nicht gehört. Ohne Karl stünde ich mit leeren Händen hier.

Er hat sie sogar angeschnauzt. „Sag mal, willst Du meinem Kumpel nicht wenigstens eine Antwort geben?"

Sie hatte ihn verärgert angeschaut und den Stick schulterzuckend auf den Tisch gelegt. „Macht doch, was ihr wollt."

Na gut, jetzt habe ich das Ding, lege es ein, drücke auf die Wiedergabetaste und gebe den Entertainer: „Vom ZDF. Das wurde vor einigen Monaten etwa um Mitternacht gesendet."

Richard David Precht erscheint im Bild und ist gut zu hören: „...Vorstellung von Öffentlichkeit stammt eigentlich aus dem alten Griechenland. In der Polis da trafen sich die freien griechischen Männer....und redeten über die Angelegenheiten des Staates und des Handelns." **Schnitt.**

„In der Renaissance kommt sozusagen dieser alte Polis-Gedanke wieder zurück und auf der italienischen Piazza in Mittelitalien entsteht unsere heutige Vorstellung von Mittelalter. Das man sich über Angelegenheiten des Handelns und des Handels unterhält." **Schnitt.**

„Und aus dieser Öffentlichkeit entstehen irgendwann die Zeitungen. Im 17. Jahrhundert. Und da kommt diese Öffentlichkeit her.... Die ist aber angewiesen darauf, dass die Leute die gleichen Themen haben." **Schnitt.**

„Jetzt haben wir aber eine so unglaubliche Medienvielfalt und so eine Interessenvielfalt, dass sich jeder bequem in seinem eigenen Segment aufhalten kann und mit den anderen Segmenten eigentlich gar nicht unbedingt Berührungspunkte haben muss."

„Es war ....eines der stärksten Argumente für die etablierten Medien....öffentlich-rechtliches Fernsehen und die Zeitungen, zu sagen, wir bündeln das. ....Jetzt gehen diese Medien aber deutlich runter. Und die Frage wäre: Können die neuen Medien auf ähnliche Art und Weise Verfüglichkeit schaffen?" **Schnitt.**

„....diese Angst, dass die Menschen eigentlich keiner Information mehr vertrauen, aber ein unbegrenztes Vertrauen in die eigene Meinung haben. ...Das scheint sich ja im Augenblick zu verstärken." **Schnitt.**

*„In einem gut regierten Land ist Armut eine Schande,
in einem schlecht regierten Reichtum."
(Konfuzius, Philosoph, um 500 v. Chr.)*

Christian 2. Karl verabschiedet sich von Wes: „Schade, das Anton und Katharina nicht kommen. Ich glaube, das letzte Mal habe ich die beiden auf ihrer Hochzeit gesehen." Dann ist er auch schon verschwunden.

„Das war ihre Verlobung, nicht die Hochzeit", brummelt Wes vor sich hin. Ich sehe ihn fragend an. „Apropos Verlobung? Was ist denn eigentlich aus Deiner geworden?"

Er neigt den Kopf zur Seite: „Das beste was uns beiden passieren konnte. Sie hat ja ähnliche Probleme wie ich. Für eine Beziehung zwischen zwei Schizoiden hat es zwar nicht gereicht, aber jetzt sind wir erst recht befreundet. Und was das beste ist. Lisa und sie sind ein Herz und eine Seele." Hmh? Das war ja eigentlich nicht das Thema gewesen.

Ach ja: „Und dieser Chris? Hat er Dich denn nicht danach gefragt?" „Doch doch. Er fragt sogar immer das gleiche. So routiniert als arbeite er eine Liste ab. Wie es Freunden und Familie geht und nach meiner Gesundheit."

Er verzieht das Gesicht: „Wenn ich von meinen Zipperlein berichte, hört er sogar zu und bringt ein wenig Dramatik rein. Keine Ahnung, ob aus Anteilnahme oder ob ihm das was gibt."

Hmh? Jetzt habe ich den Faden verloren. „Und sonst?" „Na ja, der wohnt mit Gertrud eben so weit weg, so dass wir uns kaum noch sehen." „Schon länger?"

„Na ja. Anfangs waren die beiden schon mal hier und wir auch in Berlin zu Besuch." „Und da war alles okay?" „Wie man es nimmt. Gertrud war wie immer, sie hat Lisa sofort ins Herz geschlossen. Da hat sie ja viel Platz."

„Und Chris?" „Zwiespältig. Gefreut hat mich, dass auch er sich um Lisa bemühte. Da war er sehr nett, witzig und drehte so sehr auf, dass selbst Gertrud kaum noch zu Wort kam." „Und Du?"

Wes: „Ich weiß nicht so genau. Vielleicht habe ich ja zu lange überlegt, um nichts falsches zu sagen." „Und dann?"

„Natürlich habe ich versucht, mich an den Gesprächen zu beteiligen. Auch wenn wir zu viert zusammensaßen." „Wieso versucht?"

„Das war nicht so leicht. Sobald ich etwas sagte, hat Chris auch angefangen zu reden. Na ja, vielleicht war ich auch zu leise und er hielt es für ein Hintergrundgeräusch."

„Und Lisa?" „Na ja, ihr hat er aufmerksam zugehört. Immer wieder nachgefragt und sie bestätigt. Das fand sie natürlich angenehm."

„Okay. Und wie ging es weiter?" „Die räumliche Entfernung sorgte dafür, dass unsere Kontakte immer seltener wurden." „Und was habt ihr gemacht?"

„Zu wenig. Ich habe Chris zu meinem Trauzeugen gemacht und ihn um eine Art Gästebetreuung gebeten. Das hat er toll gemacht. Wir haben auch mal für ein paar Tage in einem Hotel in der Nähe ihres Hauses verbracht. Vor seiner Pensionierung habe ich ihn nach Kiel, seine Geburtsstadt eingeladen, und dafür einen Workshop organisiert auf dem er referieren sollte. Und vor ein paar Jahren sind wir für eine knappe Woche in Lindow zu Besuch gewesen. Das war es auch schon."

„Na immerhin. Das war bestimmt toll." „Ja, war es, auch wenn die beiden wenig Zeit hatten. Die haben dort inzwischen viele neue Freunde gewonnen und auch sonst viel um die Ohren."

„Okay?" „Ach nein. Zum Weihnachtsessen waren wir auch mal da." „Und wie war das?" „Ein wenig förmlich und bemüht, so wie die Graupensuppe."

Ich sehe ihn verständnislos an. Er schüttelt nur den Kopf. Will dazu wohl nichts sagen.

Also weiter: „Aber die sind doch auch noch ab und zu in ihre alte Heimat gekommen und haben euch besucht?"

Nach einem kurzen Blick in sein Gesicht schiebe ich hinterher: „Oder ihr habt Euch in der Nähe getroffen?"

„Ja ja, zwei-, dreimal besucht. Aber da sie hier viele Freunde haben, treffen sie uns am liebsten in größerer Runde, um alle unter einen Hut bringen. Da hatte Lisa irgendwann keine Lust mehr zu. Und mit meinem Tinituts war das ja ohnehin nichts für mich."

„Bist Du deshalb sauer auf Chris?" „Nein. Wir machen ja auch, wozu wir Lust haben. Ich war ja noch nie besonders gesellig." „Was stört Dich dann?"

„Keine Ahnung. Dass wir nur noch sehr selten miteinander sprechen, ist es nicht. Auch nicht, dass Chris vor allem von Leuten spricht, die ich gar nicht kenne, die ihm aber wohl wichtig sind. Langweilig für mich, aber es geht."

Allmählich verliere ich die Geduld. „Okay. Das Ausschlussprinzip kenne ich. Willst Du so weiter machen? Oder endlich auf den Punkt kommen?" Ich sehe ihn vorwurfsvoll an.

Er antwortet erstaunlich schnell. „Keine Ahnung. Vielleicht liegt es ja an seiner Rabulistik."

Ich glaube, das Wort habe ich zuletzt von Rudi Dutschke gehört. Hmh? Hat es nicht etwas mit bildungsbürgerlicher Überheblichkeit zu tun?

„Heißt das, er versucht Dich kleiner zu machen? Natürlich subtil, aber von oben herab?", frage ich nach.

Wes sieht sich verlegen um. „Na ja, wenn es das bei anderen macht, finde ich das sogar witzig." „Bei anderen?" „Na ja, das ist sehr lange her." Wovon redet er denn jetzt?

Sein Zickzackkurs geht weiter: „Vielleicht liegt es ja auch daran, dass ich so umständlich bin. Der Chris würgt mich deshalb auch meistens schon bei meiner Einleitung ab und denkt sich den Rest dazu. Oft sogar richtig, meistens aber falsch. Ich beginne ja oft damit, dass ich etwas nicht richtig eingeschätzt habe, um zu erklären, warum ich es jetzt anders sehe."

Was ist bloß mit ihm los? Wes, der die Sachen so gut auf den Punkt bringen kann, eiert bei diesem Chris nur herum.

Für heute reicht es mir. „Sag mal. Was unterscheidet Deiner Meinung nach eigentlich einen flüchtigen Bekannten vom alten Freund in der Ferne, der keine Zeit für Dich hat?"

Diplomarbeit. Die Sylvia war zwar noch nicht fertig gewesen, hatte aber ihrem Professor schon was vorgelegt. Jonny hat das beiläufig erwähnt. Auch Anna wundert sich, das ihm das erst gestern eingefallen ist.

Also sind wir schon wieder an der Uni und sprechen Maifeld darauf an. Und der? „Sie ist ja nicht mehr erschienen. Deshalb wurde sie ja exmatrikuliert." Karl: „Weil sie gestorben ist?"

„Kann schon sein. Jedenfalls befasse ich mich nicht mit den Arbeiten einer Toten. Ich habe mit den Lebenden schon genug zu tun."

Die Schnodderigkeit des alten Wissenschaftlers geht mir auf den Keks. „Sie haben sie noch nicht gelesen?" „Doch, doch." „Und?" „Ich suche Sie Ihnen raus." Karl: „Können Sie mir den sagen, um was es geht? Vielleicht eine kurze Inhaltsangabe?"

Der Professor verdreht die Augen: „In der Arbeit geht es um die öffentlich-rechtlichen Medien. Die sollen ja durch Fakten und objektive Berichterstattung eine rationale Entscheidung des Wählers ermöglichen."

Er zuckt die Schultern. „Durch die Rundfunkgebühren sollen die Sender von wirtschaftlichen Interessen unabhängig sein. Hier muss ich Frau Gonzales sogar recht geben. Es ist ein großes Ärgernis, das trotzdem Werbespots gebracht werden. Und das zur Hauptsendezeit."

Maifeld verzieht das Gesicht: „Sie meinte, auch Journalisten wären nur Arbeitnehmer, die Geld verdienen müssen und deshalb wie ihre Vorgesetzten Rücksicht auf den Mainstream, mächtige Konzerne und die Politik nehmen?"

Anna: „Tatsächlich gibt es Journalisten und Nachrichtensprecher, die Fakten und Entscheidungen allzu gern in eine bestimmte Richtung moderieren."

Maifeld widerspricht. „Quatsch. Es gibt viele Reporter, die aus unterschiedlichen Perspektiven berichten. Da sind sie frei."

Sie bleibt skeptisch. „Schön wäre es. In den regelmäßigen Nachrichtensendungen und Talkshow sind es doch immer die gleichen Moderatoren. Sylvia nannte sie Meinungsmacher oder 'das dreckige Dutzend'. Weil die vieles nur andeuten, ohne es direkt anzusprechen. Allein die Formulierung von Fragen oder ihre Untertöne machten deutlich, was vom Subjekt oder Thema ihres Kommentars zu halten ist."

Der Professor öffnet protestierend den Mund. Anna kommt ihm zuvor: „Und wenn die das über Monate oder Jahre machen, können sie jeden Politiker in Misskredit bringen. Auch wenn der eine weiße Weste hat."

Maifeld, hastig: „Umgekehrt gilt das doch genauso. Manche echte Verfehlungen werden nur kurz erwähnt oder sogar herunter gespielt."

Anna: „Tja, die Meinungsmacher entscheiden, wen sie mit Schmutz bewerfen und wen nicht. Deshalb sind sie eben das dreckige Dutzend."

Maifeld: „Das kann man so nicht sagen." Sein blasses Gesicht ist beinahe fahl geworden.

Anna: „Kann man doch! Der Wähler ist abhängig von denen, die ihn mit Informationen versorgen, wie ein Junkie von seinem Dealer. Und der Dealer wiederum ist abhängig von seiner Organisation."

Sie atmet hörbar aus: „Manchmal werden die Leute sogar so sehr manipuliert, dass sie ihre eigene Realität verdrängen."

Karl schüttelt den Kopf: „Unsinn. Die Menschen sind doch keine Marionetten."

Anna, grimmig: „Hör doch mal richtig hin. Dann wirst Du nicht nur die Fäden der Marionette sehen, sondern auch ihre Farbe." Wes: „Welche Farbe?"

Sie grinst: „Schwarz. Der Wähler bekommt ja immer den schwarzen Peter zugeschoben."

Historie. Maifeld gibt nicht auf: „ARD und ZDF berichten sehr oft über Menschen, die unverschuldet in eine schlimme Lage gekommen sind."

Anna: „Das ist das Schlimmste. Die Einzelschicksale schüren Emotionen. Und die kann man so lenken, das Logik keine Rolle spielt."

Sie nimmt ihre Finger zu Hilfe: „Also sendet man immer wieder Bilder, die in der Situation unangemessen erscheinen, reißt Zitate aus dem aus dem Zusammenhang oder führt sinnvolle, sogar notwendige politische Entscheidungen an Einzelfällen ad absurdum und schon werden aus pflichtbewussten Politikern die reinsten Zyniker gemacht."

Karl, verständnislos: „Einzelfälle? Klar, es geht doch um den Menschen und nicht um Statistik." Anna ist irritiert.

Ich springe für sie ein. „Karl, lass die Stammtischparolen. Ich glaube, der Hamburger Bürgermeister hat das auf den Punkt gebracht. Denk mal an die Anschnallpflicht. Da hatte es einen Toten gegeben, der sich deshalb nicht aus dem Auto befreien konnte und gestorben ist. Trotzdem gibt es sie heute und hat sicher Tausenden das Leben gerettet."

Anna: „Genau. Dazu kommt die extreme Personifizierung in der Berichterstattung. Die Medien suchen heute mehr als je zuvor ein Gesicht, das für eine Entscheidung steht. Man braucht ja eine Zielscheibe."

Sie grinst: „Negative Emotionen können eine gefährliche Waffe sein." Den Zeigefinger um den Abzug einer imaginären Pistole gekrümmt fährt sie fort: „Und dann Feuer frei auf den Schuldigen und die Einschaltquote."

Ihre Hand schließt sich zur Faust: „Für das Ansehen einer Person kann es die Salbe für die Heiligsprechung sein oder ein tödlicher Giftcocktail."

Maifeld: „Es gibt ja auch noch die sachliche Information und Bewertung in den Magazinen. Report, Panorama und so weiter."

Anna: „Die hören doch nur die wenigsten. Dagegen kennt jeder die Hauptnachrichtensendungen und die bestimmen das Bild der breiten Öffentlichkeit."

Der Professor: „Die stellen in aller Kürze die Faktenlage dar. Was ist dagegen einzuwenden?"

Sie lacht. „Fakten? Doch wohl eher Emotionen. Nehmen wir doch die Berichterstattung über die Baerbock oder den Laschet. Da haben auch die öffentlich-rechtlichen Sender – gering dosiert, immer wieder und von Vielen verabreicht – einen perfekten Rufmord inszeniert."

„Das geht entschieden zu weit." Maifeld ist bleich geworden. Ich wundere mich, dass er sich so ereifert. Ein Professor hat doch vieles schon gehört. In seinem Alter.

Wo ist seine wissenschaftliche Distanz geblieben? Sollte er gesundheitlich angeschlagen sein? Na ja, ich werde ihn im Auge behalten.

Er atmet tief durch: „Schon 1845 hat Robert Eduard Prutz den Journalismus definiert als ein Gespräch, das die Zeit mit sich selbst führt."

Hmh? Die Wendung des Gesprächs auf eine historische Ebene? Weicht er der Frage aus? Oder ist es nur die Reaktion eines Dozenten, der nicht weiter weiß? Egal. Ich höre ihm zu.

„Das Wort kommt vom französischen Journal und bezeichnet die periodisch publizistische Arbeit von Journalisten der Presse, in On-line-Medien und im Rundfunk mit dem Ziel, die Öffentlichkeit mit allen relevanten Informationen und Fakten zu versorgen." Er beschreibt die Phasen, die ein gewisser Dieter Paul Baumerts eingeteilt hat. Bis Anfang des 17 Jahrhundert hätte es nur den Prä-Journalismus gegeben, da gab es noch keine Zeitungen, nur sporadische, nicht berufsmäßige Nachrichtenbedarfsbefriedigung.

Danach sei die Periode des korrespondierenden und des schriftstellerischen Journalismus gekommen, aus der sei Mitte des 19. Jahrhunderts der redaktionelle Journalismus hervor gegangen.

Hmh? Das ist sicher interessant. Aber ist das unser Thema? Anna rutscht bereits ungeduldig auf ihrem Stuhl herum und verdreht die Augen.

In Maifelds Gesicht breiten sich rötliche Flecken aus: „In der 2. Hälfte des 19. Jahrhunderts kam dann das Zusammenwirken von Nachrichtenwesen und Tagesliteratur."

Er spricht so hastig weiter als würde er verfolgt. „Gegen Ende des 19. Jahrhundert entstehen die ersten großen Pressekonzerne.

Aber die Reichsverfassung der Weimarer Republik war noch nicht so weit. Sie gewährleistete zwar die Meinungsfreiheit nicht, aber die Pressefreiheit. Die wurde ja erst 1949 im Grundgesetz verankert."

Anna unterbricht ihn grob: „Das ist sicher interessant. Aber Sylvia ging es um die heutigen Medien. Vor allem darum, dass nicht mehr die Nachrichten im Vordergrund stehen, sondern diejenigen, die sie verbreiten und moderieren."

Sie holt empört Luft: „Die sind ja dermaßen überheblich und selbstgerecht geworden, dass sie die Politiker wie dumme Jungs behandeln. Die haben wir schließlich gewählt. Ich verstehe auch nicht, warum die sich das gefallen lassen."

24.10.18. Daniel bittet um Ruhe. An der Wand erscheint ein Transparent, auf dem steht: ´Euer Luxus ist unsere Armut´.

„Sehen wir uns doch mal die Talkshow vom 24. Oktober an!", fordert Daniel die Runde auf und bittet um Ruhe.

Er sieht seine Kandidaten an. Einen nach dem anderen. „Wenn Sie eine Frage stellen oder Anmerkung machen wollen, heben Sie einfach die Hand. Dann werde ich die Aufzeichnung stoppen! Los geht's." Er drückt einen Knopf.

„Der Boom in Deutschland erreicht manche sehr, andere überhaupt nicht. Kann oder muss der Staat sogar dagegen etwas tun?"

Sandra Maischberger schaut mit ernstem Gesicht in die Kamera. Zunächst werden Teilnehmer werden vorgestellt.

Ralf Dümmel, der Selfmade-Millionär, die Fraktionsvorsitzende der Linken, Sara Wagenknecht, Rainer Hank, Wirtschaftsjournalist, die Börsenjournalistin der ARD, Anja Kohl, Jeremias Thiel, ein Schüler, der mal Flaschen sammeln musste.

Daniel stoppt die Aufzeichnung als Sylvia8 die Hand hebt: „Die übliche Zusammensetzung." Sie zählt an ihren Fingern ab: „Ein reicher Unternehmer, dann ein Wirtschaftsjournalist und eine Börsen-Tussie. Die werden sich menschlich kritisch geben, aber eigentlich nur Front gegen die Linken machen."

„Kann es weitergehen?" Daniel drückt auf eine Taste und in die unbewegte Miene der Maischberger kommt wieder Leben.

Ihre erste Frage geht an Anja Kohl. Es gäbe ja inzwischen noch mehr Millionäre und andererseits Menschen, die arbeiten, aber trotzdem nicht über die Runden kommen..

Frau Kohl macht eine zweite Anmoderation, die lediglich den Sachverhalt bestätigt. Niemand hebt seine Hand.

Frau Maischberger kommt zu ihrem nächsten Gast Dümmel, dem Unternehmer. Sie schildert, untermalt durch Einspieler, seine Karriere.

Er greift das auf und ergänzt es um persönliche Anmerkungen und Erlebnisse; wirkt ruhig und besonnen, lässt sich Zeit.

Frau Maischberger bestätigt ihn mehrfach durch Zwischenfragen und Bemerkungen. Bis auf die Wagenknecht, die keine Miene verzieht, hören alle andächtig zu.

Das Gesicht der Moderatorin erstarrt. „Diese Lobhudelei ist ja kaum auszuhalten. Das ist ja die reinste Werbeveranstaltung für diesen Dummel!", brummt Gregor15 und lässt seinen Arm wieder sinken. Sylvia8 nickt. Claudia20 sieht die beiden erstaunt an, sagt aber nichts. „Dümmel, nicht Dummel", korrigiert van Haaren.

Es kommt wieder Leben in Frau Maischberger. Belustigt schaut sie zur Wagenknecht. Stellt fest, dass die Linke mal Reichtum für alle gefordert hätte. „Jetzt gibt es 250.000 neue Millionäre. Freuen Sie sich?"

Sara Wagenknecht antwortet mit unbewegter Miene. Meint über „Wohlstand für alle" würde sie sich freuen, das wäre aus ihrer Sicht wichtiger.

Sie bleibt sachlich, komprimiert stark, als hätte sie nicht viel Zeit ihre Gedanken darzulegen; die Herkunft entscheide mehr über den beruflichen Erfolg als persönliche Leistung.

Weiter kommt sie nicht, denn Sandra Maischberger greift ein. „Darüber werden wir sicher noch reden."

Sie lächelt süffisant: „Aber die Frage war ja, ob Sie sich freuen darüber freuen, dass es 250.000 neue Millionäre gibt, in einem Jahr nur?" Die Kamera zeigt amüsierte Gesichter rings um.

Sylvia8 meldet sich zu Wort. Maischbergers Grinsen ist jetzt als Standbild zu sehen.

„Was ist das denn für eine Frage? Der reiche Unternehmer wird hofiert und kann herum schwafeln soviel er will. Aber die Wagenknecht wird verhöhnt und abgewürgt!" Sie macht eine weg werfende Handbewegung. „Machen Sie weiter!"

Die Kamera schwenkt zur Wagenknecht herüber, die meint, dass man dabei auch die andere Seite der Einkommensschere betrachten müsste.

Wieder wird sie von der Maischberger unterbrochen. „Aber ist das die Schuld der 250.000 Millionäre?" Ihr Mund bleibt halb geöffnet stehen, denn Daniel hat die Wiedergabe gestoppt.

Claudia20s Lippen sind zusammengepresst. „Ist die Maischberger auf Drogen oder nur zynisch? Die macht sich über die einfachen Leute lustig."

„Und ausgerechnet diese Tussie beschwert sich ständig über den Populismus der AfD!", regt sich Gregor24 auf. Er lässt seinen Arm herunter und die Aufzeichnung weiterlaufen.

Die Wagenknecht lässt sich nicht provozieren. Sie weist darauf hin, dass das Geld oft vom Geld verdient wird und nicht durch Arbeit, deren Kosten gedrückt werden, um Gewinne zu erhöhen.

Ihre Argumente klingen plausibel, aber sie hat keine Chance. Niemand lässt sich dazu herab ihr ernsthaft zu zuhören.

Sylvia8: „Alles eine Glaubensfrage. Für die christlich Liberalen ist der Reichtum Gott gewollt und höhere Steuern oder Mindestlöhne sind linkes Teufelszeug."

„Die Unwissenheit kommt der Wahrheit näher als das Vorurteil." (Wladimir Iljitsch Lenin, Revolutionär)

Attribute. Anna wirft Karl einen nachdenklichen Blick zu. „Sylvia meinte, dass eine selektive Auslegung der Meinungs- und Medienfreiheit gefährlich wäre. Denn als vierte Macht im Staate könnten die Medien ja selbst Partei sein und Politik machen."

Er schüttelt den Kopf: „Klar, das ist alles nicht perfekt. Aber die reden doch nur."

Anna: „Unterschätze die Macht der Worte nicht. Begrifflichkeiten spielen eine zentrale Rolle. Leider werden Andersdenkende oder fremde Kulturen oft mit negativ besetzten Attributen in Verbindung gebracht. Und wenn die Medien das aufgreifen wird es brenzlich."

Wes: „Und warum sollten die so was machen?" Sie breitet ihre Arme aus: „Die Wirklichkeit ist sehr komplex. Als Wähler kann ich oder will ich mich für meine Entscheidung nicht mit jedem Detail befassen. Mir reicht es, wenn die Richtung stimmt."

Wes: „Was hat das mit, äh, der Macht der Worte zu tun?" Sie sieht ihn kopfschüttelnd an. „Beantworten Sie mir eine Frage; wer ist politisch links oder rechts."

„Na, Linke, SPD und Grüne sind eher links. Union, FDP und AFD konservativ."

Anna: „Also Parteien als Links oder konservativ oder meinetwegen rechts zu bezeichnen, macht Ihnen kein Problem." Er nickt.

Sie hebt den Zeigefinger: „Und wer ist in der Mitte? Klar, das kommt aus der Sitzverteilung im Reichstag oder Bundestag. Doch wer sitzt in der Mitte, wenn die Union ihr Ziel erreicht hat, dass es rechts von ihr keine Partei mehr gibt?"

Der nächste Finger: „Warum nennen Medien die Linken nicht sozial, sondern sozialistisch, so wie früher oft die SPD? Warum bewerten sie die Union oder FDP als Parteien der Mitte?"

Anna faltet ihre Hände: „Die Mitte der Gesellschaft sollte doch durch die Mehrheit der Wähler bestimmt werden und nicht durch die Medien. Die Öffentlich-rechtlichen müssten doch eigentlich die Arbeit der Regierenden hinterfragen. Statt dessen kritisieren sie vor allem die Opposition."

Wes nickt erstaunt: „Klar. Irgendwie nachvollziehbar, dass Journalisten Leute weniger attackieren, die schon lange in der Regierungspartei sind. Da kennt man sich eben."

Anna neigt den Kopf zur Seite: „Sieh Dir doch mal an wie die Welt heute tickt. Klar, man kann Tabuthemen ansprechen, niemand verbietet das."

Sie wirft einen Blick in unsere Runde: „Doch, wenn einer der Journalisten oder Moderatoren wirklich weiterkommen will, muss er, wie in jedem anderen Job, dem Chef schon geben, was er will. Das wollte Sylvia ja thematisieren."

Karl: „Angeblich hat Maifeld versucht, ihr das auszureden. Nach dem Motto: In einem wissenschaftlichen Disput können solche Fragen durchaus diskutiert werden. Aber außerhalb ihres Elfenbeinturm könnte so etwas heikel werden."

Wes: „Außerhalb? Heikel?" Karl: „Angeblich war man in der Redaktion von ihr nicht sehr angetan."

Wes: „Was für eine Redaktion?" Anna: „Na, ihr Chef hatte ihr doch die Gelegenheit verschafft, ihre Diplomarbeit bei einigen Fernseh-Redakteuren vorzustellen."

Stankowski. Sana: „Du hast Dich doch gefragt, warum Sylvias Wohnung von der Polizei leergeräumt wurde. Schließlich ist sie ja offiziell einem Unfall zum Opfer gefallen." Ich nicke nur.

Sie sieht sich um. Schnalzt missbilligend mit der Zunge. Okay. Ich hätte wohl das schmutzige Geschirr in die Küche stellen sollen. Aber ich habe ja nicht mit Besuch gerechnet. Das sage ich wohl auch.

„Ach so, wenn Du alleine bist, sieht es hier immer so aus?", würgt sie meine Erklärung ab.

Sie fährt fort: „Ich habe noch mal nachgedacht, wie wir an Sylvias Sachen kommen. Offiziell ist da nichts zu machen. Aber vielleicht über einen alten Kollegen." Ich sehe sie fragend an.
„Ach, der ist okay. Aber auch ein komplizierter Typ. Der denkt um viele Ecken. Da verliert man schon mal aus dem Auge, um was es eigentlich geht. Deshalb möchte ich, dass Du dabei bist!", erklärt sie und beantwortet auch die Frage, die mir auf der Zunge liegt: „Nein, Karl besser nicht. Stankowski ist für ihn ein rotes Tuch."
„Wieso das denn?" „Polizeiinterna. Ist nicht so wichtig. Du musst auch nicht alles wissen. Können wir?"

Sie wählt eine Nummer und legt ihr Handy auf den Tisch. Ich höre das Freizeichen. Sie hat es also auf laut gestellt. Ein paar Sekunden später höre ich ein quäkendes "Stankowski?"

Sana begrüßt ihn kurz und kommt gleich zur Sache. Am anderen Ende der Verbindung ist ein irritiertes Lachen zu hören: „Hmh? Möglich. Wir haben uns das nicht so genau angesehen. Dazu gab es ja keinen Grund."

Er räuspert sich: „Aber Du bist doch beim ZOK?" Sana: „Das war doch ein Unfall?" „Ja ja, über das Opfer gibt es ja trotzdem eine Akte."

Irritiert schiebt er nach: „Du warst doch in diese Fernsehgeschichte vor ein paar Jahren selbst involviert. Da ist das Innenministerium sensibel." Selbst durch das Telefon ist seine Verwunderung zu spüren.

Sie hält die Hand auf den Hörer und flüstert mir zu. „Der Stankowski ist ein pfiffiger Beamter, ziemlich kreativ. Aber die Arbeit hat er nicht erfunden."

Hat er sie gehört und ist nun beleidigt? Oder denkt er nur darüber nach, was Sana eigentlich von ihm will? Das Handy bleibt jedenfalls still. Wir warten.

Als er endlich wieder spricht ist seine Zerknirschung nicht zu überhören: „Ich habe wohl vergessen Dich abzumelden. Du kommst da wahrscheinlich immer noch rein. Oder ist die Asservatenkammer inzwischen unter Deiner Würde?"

24.10.18 Sylvia8 regt sich auf. „Informationsauftrag? Das ich nicht lache. Das ist knallharte Lobbyarbeit. Und den Scheiß machen die von unseren Gebühren."

Sie hebt die linke Hand als wolle sie an ihren Fingern abzählen. „Die Geringverdiener gegen die Sozialleistungsempfänger und die Angestellten gegen die Arbeiter und alle gegen die Beamten aufgehetzt. Wenn es um reiche Erben und Vorstandsgehälter geht, will man „bloß keine Neid-Debatte" führen!"

Enttäuscht bemerkt sie, dass sie nach zwei Fingern aufgehört hat, zu zählen.

„Na ja!", meldet sich Gregor24 zu Wort. „Die Beamten mit ihren Privilegien und fetten Pensionen müssen ja wohl nicht sein!"

„Seht ihr, wie erfolgreich die Medien mit ihrer Strategie sind!" Sylvia8 hebt ihren Zeigefinger als sei sie froh nun auch eine Verwendung für ihn gefunden zu haben.

„Ich war kürzlich mit meinem Ex Timo, der Lehrer geworden ist, in seiner Clique. Etwa ein dutzend Leute, mit denen er zusammen studiert hat. Da gab es genau die gleiche Diskussion."

Sie schüttelt den Kopf: „Nein. Nicht über die Milliardengewinne der Spekulanten. Da könne man ja doch nichts machen. Aber alle waren der gleichen Meinung wie Gregor. Daran konnten auch die besten Argumente nichts ändern!"

„Ja, klar!", grinst Gregor24, „weil es auch so ist!" Claudia nickt beifällig. „Genau!"

Sylvia lächelt süffisant. „Dann hat Timo die anderen gefragt. Wenn es den Beamten doch so ungerechtfertigt gut gehen würde, warum sie dann nicht selbst Beamte geworden wären. Und wisst ihr, was die meisten geantwortet haben? Die haben nur den Kopf geschüttelt und gemeint, für die paar Euro würden sie doch keinen Finger krumm machen!"

„Das kann schon sein, wenn die alle studiert haben!", brummt Claudia20 verlegen. Gregor24 verzieht angewidert sein Gesicht.

Sylvia8: „Deutschland ist nicht annähernd so korrupt, wie andere Länder. Deshalb haben wir einigermaßen stabile Verhältnisse. Wenn wir, wie manche Journalisten es sich wohl wünschen, die Beamten schlechter versorgen, könnte sich das schnell ändern!"

Gregor24: „Von mir aus! Ich bleibe bei meiner Meinung!"
Sylvia8s Zeigefinger ist schon wieder in der Luft. „John Stuart Mill! Ein britischer Gelehrter. Der ist schon 1873 gestorben."

Sie atmet durch: „Sinngemäß hat er gesagt, man müsse nicht nur vor der Tyrannei des Staates beschützt werden, sondern auch vor der Tyrannei den vorherrschenden Meinungen und Gefühle!"

„Willst Du damit sagen, dass die Journalisten und Moderatoren nicht nur unglaubwürdig sind, sondern auch unsere Meinungen diktieren?" Claudia20 schüttelt den Kopf.

„Warum sollen die denn keine eigenen Positionen haben und vertreten!", murrt Gregor24.

„Denkt doch mal an Angela Merkel. Man kann ja über sie denken, was man will, aber sie hat unser Land lange ganz ordentlich über die Runden gebracht. Die war ja 18 Jahre CDU-Vorsitzende!" Sylvia8 verliert für einen Moment den Faden.

„Ja und? Was willst Du uns damit sagen?", brummt Gregor24 verständnislos. Auch Claudia20 sieht sie fragend an.

„Na ja. Solange die Macht der Merkel als Kanzlerin ungebrochen war, haben sie Journalisten sie hofiert und ihr das Wort geredet. Ist Euch das denn nicht aufgefallen?"

Sylvia8 zuckt mit den Schultern. „Seit sie ihren Rücktritt vom Parteivorsitz erklärt hat, sprechen die gleichen Medienvertreter nur noch von Erneuerung. So, als würde die Merkel einen Trümmerhaufen hinterlassen!"

Claudia20 wirkt nachdenklich. „Hmh? Da ist schon was dran! In manchen anderen Ländern hätte man ihr wahrscheinlich ein Denkmal gesetzt!"

24.10.18 Sylvia8: „Das sieht man es wieder. Durch die Auswahl der Gäste und die Gesprächsführung wird die Meinungsfreiheit ad absurdum geführt. Die Botschaft lautet: Die Linken und sonstige Andersdenkende darf man nicht ernst nehmen und lässt sie am besten gar nicht zu Wort kommen!"

„Aber da ist doch auch der arme Junge, der Flaschen sammeln musste! Da wird man schnell erkennen, dass etwas geschehen muss!" Claudia20.

„Warte es ab! Das habe ich schon öfter gesehen. Die werden den in irgendeine Ecke stellen, aus der er nicht mehr rauskommt!" Gregor24.

Die Moderatorin stellt eine Frage an den jungen Thiel, der dem Verlauf der Diskussion ziemlich entgeistert gefolgt ist. Sie will wissen, woran man merke, das man arm sei. Der Junge bemüht sich tapfer, redet stockend und ein wenig durcheinander.

Davon, dass er nicht Fußball schauen konnte. Weil er während des public viewings Flaschensammeln musste, es schwierig wäre mit sozialen Kontakten. Er wirkt unbeholfen, kann nicht auf den Punkt bringen, was er sagen will.

Sandra Maischberger fragt ihn nach seiner Familie. Zum Kleidungsproblem? Markenklamotten?

Claudia20 schüttelt den Kopf. „Unglaublich! Was hat die Marie Antoinette oder wie die hieß, noch gesagt. ´Wenn das Volk kein Brot hat, dann soll es eben Kuchen essen!"

Die Moderatorin stellt fest: „Die Eltern haben, wenn ich es richtig verstanden habe, niemals gearbeitet!" Thiel erzählt vom psychisch kranken Vater, rührend verständnisvoll. Ab und zu wirft die Moderatorin etwas ein. Ich verstehe nur „spielsüchtige Mutter" und „Zwillingsbruder auch nicht ganz fit."

Nun geht es wieder darum, dass Thiel von sich aus mit 11 Jahren seine Familie verlassen hat.

Sie hakt immer wieder bei den familiären Verhältnissen und einzelnen Ereignissen nach, fragt nach seinen Gefühlen. Erwähnt, dass der Auszug des Jungen für die Eltern weniger Wohngeld bedeutet.

Gregor24 klatscht in die Hände. „Ja, klar solche Schmarotzer denken doch nur ans Geld!"

Die Moderatorin lächelt süffisant. Er sei ja Vollstipendiat auf einer internationalen Schule. Das erkläre wohl „dass Sie" so „extrem elaboriert reden, so würden Sie es wahrscheinlich ausdrücken!"

Das Gelächter eines Mannes ist zu hören. Thiel wird verlegen. Maischberger lobt ausführlich die persönliche Lebensleistung des Jungen. „Würden Sie denn sagen, Sie haben es geschafft und wenn Sie es schaffen kann es jeder schaffen?"

„Was will sie jetzt hören? Dass die übrigen es nicht anders gewollt haben? Die meint uns alle!" Gregor24

Thiel ist durcheinander. Erzählt von denen, die es nicht schaffen. Das hänge zum Teil auch von der Einstellung des Menschen ab.

Die Moderatorin stellt fest, das sein Bruder es nicht geschafft habe: „....wo man sich fragt: Sind die integrierbar?"

Sylvia8 schaut Claudia mitleidig an. „Du hast doch nicht geglaubt, dass eine Hyäne ihr Opfer los lässt?"

Rainer Hank, seines Zeichens Wirtschaftsjournalist faselt etwas von Klassenlage.

Der Junge ist durcheinander, stammelt von „keine Ambitionen", „nur Computerspiele", sein Bruder hätte „weniger Kapazität", seine Eltern seien so sehr „mit sich selbst beschäftigt", dass sie sich nicht um Bruder kümmern könnten.

Die menschelnde Maischberger ist jetzt wieder ganz politische Moderatorin. „Sie sind in der SPD!" und „Hätte bei Ihnen ein höherer Hartz4-Satz geholfen?" „Jetzt hat sie ihn da, wo sie ihn haben wollte!", zischt Sylvia8.

Der Junge redet durcheinander, weiß eigentlich nicht, was er dazu sagen soll, will wohl niemanden verärgern und wirft hilflos mit Begriffen um sich: „Relation zur Arbeit", „Leistungsbereitschaft", „fördern und fordern", „kein Hunger", aber „man fördert Übergewicht", wegen schlechten Essens und sich „sozial zu kapseln und irgendwas mit 'soziokulturell". Worte, die ohne einen Zusammenhang wie hohle Phrasen klingen.

Mehrere Hände sind schon seit einigen Sekunden in der Luft. Endlich stoppt Daniel die Aufzeichnung und gibt „Feuer frei."

„Die Maischberger und der Hank haben ihn geschafft, der ist fertig!", zischt Sylvia8. Claudia20 platzt heraus. „Was für eine Sauerei! Einen 17jährigen so vorzuführen!"

Sylvia8: „Genau, das Weib ist völlig skrupellos. Zieht erst sein innerstes auf links, spricht seine Gefühle an, lässt ihn sich völlig outen und dann schlägt sie zu."

Claudia20: „Wie konnten die so mit dem Jungen umgehen? Der war so tapfer. Aber gegen diesen durch zuckersüße Lobhudelei herbeigeführten Seelenstriptease und die folgende journalistische Gruppenvergewaltigung hatte er keine Chance!"

Von nun an kommen alle zu Wort. Na ja, bis auf die Wagenknecht, bei der ständig jemand dazwischen redet.

Von den Lippen ablesen geht auch nicht, denn sobald sie etwas sagt, werden die feixenden Gesichter von Hank, Dümmel, Kohl oder Maischberger eingeblendet.

Hank wirft Wagenknecht vor, dass sie das Erbe seines Vater konfiszieren wolle.

Sylvia8 schnaubt. „Und so einen Schwachsinn muss ich mir im öffentlich-rechtlichen Fernsehen anhören!"

Claudia20 zieht ihre Schultern hoch: „Na ja, in Ordnung war das nicht. Aber das kann doch mal passieren."

Sylvia8: „Ach ja? Sieh Dir doch die politischen Talkshows an. Da läuft das ja mehr oder weniger immer so!"

> „Überzeugungen sind gefährlichere Feinde
> der Wahrheit als Lügen."
> (Friedrich Nietsche, Sprachforscher und Philosoph)

Emails. Sanas Bericht „aus der Asservatenkammer" konzentriert sich auf Sylvias Laptop und den Verlauf der Foren, in denen die junge Frau unterwegs gewesen war.

Die meisten waren harmlos und altersgemäß; akademisch, naiv und sozialistisch ging es meist um nicht weniger als die Rettung der Welt.

Die studierende Kellnerin und TV-Praktikantin stellte darin immer wieder die sogenannte „Faktenlage" dar, um sie dann leidenschaftlich in ihrem Sinne zu interpretieren.

Ein Forum, das sich 'Wahrheitsfinder' nennt, fällt aus dem Rahmen. Sylvias Informations- oder Korrektur-Mission löste hier heftige Reaktionen aus. Die anfängliche Bestätigung ihrer Positionen schlug um, als sie darauf beharrte, das Polizisten Menschen wären, die unsere Freiheit beschützen würden und das Menschenrechte auch für Flüchtlinge gelten sollten.

Die Ablehnung ihrer „absurden" Stimmungsmache ging mit der Zeit in feindselige Häme über. Zwei Wochen vor ihrem Tod war Sylvia ausgestiegen. Bis dahin waren einige Dutzend sogenannte freie Meinungsäußerungen eingegangen.

Darin wurde Sie unter anderem als „verfaulte Systemhure", „kommunistische Hexe" und mit ähnlich feinsinnig kreativen Wortschöpfungen bezeichnet. Und aus Sorge um unsere Demokratie, versprach man ihr „sie gemeinsam mit Kanzlerin Merkel als Verräterin des Vaterlandes zu entsorgen."

Sana hat sicherheitshalber alles auf einen Stick gezogen, damit man sich das später mal in Ruhe anschauen könnte.

„Eigentlich für Euch. Eure Rentnergang hat ja sowieso zu viel Zeit."

„Jonny behauptet, von ihren Foren nichts gewusst zu haben. Dass sie sich in den letzten Wochen sehr verändert hatte, sei ihm aber aufgefallen."

Wes zögert und schiebt skeptisch hinterher: „Sie wäre unsicher, misstrauisch, beinahe ängstlich geworden. Am Ende hätte sie Beruhigungsmittel genommen, um über den Tag und in den Schlaf zu kommen."

Ich bin skeptisch. „Glaubst Du ihm das? Bei der Obduktion müsste man das ja festgestellt haben."

Sana schüttelt den Kopf. „Obduktion? Bei einem Verkehrsunfall? Aber das ließe sich vielleicht nachholen. Da müssten aber ihre Eltern zustimmen."

Wes: „Dann fragen wir sie doch." Karl: „Nicht so einfach. Auch Jonny gegenüber hat Sylvia ihre Eltern nicht erwähnt. Die sind auch nirgendwo gemeldet."

Ich schaue Sana an. „Das LKA? Ruf doch mal Stankowski an." Sie wirft Karl einen Blick zu. Als der mit den Schultern zuckt kramt sie ihr Handy heraus und wählt eine Nummer.

Es dauert eine Weile bis das gut hörbare Freizeichen durch ein gereiztes „Stankowski" abgelöst wird.

Sie erklärt ihm kurz, um was es geht und bittet ihn um die Anschrift ihrer Eltern.

Er zögert. „Ich weiß nicht. Der Fall liegt ja immer noch im Innenministerium, beim Verfassungsschutz." Sana; „Ja und? Eltern zu haben, ist doch keine Verschlusssache."

Stankowski: „Hmh? Seit diesem Forums-Fall drehen die hier ja alle am Rad. Keiner will es sich mit den Krawattenträgern in den Ministerien verderben."

Sie verzieht das Gesicht: „Tempora mutantur oder wie der Lateiner sagt. Früher Schlitzohr, jetzt Schlappohr!" Mit einem Augenzwinkern in unsere Richtung schiebt sie leise hinterher: „Tschuldigung, ein blöder Scherz."

Sein Atem ist zu hören und dann auch seine Stimme. Er spricht so langsam als müsse er nach Worten suchen: „Wer leise ist, kann besser hören. Denk an die Katzen. Aber ich bin kein Vögelchen. Du warst damals doch selbst in diesen Fall involviert." Sana: „Ja, und?"

„Es kann doch nicht sein, dass Sylvia Dir damals nichts über ihre Eltern erzählt hat?" Zögernd fährt er fort: „Was ist denn mit dem Meldeamt?" „Die haben nichts."

Stankowski: „Und Du bist sicher, dass Sylvia Euch nichts erzählt hat? Schau doch mal bei Dir zu Hause nach." „Aber...."

Ich halte den Zeigefinger kurz vor meine Lippen. „Du stehst auf der Leitung", raune ich ihr zu.

Sana wirft mir einen erstaunten Blick zu. Dann nickt sie und hebt ihr Handy an: „So ein Mist. Da kann man wohl nichts machen. Trotzdem. Danke. Stanko."

Sie schaltet kopfschüttelnd ihr Handy aus: „Glaubst Du wirklich, dass die ihre eigenen Leute abhören?"

Eltern. Schon der nächste Tag zeigt, dass ich richtig gelegen habe. Stankowski hat tatsächlich einem Zettel in Sanas Briefkasten geworfen. Mit einer Anschrift?

Tja. 'Ihre Eltern' steht dabei. Und ein fremder Name. Nichts mit Gonzales oder so. Auch die Vornamen klingen nicht gerade spanisch.

Diese 'Eltern' wohnen zum Glück nicht weit von mir. Von Tür zu Tür nur eine halbe Stunde. Am Nachmittag mache ich mich auf den Weg. Und zwar alleine.

Wes hat keine Zeit, während sich Sana und Karl sich erst mal zurückhalten wollen, um keinen Ärger zu bekommen.

Eine Frau empfängt mich an der Tür. Ihre Ähnlichkeit mit Sylvia ist ebenso wenig zu übersehen wie das Misstrauen in ihrem Gesicht. Es dauert bis ich sie davon überzeugen kann, das es mir wirklich nur um ihre Tochter geht. Sie lässt mich rein.

Ich sitze nun bei Bodo und Dagmar am Wohnzimmertisch vor einer Tasse Kaffee. „Wie haben Sie uns gefunden?"

„Das war nicht so leicht", weiche ich aus und frage zurück: „Sie haben ja eine neue Identität. Sind in einem Zeugenschutzprogramm?"

Sie mustert mein Gesicht: „Sie sind also nicht von der Polizei oder vom Verfassungsschutz?"

Ich verneine: „Meine Freunde und ich sind nur persönlich interessiert. Wie gesagt, es war schwierig überhaupt herauszubekommen, das es sie noch gibt."

„Das kann ich mir vorstellen. Wissen Sie, wie unglaubwürdig ihre Geschichte ist?" Sie verzieht das Gesicht: „Wenn Sie uns reinlegen wollten, hätten Sie mir wohl etwas plausibleres aufgetischt."

Sie tauscht einen Blick mit ihrem Mann und fragt mich dann direkt: „Was wollen Sie wissen?"

'Ganz viel´, denke ich, und `wie gewinne ich ihr Vertrauen? Mit Offenheit?

Ich rechne nicht mit einer Antwort, aber sie sollen auch nicht denken, ich wüsste Bescheid.

Also: „Ihre neue Identität? Warum?" Dagmar: „Sie haben ja wirklich keine Ahnung." Ich nicke nur. „Wir eigentlich auch nicht", brummt sie nachdenklich.

Dann beginnt sie zu erzählen. Als Sylvia mit dem Forum in die Medien gekommen war, erhielten sie Besuch von der Polizei.

„Die hatten sogar einen Untersuchungsbeschluss. Dabei wohnte Sylvia schon lange nicht mehr bei uns. Sie besuchte uns allerdings noch manchmal."

Sie nimmt meine Frage vorweg. „Nein, die haben natürlich nichts gefunden. Aber wir lebten damals noch in einem Dorf und waren auf einmal für die örtliche Zeitung von Interesse. Der erste Artikel war noch einigermaßen sachlich."

Ihre Schultern gehen hoch: „Na gut. Die rätselten natürlich herum, warum der Durchsuchungsbeschluss." „Und woher wussten die davon?"

Dagmar: „Keine Ahnung. Das weiß ich bis heute nicht." „Na gut, aber das war irgendwann vorbei?" „Na ja. Die Lokalredaktion von unserem Käseblatt hat einige unserer Nachbarn und Kollegen interviewt", erklärt sie mir kopfschüttelnd.

Sie lächelt gequält: „Die meisten haben nur abgewinkt, aber ein paar haben sich zu Spekulationen verleiten oder sich etwas in den Mund legen lassen."

Ihre Stimme wird leiser. „Drogen- und Menschenhandel oder Spionage, Erpressung. Suchen sie sich was aus. Es war alles dabei." „Das ist doch Verleumdung."

Sie lacht: „Nein, nein. Die haben nur die Frage beantwortet, ob sie sich so etwas vorstellen könnten." „Einfach so?", empöre ich mich. Nicht nur, weil es mir angemessen erscheint.

Dagmar: „Tja, was soll ich sagen. Sylvia hat als jugendliche natürlich den üblichen Blödsinn gemacht. An unerlaubten Demos teilgenommen, Häuserwände beschmiert und war wohl auch dabei als einige Tierschützer in ein Versuchslabor eingebrochen sind. Sie hat sich nicht nur Freunde gemacht."

„Aber das hat doch nichts mit den späteren Anschuldigungen zu tun?" „Tja. Die Zeitung hat auch nur die Vermutungen ihrer 'Informanten zitiert. Und die musste sie ja nicht preisgeben." „Und die Polizei?" „Die hat das nicht mal kommentiert." „Okay. Und dann sind Sie von da weggezogen?"

„Kurz darauf. Das war nach dem der Regionalsender einen kurzen Bericht gebracht hat. Der wollte unsere Reputation wieder herstellen. Das haben die uns versprochen." „Aber sich nicht daran gehalten?", vermute ich.

„Wie man es nimmt. Die haben uns einerseits in Schutz genommen, darauf hingewiesen, dass es keinerlei Beweise gäbe. Aber dazu auch die Vermutungen der Informanten wiederholt und damit geendet, dass es in unserem Lande zum Glück das `in dubio proreo´ gäbe."

Sie senkt den Kopf: „Von da an machten alle einen großen Bogen um uns. Selbst beim Bäcker taten die Leute so, als hielten wir ihnen statt Geld eine Waffe vor die Nase, um sie zur Herausgabe ihrer Brötchen zu zwingen."

„Hmh? Okay, dann sind Sie umgezogen. Aber wie sind Sie zu ihrer neuen Identität gekommen und wieso ist ihr alter Name aus den Registern verschwunden?"

„Ich habe mich an das IM gewandt. Und die waren so nett, dass sie uns die besonderen Umstände attestierten und wie gefährdete Zeugen behandelt haben. Na, ja nicht ganz. Die Kosten sind an uns hängen geblieben."

„Das ist zwei Jahre her. Also als der Unfall ihrer Tochter geschah, wohnten sie schon hier unter ihrem neuen Namen?"

Sie nickt. „Es ist ruhig um uns geworden. Wir kennen hier ja niemanden. Na gut, das war ja der Zweck der Übung. Trotzdem." „Das hat sich auch nach dem Unfall ihrer Tochter nicht geändert?"

„Kaum. Deshalb ist es ja nett, dass Sie auch noch vorbei schauen." „Auch noch?"

Dagmar lächelt: „Nein, nein, verstehen Sie mich nicht falsch. Da Sie meine Tochter gekannt haben, freue ich mich natürlich."

Sie wischt sich eine Träne aus den Augen: „Ich wundere mich nur. Seit dieser Forums-Geschichte hat sie ja niemandem mehr von uns erzählt. Nicht mal ihren engsten Freunden."

„Und wieso auch noch?", wiederhole ich. „Na, Ihre Freunde haben sich nicht bei uns gemeldet. Dafür aber andere Leute."

Meine Miene ist wohl so, dass sie weiter spricht. „Dass die Polizei uns von ihrem Unfall berichtet hat ist ja normal. Der Besuch von jemandem aus dem Innenministerium wohl eher nicht. Und dann kam auch noch jemand vom Fernsehen vorbei und sprach uns sein Beileid aus."

„Die sind tatsächlich vorbei gekommen, um zu kondolieren?", staune ich. „Ja, das hat mich auch gewundert. Und der Fernseh-Fritze schwärmte regelrecht."

Sie presst ihre Lippen zusammen und seufzt: „Sylvia sei eine mehr als talentierte Mitarbeiterin gewesen. Jeder in der Redaktion hätte sie ins Herz geschlossen. Ihre Zukunft wäre wohl glänzend gewesen."

„Hat dieser Mensch vom Fernsehen auch einen Namen?"
„Tja, ich habe ihn ja fragen wollen", regt sich Bodo auf, „aber meiner Frau wäre das peinlich gewesen." „Wieso das denn?"

Dagmar: „Na ja, er hat ja zu Beginn erwähnt, dass wir ihn sicher vom Bildschirm kennen würden. Und er hat ja so schön von Sylvia geschwärmt."

Ich sehe sie ungläubig an: „Weil er beleidigt sein könnte, dass Sie ihn nicht kennen? Oder dass Sylvia ihn nicht erwähnt hat?" Sie nickt verlegen: „Viel hat unsere Tochter ja nicht erzählt. Ich hatte aber nicht den Eindruck, dass es ihr gut ging."

„Das lag sicher an ihrem neuen Freund, dem Jonny. Der ist ein krimineller Hacker, wenn Sie mich fragen", krächzt Bodo aus dem Hintergrund und hustet zur Bestätigung.

Dagmar dreht sich zu ihm hin. „Ach, Dir ist doch niemals jemand gut genug für Deine Prinzessin gewesen. Nach dem, was sie mir über diesen Jonny erzählt hat, ist der in Ordnung. Er hat sie mit seiner Fürsorge manchmal sogar genervt."

Bodo setzt zum Widerspruch an, doch ich komme ihm zuvor: „Und der ministeriale Typ? Was wollte der? Erinnern Sie sich an seinen Namen?"

Sie verzieht ihr Gesicht, antwortet erst einige Grimassen später: „Ach, der hatte so einen Doppelnamen, noch dazu einen ziemlich albernen. Radeberger-Nottelmann, Wadenheber-Rüpelmann oder so?"

Ich erinnere mich, das Sana mal einen alten Bekannten von Daniel van Haaren erwähnt hat. „Oder hieß der vielleicht Wagenmacher-Rottelmann?"

Ihre Miene hellt sich auf. „Genau, so hieß er." Für einen Moment sieht es so aus als wolle sie in ihre Hände klatschen.

Ich muss meine Überraschung erst mal herunterschlucken bevor ich meine Frage wiederhole. „Was wollte der denn?"

Sie zuckt mit den Schultern. „Keine Ahnung. Er stellte sehr komische Fragen." „Komisch?"

„Na, er wollte wissen, ob wir noch ein paar persönliche Dinge von ihr hätten. Tagebücher, irgendwelche Unterlagen oder Aufzeichnungen. Man überlege nämlich eine Art Nachruf auf Sylvia zu machen."

Sie sieht mich fragend an: „Normaler Weise bringt man den Eltern doch die persönlichen Sachen vorbei und nicht umgekehrt. Oder?"

„Haben Sie denn was gefunden?" „Nein. Da war er sehr enttäuscht. Bodo war ziemlich sauer gewesen und fragte ihn was das Ganze eigentlich sollte." „Und?"

„Da rückte der Typ damit heraus, dass Sylvia wahrscheinlich Beruhigungsmittel oder sogar Betäubungsmittel genommen hatte." „Drogen?" „Ich weiß es nicht. Er eierte nur herum."

Sie atmet durch: „Dann meinte er, dass es schade wäre, wenn so etwas öffentlich würde. Das würde dem Ruf meiner Tochter sicher nicht gerecht."

Ich sehe sie ungläubig an. „Das hat er gesagt? Würden Sie als ihre Eltern denn einer Obduktion zustimmen. Da könnte man ja vielleicht klären, ob das wirklich so war?"

Sie dreht ihre Kaffeetasse in der Hand. „Eigentlich schon. Aber jetzt ist es zu spät. Wir haben sie ja einäschern lassen." Dagmar wirft ihrem Mann einen hilfesuchenden Blick zu. Verdammter Mist.

Bodo richtet sich im Sitzen auf. „Eigentlich wollten wir das nicht. Aber dieser rottelnde Wagenmacher hat uns damals kirre gemacht. Nur so könnten wir verhindern, dass Sylvia von der Öffentlichkeit nach einer Obduktion zum Junkie gemacht würde."

Dagmar: „Auch der Fernseh-Fritze meinte, wir sollten doch nicht zulassen, dass jemand ihren guten Ruf zerstört."

„Also eine Urnenbeisetzung? Wie kommt es, dass weder ihre Freundin Anna noch ihr Freund Jonny bei der Beerdigung waren? Wurden die beiden denn nicht informiert?"

Bodo tauscht einen schnellen Blick mit seiner Frau. „Ja, die haben uns regelrecht überrumpelt. Wir waren ja dem Fernseh-Fritzen sogar dankbar, dass er sich um die Einäscherung gekümmert hat." „Und jetzt nicht mehr?"

„Diese Heuchler haben sich bei der Beisetzung gar nicht mehr blicken lassen. Von wegen Anteilnahme", zischt er verächtlich.

24.10.18 Daniel räuspert sich. Die Kamera richtet sich nun auf ihn. „Sehen wir uns auch noch den Rest an!"

Sandra Maischberger kommt zu einer weiteren Kernfrage der Sendung. Aufstocker! Sie zeigt einen Einspieler. Tenor: Wirtschaft boomt, Deutschland ist wohlhabend, aber es gibt 3,2 Millionen Multijobber.

Am Ende kommt die Frage: „Warum kann man .... nicht von einem einzigen Job leben?"

Claudia20: „Nun muss man sich wohl endlich dem angekündigten Thema der Sendung stellen." „Mein Gott, bist Du naiv!", bekommt sie von Sylvia8 zu hören.

Das Gesicht von Rainer Hank erscheint. Er spricht von einem Einzelfall und dass jeder, der wolle vom Vollzeitjob leben könne.

Eine Zwischenfrage der Moderatorin zu dem Fall im Einspieler ignoriert er. Die Maischberger nimmt es hin und erteilt Sara Wagenknecht das Wort.

Die widerspricht Hank und fordert einen angemessenen Mindestlohn, wird aber durch ihn unterbrochen, so dass ich kaum etwas verstehen kann.

Nun geht es eine Weile zwischen 'alles ist gut so wie es ist' und 'Kritik am großen Niedriglohnsektor' hin und her. Die Wagenknecht ist meist nicht zu verstehen, da Hank ständig dazwischen redet.

Maischberger wechselt das Thema. Managergehälter! Einspieler! Die Ausführungen von Wagenknecht erscheinen nachvollziehbar.

Mehr als das 100 oder sogar 200fache des Gehalts der normalen Mitarbeiter für den Vorstand können ja nicht gerechtfertigt sein.

Doch die Wagenknecht steht alleine da, jeder widerspricht ihr. Niemand gibt sich Mühe, die Gründe dafür zu erklären. Das scheint hier nicht notwendig zu sein.

Der Junge greift ein. Meint, er hätte in dieser Debatte noch nichts über den Wert der Arbeit gehört! Eine deutliche Kritik am Verlauf der Diskussion.

Die anerkennenden Blicke von Sylvia8, Claudia20 und sogar von Gregor24 bestätigen, dass sie das genauso sehen.

Daniel wartet noch einen Moment. Es gibt keine weiteren Wortmeldungen.

Lächelnd fasst er die Beiträge zusammen. „Ich halte also fest, dass so eine Sendung den öffentlich-rechtlichen Auftrag zu informieren zwar nicht erfüllt, aber die Zuschauer von alternativen Meinungen und schlechten Einflüssen abschirmt."

29.11.18 Maybrit Illner: „...und das ist unser Thema. Die Konjunktur läuft. Die Unternehmen machen Gewinne und suchen Arbeitskräfte. Das Gerhardt Schröder Agenda 2010 wirkt, davon sind viele überzeugt. Niedriglöhne, Leiharbeit und Kinderarmut gelten als ärgerliche Nebenwirkungen. Aber was die Wirtschaft gesund gemacht hat, hat das die Gesellschaft krank gemacht? Von Demütigungen ist die Rede, von Abstiegsängsten und von einer Gefahr für den Zusammenhalt der Gesellschaft."

Sie atmet durch: „Was tun, wie gibt man den Menschen die Gewissheit zurück, das auch in Zukunft noch genug Arbeit da ist und genug Geld für all die, die nicht arbeiten können? Darüber wollen wir reden mit diesen Gästen!"

Aus dem Off: „Robert Habeck, (Foto) für den Grünenvorsitzenden steht fest: Wir dürfen arbeitslose Menschen nicht bestrafen!

Christine Ostermann (Foto), die Unternehmerin ist überzeugt: „Es gibt keine Spaltung zwischen arm und reich.

Malu Dreyer (Foto), die SPD-Ministerpräsidentin sagt: Wir wollen die Ungerechtigkeit von Hartz4 beseitigen.

Jens Spahn (Foto), der Bundesgesundheitsminister kandidiert für den CDU-Vorsitz und sagt: Hartz4 ist aktive Armutsbekämpfung.

Und Robin Alexander, der Hauptstadtkorrespondent der Welt stellt fest: Die Grünen machen es wie die CDU. Sie besetzen Themen der SPD!"

Es folgt ein Einspieler mit Fakten zu Vermögensverteilung, Einkommensgefälle und Armut in Deutschland.

„Eigentlich war es das schon!" Daniel wischt mit der Hand über den Tisch, als entferne sie einen lästigen Krümel.

Sylvia8: „Was wollen Sie denn damit sagen?" Gregor24: „Na, das da außer den üblichen Phrasen nichts mehr kommt."

Van Haaren: „Frau Illner ließ zu, dass Jens Spahn allen ins Wort fällt und mit Einzelfällen kommt, die auf das 'gesunde Volksempfinden' abzielen. Als wären die jungen Menschen, die einen Termin nicht wahrnehmen, die Wurzel allen Übels. Da werden alte Geschichten ausgegraben, wie von diesem Robin Alexander, der erklärt, die Grünen hätten Hartz4 ja gewollt. Gern genommen werden auch negativ besetzte Schlagworte. Wie hat der Alexander gesagt? Ach, ja! '... die Erweiterung der Grünen ins „Links-Populistische!"

„Quatsch! Jeder schießt doch mal übers Ziel hinaus!", brummt Claudia20. Er sieht sie mitleidig an. „Merkst Du das denn nicht? Von Anfang an gehen weder der Alexander noch der Spahn auf die Fragen der Moderatorin ein. Statt dessen lenken sie ausführlich ab und attackieren die Anderen."

Sylvias Mundwinkel fallen verächtlich herunter: „Die Illner tut doch nur so, als wolle sie zum Thema zurück kommen. Faktisch überlässt sie es dem Spahn, die Sendung zu leiten."

Sie schnaubt: „Und der wirft ebenso wie dieser unsägliche Alexander den Grünen und der SPD einerseits vor Hartz4 eingeführt zu haben und andererseits es wieder abzuschaffen zu wollen. Müsste die Moderatorin nicht eigentlich fragen, was von beiden denn nun gut oder schlecht wäre?"

Ich versuche mich zu konzentrieren. Tatsächlich versuchen Habeck und Dreyer einige Male zu antworten, wirken aber hilflos und beinahe gehetzt, denn sie werden immer wieder unterbrochen.

Sylvia8 hebt den Zeigefinger. „Den Konservativen geht es doch nur darum die Leute weiter durch Hartz4 im Niedriglohnsektor zu halten." Gregor24: „Na ja, es gibt auch Arbeitslose, die nur allzu gerne in der sozialen Hängematte liegen!"

Sylvia8 schließt die Hand: „Sicher. Aber für die meisten, die einigermaßen qualifiziert oder wenigstens engagiert sind, verbaut ihnen der Zwang jeden Job annehmen zu müssen viele Perspektiven. Und die Unternehmerseite muss ja für Hartz4 sein."

Sie grinst. „Sonst müssten sie die Leute ja viel besser bezahlen und hätten weniger Profit! Oder einfacher gesagt, geht es darum, wer die besseren Interessenvertreter hat. Das Geld, das angelegt wird oder die Arbeitnehmer?"

Gregor24 verzieht das Gesicht. „Ha ha! Und außer Ihnen hat das noch keiner erkannt?" Sylvia8: „Doch! Denen hört nur keiner zu. Wir leben in ja einer Meinungs-Diktatur des Kapitals. Die Wirtschaftsliberalen müssen nicht mal mehr argumentieren!"

Hmh? Ich bin skeptisch, schaue mir die Aufzeichnung aber noch mal an. Oft sind nur die redenden Spahn, die blonde Unternehmerin oder der Alexander im Bild. Wenn aber der Habeck oder die Dreyer sprechen, werden meist ein feixender oder kopfschüttelnder Jens Spahn eingeblendet.

Sylvia8: „Ist euch das auch aufgefallen? Wenn jemand redet, aber ein anderer erscheint im Bild, der vielleicht noch belustigt drein schaut oder den Kopf schüttelt, dann hört man gar nicht mehr richtig hin!"

Sie führt das den anderen anhand einiger Beispiele vor Augen. „Die Kamera hat zwar ein Objektiv, ist aber nicht objektiv."

Daniel nickt heftig. „Sie haben recht. Man darf sich nicht auf das Zuhören beschränken, sondern sollte auch die Bilder im Auge haben!" Gregor24: „Hmh! Worauf wollen Sie hinaus?"

Sylvia8 verdreht die Augen. „Na ja, ihr habt mir doch erzählt, dass die Aufzeichnungen unseres Forums ungeschnitten an die Sender geschickt worden sind!"

„Die Krux der Wahrheit ist, dass die Lüge ihre Mitarbeiter besser bezahlt." (Thom Renzie, Lehrer und Autor)

Kneipe. Der Wirt Andreas, ein Riese von 2,15 Meter, und der griechische Kellner Christos sind bereit mit uns zu sprechen und ziemlich mitteilsam. „Ja, ja, wenn nichts los war hat sie oft vor der Glotze gesessen. Auch schon mal am frühen morgen", erklärt uns der Wirt.

Der im Vergleich zu ihm zierliche Kellner nickt. „Ja, ja, Heute Journal, Tagesthemen, Morgenmagazin und Talkshows."

Ebenso wie der Wirt kann er uns nichts zu den Themen sagen, die Sylvia besonders interessiert hatten. Außer: „Irgend so ein Zeug, das sich kein normaler Mensch ansieht. Ist ja doch immer das gleiche."

Jonny: „Andreas, Du hast ihr doch so ein altes Diktiergerät geliehen. Darauf hat sie manchmal etwas gesprochen. Das müsste noch irgendwo hier sein."

Der Riese sieht ihn erstaunt an, nickt und verschwindet in einem der hinteren Räume.

Ein paar Minuten später ist er zurück und hält etwas, das wie ein übergroßes Handy aussieht, in der Hand. Er drückt auf einen Knopf und hält es Jonny vor die Nase.

Nach einem kurzen lauten Knacken ist ihre Stimme zu hören. Kein Zweifel. Sylvia!

„Heute ist der 1.7.2021 Ich muss disziplinierter werden. Vor allem die ARD, aber auch das ZDF, informieren manchmal sehr detailliert, Panorama und andere Magazine zeigen schmerzhaft deutlich auf, dass es mit den westlichen Werte nicht allzu weit her ist. Auch einige Kabarettisten legen den Finger in die Wunde. 'Die Anstalt' oder 'Bömermann'. Aber die meisten schwimmen mit im Mainstream, um ihren Sendeplatz zu halten.

Klaus Kleber hat im Heute Journal noch mal das Thema Nebeneinkünfte von Baerbock, gefälschter Lebenslauf und Plagiat angesprochen.

CSU Mensch Blume hat dann auch gesagt, dass die Grünen ihren moralischen Ansprüchen nicht gerecht würden. Schon oft gehört. Erbärmlich. Spitzenpolitiker, die von „Asyltourismus" sprechen, während Flüchtlinge mit ihren Kindern im Mittelmeer ertrinken sind für CSU und ZDF moralisch kein Problem.

Nein. Kleber hat nichts gesagt, was unwahr ist. Okay, die Weihnachtsgeldzahlungen der eigenen Partei als Nebeneinkünfte zu bezeichnen, gibt dem ganzen ein Geschmäckle. Wie kann so etwas Thema im Heute Journal sein?

Und immer wieder Wahlprognosen. Verluste der Grünen. Lohnt es sich überhaupt die noch zu wählen?

Andreas schaltet das Diktiergerät mit einer großartigen Handbewegung aus. Christos flüstert dem Riesen etwas ins Ohr.

Der nickt ein paar Mal, dann schaut er Karl an. „Da ist noch viel mehr drauf. Das wollt ihr sicher haben? Oder?"

Die langen Arme vor der Brust verschränkt gehen seine Mundwinkel nach oben: „Auf der Welt ist nichts umsonst. Beschlagnahmen geht wohl nicht. Oder habt ihr einen Durchsuchungsbeschluss?"

Karl, irritiert: „Ich dachte, Sie wären auch an einer Klärung des Falles interessiert?"

Andreas: „Natürlich. Aber Sie müssen mich auch verstehen. Ein Erbstück meines Großvaters. Das gibt man nicht so einfach her."

Am liebsten hätte ich ihm ins Gesicht gelacht. Von Jonny wusste ich inzwischen, dass einer der Stammgäste das Ding auf dem Trödelmarkt gekauft und mangels Bargeld für seine Zeche in Zahlung gegeben hatte.

Karl hat bereits seine Brieftasche gezückt. „Lasst mich mal", raunt Jonny ihm zu.

Er wendet sich Andreas zu und fährt laut fort: „Für mich ist es ein Erinnerungsstück an Sylvia? Du weißt doch selbst wie es war, wenn sie geredet hat. Der schöne Engel mit dem Flammenschwert gegen die Ungerechtigkeit der Welt."

Der Riese verzieht wenig begeistert sein Gesicht begeistert, hat aber Jonnys geballter Sentimentalität nichts entgegen zusetzen.

Außer: „Weil Du es bist. Aber auf der Zeche von Igor will ich nicht sitzen bleiben."

U-Bahn. Das erste Stück unseres Heimweges führt uns in die gleiche Richtung zur U-Bahnstation.

Vor dem Bahnsteig trennen sich unsere Wege und er sich von dem Diktiergerät. „Das mit der Erinnerung war mein ernst. Ich möchte es gerne zurück haben. Ruft mich bitte an, wenn es soweit ist." Ich stecke es in meine Jackentasche. „Klar doch."

Jonny hebt sein Handy hoch, als wolle er beweisen, dass er auch mobil zu erreichen ist. Hmh? Ein ziemlich altes Model mit kleinen silbernen Tasten und einem winzigen Bildschirm.

„Ein echter Oldtimer. Hat Sylvia mir geschenkt", erklärt er mir, dann biegt er ab und ich gehe weiter.

Als ich auch meinen Bahnsteig erreicht habe, sehe ich über zwei Gleise hinweg zu Jonny. Er steht vor der großen Fahrplantafel.

Meine Bahn fährt gerade ein. Aus den Augenwinkeln sehe ich, dass Jonny von einem stämmigen Typen angesprochen wird. Nicht gerade freundlich, scheint es mir.

Jonny senkt den Kopf und weicht einen Schritt zurück. Zu spät. Er bekommt einen Stoß, der ihn taumeln lässt.

Meine U-Bahn zieht den Vorhang zu. Ihre Türen öffnen sich. Statt einzusteigen renne ich über den Bahnsteig zurück, die Treppe herunter, durch den Tunnel und wieder nach oben.

Jonny! Er rappelt sich bereits ächzend vom Boden auf und sieht mich ungläubig an.

„Was ist passiert?" „Keine Ahnung", knurrt er, „der hat mich nach einem Euro gefragt. Da war ich wohl nicht schnell genug." „Fehlt denn etwas?"

Er neigt den Kopf zur Seite und klopft seine Taschen ab. Erst langsam und vorsichtig, dann hastig und fester.

Sein Blick geht von seiner Jackentasche hinauf zu meinem Gesicht. „Das gibt es doch gar nicht. Mein olles Handy ist weg."

Pförtner. „Sie können hier nicht einfach rein spazieren." Der Mann kommt aus seiner Loge und baut sich vor uns auf. Ein Pförtner?
Groß und breitschultrig im dunklen Anzug? Maßgeschneidert? Er wirkt eher wie ein Bankdirektor. Oder wie sein Bodyguard.
Da biegen noch zwei Typen um die Ecke. Ähnlich gekleidet, ein wenig kleiner, untersetzter. Genau so freundlich wie der Pförtner nehmen sie uns in die Mitte. „Arme hoch und Beine breit!", kommandiert der ältere der beiden.
Brav folge ich der Weisung und lasse mich von oben bis unten abklopfen. Mein Portemonnaie wandert in die Hände des Sicherheitsbeamten.
Er macht es auf und schaut hinein. Hmh? Scheinbar eine interessante Lektüre für ihn.
„Stop!" Ein Ruf, wie ein Pistolenschuss. Mein Portemonnaie fällt zu Boden. Ich zucke zusammen.
Sana: „Lassen Sie das! Ihren Personalausweis. Her damit! Sofort!" Ihre Stimme ist laut und schneidend. Sie hält den Männern ihren Dienstausweis hin.
Die drei schauen erst auf die kleine Plastikkarte und dann empört in ihr Gesicht.
„Sie haben uns gar nichts zu sagen. Was soll das sein? ZOK? Haben Sie schon mal etwas von Pressefreiheit gehört?", knurrt der Jüngste des schwarzen Trios sie an.
Sana greift nach hinten unter ihre Jacke und zieht ein paar Handschellen heraus.
„Haben Sie so was schon mal gesehen?" Ihre Augen funkeln ihn belustigt an.
Der junge Sicherheitsmensch gibt sich trotzig. „Wir sind zu Dritt. Was wollen Sie....."

„Lass das sein", ermahnt ihn der Pförtner und wirft Sana einen undefinierbaren Blick zu. Eine wütende Entschuldigung? Oder hat es damit zu tun, dass Sana ihre Jacke zur Seite geschoben hat? Hat sie dem Typen ihre Dienstwaffe gezeigt? Ganz sicher bin ich nicht. Ihre Jacke ist auch schon wieder zu.

„Rasmussen", nennt sie den Namen des Redakteurs zu dem wir wollen.

„Ich rufe ihn an!", brummt der Pförtner, „warten Sie bitte einen Moment."

Redakteur. „Rasmussen lächelt uns verlegen an: „Wie soll ich es sagen? Sylvia hat uns den Spiegel nicht nur vorgehalten. Sie hat ihn uns regelrecht um die Ohren gehauen." Wir sehen ihn fragend an.

Rasmussen hebt die Schultern. „Wir sind uns ja alle einig, dass der freie Handel gut für uns alle ist. Und zwar weltweit. Aber was sagen sie einer jungen Frau, die fragt, wie Gewinne zu Stande kommen oder wer davon profitiert?"

Er verzieht das Gesicht: „Das Klima und die Natur oder die Menschen in der Dritten Welt wären es ja nicht."

„Das ist weder neu noch so ganz richtig. Freie Märkte und Demokratie gehören zusammen", wende ich ein und Sana ergänzt: „Der Staat setzt ja den Ordnungsrahmen."

Rasmussen: „Das habe ich ihr auch gesagt. Sie hat mich nur ausgelacht. Es sei ja nicht mal die Werbung für schädliche Produkte verboten. Und das war erst der Anfang."

Er drückt einen Knopf in seiner Schreibtischplatte und wir sehen ein weißes Viereck an der Wand. „Schauen wir uns doch einfach mal die Aufzeichnung der Redaktionskonferenz an."

Karl verdreht die Augen: „Mein Gott, schon wieder eine Konserve."

Rasmussen lacht: „Das wundert Sie. Wir sind doch hier beim Fernsehen. Auch wenn Sylvia meint, dass wir doch eher die Marketingabteilung eines Verkaufssenders und nur an den Umsatzzahlen oder Einschaltquoten interessiert wären."

An der Wand wird der Tisch sichtbar, an dem wir gerade sitzen und Sylvia in Aktion. „Niemand bestreitet mehr, dass der Klimawandel längst begonnen hat und weiter voranschreitet."

„Selbst, wenn Deutschland sofort Klimaneutral würde und die EU nur noch neutral erzeugte Güter kauft."

Sie breitet ihre Arme aus. „Es würde ein Jahrhundert dauern bis ein Effekt eintritt. Wahrscheinlich werden wir zu wenig tun und weiterleben wie bisher."

„Ja und?", sagt ein junger Mann. Vor ihm ein Schildchen auf dem Hubertus Meyer, Praktikant, steht.

Sylvia: „Der Klimawandel wird zur Katastrophe. So viel ist sicher. Aber wird es auch das Ende der Menschheit sein? Ja, zumindest so wie wir sie kennen."

Sie stützt die Ellenbogen auf den Tisch. „Ich gehe davon aus, dass die Konservativen nicht dümmer sind als andere Politiker. Sie wissen also was auf uns zu kommt. Die große Masse der Menschheit wird es wohl nicht überleben. Auch in Europa nicht alle. Aber die Vermögenden und die in den reichen Ländern haben Möglichkeiten sich zu schützen. Ein, zwei Milliarden, vielleicht auch weniger."

Rasmussen: „Das ist doch übertrieben!" „Doch, doch. Nur so machen die Pläne der Konservativen und Liberalen einen Sinn. Nach dem Motto, das Klima ist nicht mehr zu retten und auch nicht die gesamte Menschheit."

Sie zögert, sucht wohl die richtigen Worte. „Aber hier in Deutschland werden wir alles tun um die Folgen der Unwetter zu reduzieren und uns ein Überleben zu ermöglichen." Sylvia gerät ins Stocken. Hat sie den Faden verloren? „Und was haben die Medien damit zu tun?" Hubertus sieht sie fragend an.

„Die Menschen haben schon immer die Nähe der Reichen und Mächtigen gesucht. Da ist die Chance zu überleben eben am größten." Ihre Augen verdrehen sich: „Kennt ihr doch. Erst kommt das Fressen und dann erst die Moral. Da seid ihr nicht besser, sonst würdet ihr ganz anders informieren. Aber ihr wollt es Euch ja nicht mit den Mächtigen verderben."

Nicht nur Hubertus knurrt empört. Auch die zwei älteren Damen, ein älterer Graubart und drei Männer von Mitte 30 oder 40 protestieren.

Rasmussen sorgt mit einer energischen Handbewegung für Ruhe und wendet sich Sylvia zu: „Die Menschen haben es bisher immer noch geschafft, das Ruder herumzureißen und einen Ausweg zu finden. Das steht schon in der Bibel."

Sylvia nickt. „Meinst Du die Vertreibung aus dem Paradies nach dem Sündenfall? Ich denke, wir haben noch deutlich mehr als Adam und Eva verbrochen."

Sie sieht einen nach dem anderen in der Runde an. „Oder redest Du von der Sintflut? Und davon, dass jetzt jeder darum kämpft noch einen Platz auf der Arche Noah zu bekommen?"

Wegener. „Wusstest Du, dass der Doppeldoktor alle unsere Gespräche aufzeichnet?" Sana sieht ihren Mann fassungslos an.

Karl: „Wie kommst Du denn auf so was?" „Er hat es quasi selbst zugegeben." „Quasi?" „Na ja, ich habe ihm gestern doch über unsere Erkenntnisse informiert. Da hat er nur genickt."

Karl: „Ja und?" „Tss, heute erzählte er mir von seinem Gespräch mit dem Innenminister. Ihm sei leider nichts anderes übrig geblieben...."

Sie atmet hörbar aus: ....als ihm die Aufzeichnung unseres letzten Gesprächs vorzuführen." Karl: „Durfte er das denn überhaupt mitschneiden?"

„Der Wegener hat ihm erzählt, das ich damit einverstanden gewesen wäre. Weil wir beide sicher gehen wollten, dass es keine Missverständnisse gibt." „Stimmt das denn?"

Sana: „Natürlich nicht. Der hat mir doch weis machen wollen, dass er mein Verhalten als Zustimmung verstanden habe."

Sie verzieht das Gesicht: „Das wäre concludent gewesen." „Wie hast Du darauf reagiert?"

„Ich habe die Aufnahmefunktion eingeschaltet." Sie legt ihr Handy vor uns auf den Tisch.

„Er hat es nicht mitbekommen, aber ich fand das ziemlich concludent. Hört es euch an." Sie drückt eine Taste.

„Unser IM befürchtete zuerst, dass Sie unter Verfolgungswahn leiden würden. Das konnte ich ihm zum Glück ausreden." Die Stimme klingt ein wenig blechern, ist aber zweifellos die von Wegener.

Fürsorglich fährt er fort: „ich habe es versucht. Bis zum Schluss. Aber er war nicht mehr davon abzubringen, dass Sie an Verschwörungstheorien glauben."

Ein leises Klatschen ist zu hören und dann poltert es laut. Wesley: „Was war das denn?"

Sana: „Ach, er wollte mich wohl trösten und hat seine Hand auf meine Schulter gelegt, die habe ich weggeschlagen und er ist ins Regal gefallen."

Wegener schnauft: „Die Dienststellenleitung können Sie ohnehin vergessen. Der IM hält sie nämlich für eine Querdenkerin. Und jetzt noch der tätliche Angriff auf einen Vorgesetzten. Da wird sich die Pensionskasse freuen."

Jemand schnappt nach Luft. Sana? Dann ist es still. Einen Moment später ist sie zu hören „Der IM weniger, wenn er hört was sie über ihn durchgesteckt haben."

„Das ist nicht wahr!" Seine Stimme donnert und zittert zugleich.

Sie lacht gehässig: „Kennen Sie den Unterschied zwischen Ihnen und einer Wurst?"

In Wegeners lautes „Unverschämtheit" hinein gibt sie sich selbst die Antwort. „Tja nicht leicht. Sie haben ja beide kein Rückgrat. Aber von der Wurst kann man sich wenigstens eine Scheibe abschneiden."

„Das war es für Sie. Fristlos." Seine Stimme überschlägt sich. Sie lacht quietschend: „Aussage gegen Aussage. Nein. Damit kommen Sie nicht durch."

Sie schaltet ihr Handy aus: „Das wars." Wes: „Der macht ernst... und wenn er das aufgezeichnet hat..."

Karl: „Keine Sorge, das kann er nicht verwenden. Wenn das jemand anderer mithört, dann ist der Wegener erledigt."

Er legt den Arm um ihre Schulter: „Sei doch froh, dass Dir die Leitungsstelle und damit dieser Typ erspart bleibt."

Sana nickt: „Ja klar, das bin inzwischen auch." Er sieht sie fragend an: „Was hat der Wegener denn über unseren IM durchgesteckt?"

Sie streicht ihm lächelnd durchs Haar. „Was weiß ich. Aber es klingt doch gut. Oder?"

**„Seit die Mathematiker über die Relativitätstheorie hergefallen sind, verstehe ich sie selbst nicht mehr."
(Albert Einstein, Physiker)**

Angefahren. Meine Versuche mich mit Anna zu verabreden, waren gelinde gesagt ins Leere gelaufen. Die Ausreden, die sie zuletzt dagegen vorgebracht hatte, war ebenso albern wie abenteuerlich gewesen. „Ich habe erst die Männer mit O, wie Oskar durch. Bis ich bei U wie Ulrich ankomme, das dauert noch."

Nach dem Ende unserer heutigen Vorführung und Diskussion bin ich ihr nach draußen gefolgt. „Ich bringe Dich zur Haltestelle." „Den ganzen Kilometer? Bist Du sicher?", spöttelt sie. „Es sind genau genommen 1,3 Kilometer", korrigiere ich und komme mir ziemlich blöde dabei vor.

Wir gehen an den Schaufenstern einiger Geschäfte vorbei. Ich suche nach Worten, die nicht ganz so bescheuert sind. Am besten klug und witzig.

„Es gibt Leute, die lassen sich jeden Schwachsinn andrehen und glauben sogar ihren Sport delegieren zu können", sage ich mit Blick auf die Fitness-Geräte eines Sportartikelladens, deren Funktion in kurzen Videosequenzen auf einem großen Bildschirm im Schaufenster vorgeführt wird.

Sie sieht mich aus den Augenwinkeln an. „Redest Du von Dir?" Na ja, nicht nett, aber immerhin hat sie mir zugehört.

Sie deutet mit dem Finger auf die Haltestelle. Es ist eine von diesen alten, bei denen die Autos auch über die versenkten Gleise fahren können.

Ohne ein Wort zu sagen geht sie mit eiligen Schritten zum Überweg. Ich sehe mich um. Erwartet sie, dass ich ihr folge? Hmh? Wohl eher, dass ich verschwinde.

Ich zucke zusammen. Ein Knall? Ich fahre herum und sehe noch einen dunklen Wagen, der sich mit quietschend Reifen entfernt.

Anna? Nicht mehr zu sehen. Nur ein Mann, der sich herunter beugt? Jetzt sehe ich es auch. Vor ihm auf dem Boden liegt eine Frau.

Er greift ihr unter die Arme und hebt sie an. Ich sehe Annas Gesicht. Auch der Mann kommt mir bekannt vor. Rasmussen?

Ich schrecke auf. Quietschenden Reifen, wie bei einer Vollbremsung? Da steht ein Auto mit offenen Türen.

Mein Blick geht wieder zum Bahnsteig. Zu Rasmussen und Anna. Hmh. Da ist jetzt noch jemand.

Ein untersetzter Mann in einem dunklen Anzug. Was macht der denn da? Er zieht Anna auf die Gleise. Und Rasmussen feuert ihn an?

Die Straßenbahn rumpelt heran. Nein zwei, eine aus jeder Richtung. Ich lasse Anna nicht aus den Augen. Der bullige Typ zerrt sie hinter ein kleines Schild, das die Gleise trennt. Jetzt liegt sie kaum sichtbar so, dass beide Bahnen sie erwischen werden.

Ich renne los. Na ja, was man in meinem Alter so rennen nennt. Als ich ankomme, ist der kräftigere der beiden schon verschwunden. Nur Rasmussen steht noch da. Frustriert stoße ich ihn heftig zur Seite.

Ich muss mich erst mal orientieren. Anna liegt noch da. Regungslos. Aufgeregt gehe ich zu ihr und reiße sie hoch.

Na ja, ich versuche es wenigstens. Eine ziemliche Quälerei. Hat sie ihre Taschen voller Blei oder bin ich nur zu alt? Mein Rücken schmerzt, meine Lunge pfeift und vor meinen Augen tanzen schwarze Punkte. Ich spüre einen heißen Stich im Rücken, dann explodiert meine Brust.

Entführt. Meine Arme sind abgestorben. Aus den tauben Handgelenken wachsen hölzerne Lehnen. Meine Lider gehen flackernd hoch. Ein Glimmern in der Dunkelheit. Schwaches Licht und schwarze Schatten?

Einer gleitet auf mich zu. Eine ruhige Stimme. Ein Mann? Weiche Worten, die ich kaum verstehe.

Sein „ich helfe Dir" und „ist gleich vorbei" klingt angenehm. Erleichtert will ich mich bedanken, bekomme aber keinen Ton heraus. Sind meine Stimmbänder eingefroren?

Plötzlich sind die Schmerzen da. Unerträglich. Schrille Schreie. Werden meine Hände geschält? Und meine Füße abgerissen?

„Aufstehen", höre ich energisch laut. Ich zucke zusammen. Meint er mich? Aber wie? Habe ich denn Beine?

„Dahin!", donnert er los und tippt mit dem Zeigefinger auf meine Nase. Ich reiße die Augen auf und sehe hin. Ein Spiegel? Nein, ich bin das nicht.

Aber wer? Ein Gesicht? Anna? Das kann nicht sein! Ich kneife die Augen zusammen und konzentriere mich.

Ein leerer Keller, verschmierte Wände. Und mitten drin Anna auf einen Stuhl gefesselt ist? Zusammengesunken? Lebt sie noch?

Hat sie etwas gehört? Sie bewegt den Kopf und versucht sich aufzurichten, doch die Bänder halten sie fest.

Ich stütze mich ab, komme auf die Beine, halte mich am Stuhl fest, warte, dass das Zittern nachlässt. Eine Ewigkeit vergeht bis ich mit tauben Füssen zu Anna stakse.

Die Wände bröckeln, Putz fällt heraus und wirbelt um mich herum. Ihre Augen öffnen sich.

Ich verziehe den Mund zu einem Lächeln. Es strengt mich an. „Neein!", schreit sie, als käme ein schreckliches Monster auf sie zu.

„Lass Frau in Ruh" und „naht die Hilfe" höre ich eine Stimme hinter mir. Irritiert erleichtert halte ich inne und drehe mich zu unserem Retter um.

Schaffe es nicht ganz. Ein heftiger Stoß von der Seite und ein brennender Stich in meine Schulter halten mich auf. Ich öffne den Mund, doch bevor ich mich schreiend empören kann fliegt mir meine Lunge um die Ohren

Bildungsfern. Eine Gefängniszelle ist kein gemütliches zu Hause. Dass sie so klein und spärlich möbliert ist stört mich weniger als dass ich sie nicht verlassen kann.

Wirklich eingesperrt fühle ich mich aber vor allem, weil ständig irgendwelche Typen in Uniform ständig herein platzen und mich nicht aus den Augen lassen.

Ist es normal, dass die Erinnerungen rückwärts gehen und mit dem Ende anfangen? Bei mir ist es jedenfalls so. Stehaufmännchen hat jemand bei meiner Verabschiedung gesagt. Das Männchen hat mich gestört. Besser gefallen hat mir als ganzer Kerl beschrieben zu werden, einer der mit Teflon beschichtet sein muss, weil ihn nichts umhauen konnte.

Na ja, bei einer Verabschiedung wird wohl genau so gelogen wie bei einer Beerdigung. Eine Art Probelauf?

Mein letzter Job. Wieder näher an meinem Haus. Keine Pendelei mehr zum Wochenende. Die Arbeit war okay, auch wenn ich nicht mehr der große Zampano wie der Stelle davor war.

Aber das kannte ich von den früheren Jobs. Sieben Firmen. Als guter Arbeitnehmer habe ich mich mit jeder identifiziert. Und wie es die obersten Chef bei der jährlichen Personalversammlung forderten war ich stets ein loyaler Mitarbeiter gewesen.

Schade, dass das nicht auch umgekehrt der Fall gewesen war. Aber Wettbewerbsfähigkeit, Kosteneffizienz und Dividenden hatten die Mehrheit im Aufsichtsrat.

Vielleicht war ja deshalb mein zu Hause immer dasselbe geblieben. Egal, in welcher Stadt ich mich gerade mit meiner Arbeit identifizierte.

Mein Zuhause? Der große Kasten, nicht schön, aber wuchtig; mit dem langen Fachwerkbau dahinter und einem riesigen Garten eigentlich viel zu groß für mich.

Warum ich das Ding gekauft und aufwendig hergerichtet habe? Keine Ahnung. Mein Burgfräulein hatte sich ja schon vor vierzig Jahren vom Acker gemacht.

Ich erinnere mich noch gut daran, wie oft Anne-Mona vor dem alten Haus geschwärmt hatte, was man daraus alles machen könnte. Inzwischen ist der Kasten mit seinen grau verputzen Mauern jedenfalls ein Bunker und Schutzraum für meinen Seelenfriedens geworden.

Keine Ahnung, warum ich das denke. Vielleicht, weil meine Eltern das beste für mich machten, was sie machen konnten. Sie ließen mich in Ruhe. Nicht in böser oder guter Absicht. Für so etwas hatten sie keinen Kopf.

Gut, das es die Schulpflicht und Nachbarn gab, die auch Kinder hatten. Und so erfuhr ich, dass es gar nicht schlecht war länger zur Schule zu gehen. Ich wollte es anfangs nicht glauben, dass man dann weniger arbeiten musste und trotzdem mehr Geld verdiente.

Ich begab ich mich auf einen Bildungsweg, den man den zweiten nannte. Bevor ich über einen dritten nachdenken konnte, wurde ich zur Bundeswehr eingezogen. Genau. Es gab damals ja noch die Wehrpflicht. Dort sind mir viele Menschen unterschiedlichster Herkunft mit allen möglichen Problemen begegnet und ich lernte eine Menge dazu.

Anders als meine Kameraden verzichtete ich drauf, täglich mein Gehirn in Alkohol einzulegen, damit es auch in dieser Zeit haltbar blieb.

Meinen weiteren Zukunftsplänen stellte sich dann ein Schild in den Weg. 'Zu Verkaufen' stand vor dem großen Kasten. Ich weiß nicht mehr genau, wie ich das mit der Finanzierung gemacht habe. Nur, dass ein Studium nicht mehr drin war.

Trotz hoher Arbeitslosenzahlen bekam ich sofort einen guten Job, in den ich mich rein hängte und sogar Karriere machte. Der An- und Verkauf von Stahl machte mich zum Experten für Eisen härtende Legierungen. Das färbte wohl irgendwie auf mich ab.

Damals gab es nur ARD und ZDF. Dröge Fakten, die meist vorgelesen wurden. Und kurze Filmsequenzen. Ich habe davon viel gelernt. Ja, für mich war es Bildungsfernsehen.

Okay. In der Nachkriegszeit musste sich auch das Fernsehen noch an die demokratischen Spielregeln gewöhnen. Auch in der Politik gab es ja noch ein paar alte Nazis.

Haben meine Kumpels und ich tatsächlich begeistert gejohlt als die Polizei mit Gummiknüppeln und Wasserwerfern den Studenten Demokratie gelehrt haben?

Na ja. Ich wusste es nicht besser und die Medienleute wohl auch nicht.

Alles lange her. In den letzten Jahren habe ich mir kaum noch etwas angesehen.

Reißerische Ankündigungen, Diffamierung von Menschen und Politik, permanentes Marketing, kindische Werbespots und Nachrichten, die zwischen Spekulationen, Meinungen und Fakten kaum noch unterscheiden, widern mich an.

Nein, persönlich war bei mir nichts los gewesen, an das ich mich erinnern könnte. Bei ist jedenfalls nichts angebrannt. Genau genommen ist mir nicht mal richtig warm geworden. Frauen haben ja für so was ein feines Gespür und mich weiträumig umfahren.

Na ja. Außer Anne-Mona. Was hatte sie mir zu meinem 20 Geburtstag geschrieben: „Wir beide beschützen unsere Welt vor der Zeit. Gestern und heute wird auch morgen sein."

Hmh? Was wäre eigentlich aus uns geworden, wenn wir zusammengeblieben waren? Natürlich hätte sie sich weiterentwickelt.

Aber ganz sicher nicht in eine Richtung wie diese Zicke Anna. Nein, sie hätte an mich geglaubt und mir niemals einen Mordversuch mit anschließender Geiselnahme angehängt.

Indizien. Der ermittelnde Beamte macht seine Sache gar nicht schlecht. Er führt kurze Videoschnipsel vor, die zufällig von Passanten aufgenommen worden waren.

Ein dunkler SUV, der Anna über den Haufen fährt und dann mit offenen Türen in der Nähe der Haltestelle steht.

Ein paar Sekunden, die mich erst im Gespräch mit ihr und dann dabei zeigen, wie ich die bewusstlose Anna unter ihren Armen halte und sie auf die Gleise ziehe.

Der Beamte, ein Hauptkommissar Müller, schaut den Staatsanwalt an. „Das sind natürlich nur Indizien. Davon haben wir noch mehr."

Bin ich im falschen Film? Immerhin sind die Rollen recht gut besetzt. Kommissar Müller, mittelgroß, grau melierte kurze Haare, Ende vierzig, Anfang 50, wirkt ruhig und besonnen; Staatsanwalt Bäcker im gleichen Alter, deutlich übergewichtig, kaum noch Haare, strahlt eine freundliche Autorität aus.

„Tja, weitere Indizien." Müller lächelt. „Bei dem Tatfahrzeug, das in der Nähe des Tatorts sichergestellt wurde, handelt es sich um einen Leihwagen. Angemietet wurde er durch den hier anwesenden Ulrich Nötel."

Ich höre mit aufgerissenen Augen zu. Was habe ich mit einem Leihwagen zu tun? „Das kann nicht sein", krächze ich. Karl: „Dafür gibt es sicher eine andere Erklärung."

„Das würde ich ja auch glauben, wenn wir nicht die Zeugenaussagen von Herrn Rasmussen, einem Passanten und Frau Anna Frohmann hätten."

Der Kommissar zögert. „Der erste hat ausgesagt, dass Herr Nötel ihr gefolgt ist und der zweite, wie Herr Nötel versucht hat seine Freundin umzubringen. Erst mit dem Wagen, anschließend mit der Straßenbahn. Dann hat er sie entführt."

Karl: „Also jemanden erst entführen und dann töten, hatte ich ja schon öfter. Aber das Opfer nach ein oder zwei Mordversuchen zu entführen?"

Der Staatsanwalt: „Was sagt denn das Opfer dazu?" „Na ja, sie steht noch unter Schock. Kann sich nur daran erinnern, dass Nötel sie in einem Keller festgehalten hat."

Müller: „Hmh? Es könnte auch ein Raubüberfall gewesen sein, der schief gegangen ist. Deshalb die Geiselnahme um ein Lösegeld zu erpressen." Karl: „Raubüberfall? Ist dem Opfer denn etwas gestohlen worden?"

Bäcker sieht mich an. „Sie sagt ihr Handy sei verschwunden. Auf dem wäre eine persönliche Nachricht ihrer Freundin gewesen." „Und was stand darin."

Müller: „Frau Frohmann hatte nur den Betreff gesehen, sie aber noch nicht geöffnet. Ihr Handy ist aber Passwort geschützt.

Karl: „Vielleicht wurde sie entführt, weil die Räuber das Passwort aus ihr heraus holen wollten."

Haftprüfung. Der Staatsanwalt führt ein. „Herrn Müller war der ganze Fall viel zu plausibel. Zumindest auf den ersten Blick."

Er räuspert sich: „Na ja. Vielleicht haben die ermittelnden Beamten das ja auch nur vermutet, weil Herr Nötel Freunde bei der Polizei hat. Aber auch mir kommt einiges spanisch vor."

Der Richter mit dem hageren Griesgramgesicht schüttelt den Kopf. „Aber wir sitzen jetzt hier weil....?"

Bäcker nickt: „Anna Frohmann hat ausgesagt, dass Herr Nötel sie entführt hat."

Ich halte mich an Karls Empfehlung, also brav den Mund und schaue fasziniert auf Namensschild, das vor dem Richter steht. 'Frh. von Hohenloden'. „Herr Nötel, Sie sollten hier eigentlich nicht ohne anwaltliche Vertretung sein", höre ich ihn sagen. Müller wendet sich Karl zu. „Willst Du?"

Der nickt. „Ulrich Nötel ist mit Anna zur Haltestelle gegangen. Da haben wir auch mehrere Zeugen für."

Der Richter: „Wollen Sie damit sagen, das er das mit dem Auto nicht gewesen sein kann." „Genau."

Von Hohenloden runzelt die Stirn. „Na gut, dann war das jemand anderer. Aber er kann sie immer noch auf die Gleise gezogen haben. Oder?"

Karl: „Das ist richtig. Aber warum sollte er das tun?" Bäcker: „Na ja, Frau Frohmann hat ihn abblitzen lassen."

Der Richter: „Also haben wir ein Motiv und drei Augenzeugen." Müller: „Zwei. Frau Frohmann erinnert sich nur an die Geiselnahme. Und dass ein unbekannter Mann ihr das Leben gerettet hat."

Der Freiherr zieht die Augenbrauen hoch. „Ich dachte, das wäre einer vom Fernsehen gewesen?" „Ja, ja, ein Redakteur erkannte ihn und hat ihn an der Haltestelle gesehen. Dann ist er selbst bewusstlos geworden. Elektroschocker." „Ah so?"

Müller: „Ja, es gibt auch einen Zeugen der Herrn Nötel dabei gesehen hat, als er den Redakteur zur Seite stieß. Ich weiß aber nicht, ob man ihm glauben kann."

Der Richter: „Warum sollte der Zeuge lügen. Außerdem erinnert sich Frau Frohmann doch selbst daran."

Müller wirft Karl einen hilfesuchenden Blick zu. Der übernimmt. „Sie erinnert sich nur an die Entführung. Den Rest hat ihr der Mann erzählt, der sie gerettet hat." Von Hohenloden schüttelt den Kopf. „Kannte sie den?"

Karl: „Nur flüchtig. Über den Redakteur und über eine gemeinsame Bekannte. Aber die ist jetzt tot."

Von Hohenloden sieht sich misstrauisch um. Nachvollziehbar. Selbst mir erscheint das Ganze ja unglaubwürdig ausgedacht.

Der Richter lässt sich Zeit. Schließlich hebt er sein Kinn. „Gibt es an der Haltestelle denn keine Überwachungskameras?" Müller: „Die waren außer Betrieb."

Dem Freiherrn fällt es sichtlich schwer ruhig zu bleiben: „Die Zeugen kennen sich also? Wo und für wen arbeiten die denn?"

Müller: „Na ja, beim Fernsehen. Der eine heißt Rasmussen und ist Redakteur. Der andere, Nadolny, ist Security-Mann. Beide beim ZDF."

Von Hohenloden: „Und was hat dieser Nadolny ausgesagt?" Müller: „Er hat uns ja den Überfall gemeldet und ihn bis zur Entführung an der Haltestelle ganz genau beschrieben."

Der Richter nickt. „Offenbar der wichtigste Zeuge. Er steht doch bis zur Gerichtsverhandlung unter Personenschutz?"

Bäcker: „Wir haben ihn nicht mehr erreichen können und fahnden bereits nach ihm."

Freiherr von Hohenloden sieht Karl misstrauisch an. „Und deshalb zweifeln Sie an der Schuld des Herrn Nötel?"

„Nicht nur ich." Müller wendet sich Karl zu: „Ich habe den Befund selbst gerade erst gelesen. Auch Ulrich Nötel ist mit einem Elektroschocker betäubt worden. Zwei mal."

Die Augen des Richters werden zu schmalen Schlitzen: „Und was heißt das jetzt?" Müller zuckt die Schultern. „Nicht sehr wahrscheinlich, dass er sich selbst außer Gefecht gesetzt hat."

Karl: „Also steckt ein Dritter dahinter, der Herrn Nötel und Frau Frohmann in den Keller gesteckt haben muss." Müller nickt: „Rasmussen war ja außer Gefecht gesetzt."

Bäcker: „Hmh? Vielleicht hat Frau Frohmann das Ganze ja nur inszeniert. Zusammen mit diesem Nadolny. Aber warum?"

Karl verdreht die Augen. „Wir wissen nur, dass alle vier am Tatort waren. Dafür gibt es unabhängige Zeugen."

Von Hohenloden sieht ihn erwartungsvoll an. Karl: „Warum Ulrich Nötel an der Haltestelle war, wissen wir. Aber was ist mit Rasmussen und Nadolny. Was, wenn die nicht zufällig da waren?"

Der Richter wirft dem Staatsanwalt einen vernichtenden Blick zu. Dann bricht es aus ihm heraus. „Und mit so einem Scheißdreck kommen Sie zu mir. Machen Sie erst mal ihre Arbeit."

**„Das Fernsehen wurde nicht für Idioten erschaffen –
es erzeugt sie." (Neil Postman, Medienwissenschaftler)**

Seelhorst. Anna zuckt mit den Schultern. „Ulrich, Du spinnst. Da kann mir doch gar nichts passieren kann. Ich weiß also nicht, was Du da sollst. Aber meinetwegen."

Hmh? Eine besonders freundliche Einladung oder Bitte war das nicht. Trotzdem. Ich freue mich sie begleiten zu können.

Okay, nur zu einem Treffen mit einem alten Bekannten von ihr. Aber besser als nichts.

Am frühen Nachmittag erreichen wir den Friedhof Seelhorst. Sowohl der Parkplatz als auch die Wege zwischen den Gräbern sind leer.

Wir kommen vorbei an der niederländischen Kriegsopfergedenkstätte. Obwohl der Friedhof sehr groß ist, macht die klare Einteilung und Wegführung es relativ leicht, uns zurecht zu finden. Ich gehe neben Anna her und passe meine Schritte den ihren an.

Ihre Miene ist angespannt. Sicher nicht, weil wir auf einem Friedhof sind. Vielleicht denkt sie darüber nach, ob es nicht besser gewesen wäre, mich außen vor zu lassen.

Wir müssen nicht lange laufen. Sie hält vor einem Grab an, das nicht weit vom Hauptweg liegt und wild überwuchert ist.

Der Name auf einem flachen, grauen Stein ist gerade noch zu lesen: „Stephan Frohmann, Seelen-Truhe." Sie schaut auf den Stein herab. Andächtig? Nachdenklich?

Ich frage mich, warum sie mich mitgenommen hat. Trauern könnte sie ja besser alleine.

Plötzlich höre ich Schritte und kurz darauf steht ein Mann vor uns. Er ist hager, ungefähr so groß und so alt wie ich. Das Leben scheint es nicht gut mit ihm gemeint zu haben.

Jedenfalls hat er die Haut eines Mannes der auf der Straße lebt. Der Blick mit dem er uns mustert ist unsicher.

Anna scheint zu überlegen, ob das tatsächlich der Mann sein konnte, mit dem sie sich treffen wollte.

Erst als er mit den Ohren wackelt erhellt sich ihre Miene. „Hallo Günther", versucht sie zu lächeln, „danke, dass Du gekommen bist."

Der Angesprochene reißt die Augen auf. „Anna, bist Du das wirklich? Zwanzig Jahre, kaum älter und noch etwas schöner geworden. Dir scheint es ja gut zu gehen?" Er sieht verstohlen in meine Richtung. Ich verziehe keine Miene. Es fällt mir schwer, den herunter gekommenen Alten mit der gepflegten, jugendlichen Mitfünfzigerin in Verbindung zu bringen.

Sie nickt. „Und bei Dir?" Er zögert: „Na, das siehst Du ja. Ich halte mich über Wasser. Frag nicht."

Sie geht einen Schritt vor als wollte sie ihn in den Arm nehmen, zögert aber als er zurückzuckt. „Okay, erzähl mir, wie es damals weitergegangen ist", höre ich ihre heisere Stimme.

„Erst das Geld." Er hebt die Schultern. „Tut mir leid, aber ich brauche es." Sie zieht einen Umschlag aus der Tasche und überreicht ihn.

„Er war früher ein Freund von Stephan", erklärt sie mir. Günther grinst müde. „Sein bester Freund!" „Erzähl. Alles und die ganze Wahrheit", drängt sie.

Es ist ihm anzusehen, dass er sich konzentrieren will. Es fällt ihm schwer. Hat er in der Zwischenzeit so vieles erlebt und mit Alkohol erträglich gemacht oder verdrängt?

Tatsächlich. Er nestelt an seiner Jackentasche, holt einen Flachmann heraus und nimmt drei große Schlucke.

„Fang an, und zwar ganz von vorne", ermuntert sie ihn noch einmal. Günther nimmt noch mal zwei Schlucke. Er ist nun nicht mehr ganz so blass.

„Also von Anfang an", beginnt er stockend, „der Stephan war ein Genie. Sein Pech war nur, das er auch sehr beliebt war. Alle haben versucht es ihm recht zumachen." Anna verdreht die Augen.

Er schüttelt den Kopf. „Nein, er war Dir immer treu. Aber mit seinen Forschungsergebnissen war das anders."

Seine Hände öffnen sich. „Wir waren ja damals Assistenten und arbeiteten an unserer Doktorarbeit. Er zum Thema Demokratie und Wahlen. Ich über die Produktions-Faktoren der Politik."

„Produktionsfaktoren?", frage ich verständnislos und ernte Annas strengen Blick.

Günther lächelt schief. „Na ja, das ist mehrdimensional. Die sichtbare Dimension sind die Gesetze und Entscheidungen, für welche Zwecke unsere Steuergelder eingesetzt werden. Eine andere Dimension sind die Prozesse. Also wie kommen die Gesetze und Entscheidungen zu Stande."

Annas sieht mich wie meine Grundschullehrerin an. „Ein aktuelles Beispiel sind Fördermittel für fossile Brennstoffe oder alternative Energien." „Ja ja, Lobbyisten, Arbeitsplätze, Bürgerinitiativen und Medienberichterstattung spielen eine Rolle", beweise ich ihr, das ich nicht völlig ahnungslos bin.

Sie zuckt mit den Schultern und wendet sich wieder Günther zu. Der nimmt noch mal einen kräftigen Schluck. „Ich habe eng mit Stephan zusammengearbeitet."

Er starrt auf den Flachmann in seiner Hand: „So eng, dass wir schon überlegten, wie wir das unserem Doktorvater verkaufen konnten." „Wo war das Problem?"

Günther nickt heftig. „Ja, da waren wir naiv. Wir dachten dabei nur an die wissenschaftlichen Regeln. Also wie die eigenständige Arbeit erkennbar wird und die Beiträge von Stephan und mir unterschieden und abzugrenzen sind." „Okay?", kommt es gleichzeitig von Anna und mir.

„Na ja, es ging um die erste Dimension der Produktions-Faktoren. In der Politik entscheiden die Mehrheiten. Aber wie werden diese Mehrheiten produziert?" Günther sieht uns fragend an.

Die Antwort liegt mir auf der Zunge und kommt raus. „Na klar, in der Demokratie durch frei Wahlen."

Anna sieht mich mitleidig an. „Aber nach welchen Kriterien entscheiden die Wähler. Welche Informationen spielen dabei eine Rolle und welche persönlichen Interessen?"

Günther: „Genau, da liegt der Hase im Pfeffer. Eigentlich sollten die Parteien doch wissen, was die Mehrheit der Bürger will. Da die Regierung an Verträge gebunden ist und Sachzwänge immer wieder Kompromisse erfordern, müssten die Oppositionsparteien es eigentlich leichter haben."

Er seufzt: „Wie erklärt es sich also, dass regierende die Partei so oft die Mehrheit behält?" Anna wirkt plötzlich ziemlich angespannt. „Ja und?"

Günthers Miene wird finster. „Na ja, wir haben eine Antwort gefunden. Ein Erklärungsmodell und wollten das in unserer Doktorarbeit auch veröffentlichen. Unser Professor fand das interessant genug, um einem befreundeten TV-Redakteur davon zu berichten. Er hat ihm sogar ein Exemplar unserer Arbeit gegeben." „Und dann?"

Günther hebt hilflos seine Schultern. „Tja, dann weiß ich auch nicht mehr so genau. Nur, dass meine Arbeit abgelehnt wurde. Ich hätte von Stephan abgeschrieben. Stephans wurde dagegen so gut bewertet, dass sie zwei Jahre später auch noch für seine Habilitation ausreichte."

Anna: „Und noch ein Jahr später bekam er als ordentlicher Professor seinen eigenen Lehrstuhl. In der Zeit haben wir uns getrennt. Er hatte sich sehr verändert. Ich kam gar nicht mehr an ihn heran."

Günther nickt. „Ja, das war bei uns ähnlich. Er hat es mir einmal erklärt. Sein Professor habe ihm gesagt, er könne nur seine oder meine Doktorarbeit anerkennen. Stephan sollte entscheiden welche. Ich erinnere mich, dass ich kurz zuvor auch ein Gespräch mit unserem Doktorvater hatte."

Er zieht eine Grimasse. „Ich glaube, da ging es um die dritte Dimension der Produktions-Faktoren für Politik. Ich habe wohl abgelehnt, das zu streichen. Hmh? Stephan offenbar nicht."

Anna: „Woher willst Du das wissen?" Günther schlägt seine Augen nieder. „Na ja, Stephans Doktorarbeit wurde doch veröffentlicht. Da fehlte genau dieses Kapitel."

„Okay? Und damit war ihre Freundschaft wohl beendet?", rutscht mir heraus.

„Nein. Wenn mir das alles bekannt gewesen wäre, hätte ich an seiner Stelle genauso gehandelt. Doch er hat unsere Freundschaft beendet, weil er glaubte mir nicht mehr in die Augen schauen zu können."

Anna: „War das denn so wichtig? Wie sah denn dieses Kapitel zu den Produktionsfaktoren aus?"

Er nimmt einen schnellen Schluck aus dem Flachmann. „So genau weiß ich das nicht mehr. Aber Du müsstest es doch noch haben Anna. Ich habe mein letztes Exemplar doch in Deiner Uni abgegeben." Sie sieht ihn überrascht an.

„Vielleicht hat es ja jemand verschwinden lassen", mutmaße ich.

Günther nickt und schaut auf den Grabstein. „Ist Euch an der Inschrift nichts auf gefallen?"

Ich sehe noch mal genauer hin. „Du meinst den Schreibfehler. Ein T zu viel. Es müsste doch Seelenruhe und nicht Seelen-Truhe heißen."

Günther verzieht das Gesicht. „Kein Schreibfehler. Stephan hat eine Kopie seiner Geburtsurkunde, seiner Zeugnisse, die Geschäftsberichte und sämtliche veröffentlichte Beiträge und Bücher in eine kleine sargähnliche Kiste gelegt. Er meinte, seine sterblichen Überreste wären nicht wichtig, die könne man verbrennen."

Er atmet hörbar: „Und eine unsterbliche Seele gäbe es auch nicht. Nur das was man einmal gedacht, gesagt und zu Papier oder Datei gebracht hätte könnte bleiben. Und das wollte er dann insbesondere für seine Enkel und Urenkel in einer Art Seelentruhe aufheben."

Ich sehe Anna erstaunt an. „Enkel? Habt ihr den überhaupt Kinder?"

Sie schüttelt den Kopf: „Nein. Er hat einen erwachsenen Sohn und eine Tochter aus seiner ersten Ehe. Die kenne ich aber nicht."

Kameramann. Keine Ahnung, weshalb der Disput so lebhaft wird. Es geht um die Kameraführung oder einen bestimmten Kameramann. Das habe ich nicht ganz mit bekommen.
 Na ja. Ich habe auch so genug um die Ohren. Meine Rolle als Gastgeber? Da bin ich doch eigentlich gar nicht mal so schlecht und versuche sogar Anna ihre Wünsche von den Augen abzulesen.
 Ein aussichtsloses Unterfangen. Sie sieht mich ja nicht einmal an. Da sie auch meine Fragen ignoriert starre ich auf ihr Ohr oder den Nacken um heraus zu finden, was ich für sie tun kann. Bisher ohne Erfolg.
 Sana sitzt auf dem Sofa und erzählt: „Fritz, das war Daniels Mann hinter der Kamera. Der hat in der Show die Worte und Gesten mit der Kamera unterstrichen und irgendwie auch kommentiert."
 Karl nickt: „Durch ihn sind wir ja erst auf die richtige Spur gekommen. Sana war für das Gespräch mit ihm präpariert worden. Und so haben wir den Kameramann heimlich filmen können."
 Sie grinst: „Mich auch. Der saß ja vor einem Spiegel." Er nickt: „Hast Du die Aufzeichnung dabei?"
 Sana reicht mir einen Stick. „Ich saß damals mit Fritz in einer Eckkneipe. Eine eigene Wohnung hatte er ja nicht, sondern war bei Daniel van Haaren untergekommen."

5. Januar 2019 Fritz, der Sana mit erhobenen Armen gegenüber sitzt, sieht sich hilfesuchend um: „Ich weiß doch nicht mehr, als Sie schon wissen."
 Sie lächelt ihn geduldig an: „Warten Sie die Fragen doch erst mal ab." Er verzieht den Mund: „Ach. Sie wollen mir doch nur etwas anhängen."

„Ich will ihnen nur helfen. Dazu müssten sie allerdings ganz offen reden! Vielleicht haben Sie ja was mitbekommen, ohne zu wissen, worum es geht. Etwas das uns weiterhelfen könnte."

Seine Kiefermuskeln arbeiten so hastig als würden sie auf etwas schwer unverdaulichem herumkauen.

„Ist Ihnen gar nichts aufgefallen, das ihnen merkwürdig vorkam? Unter Umständen auch erst im Nachhinein?" Sie sieht ihn an. Ungläubig? Aufmunternd?

Sein Kehlkopf hüpft ein paar Mal auf und ab. Dann schluckt er vernehmlich. „Am Anfang habe ich mir nichts dabei gedacht. Erst als das mit Alfred passierte und Kemal ausrastete, bin ich nachdenklich geworden."

Fritz schaut zur Decke, sein Blick bleibt an der kitschigen Lampe hängen und mustert die elektrischen Kerzen.

Es dauert bis ihm ein Licht aufgegangen zu sein scheint. „Ich bin mir ziemlich sicher, dass niemand ums Leben kommen sollte. Damals habe ich nicht verstanden, was Daniel mit diesem komischen Oliver eigentlich besprochen hat."

Sana: „Und jetzt haben Sie es verstanden? Das ist doch gut." „Ich glaube, dass Daniel den Oliver gebeten hat, Alfred nur zum Schein zu attackieren."

Er nickt: „Damit die Medien davon berichten und auf das Forum aufmerksam werden. Alfreds Tod war keinesfalls beabsichtigt. Daniel hat sogar überlegt, Alfred vorher einzuweihen. Aber der hatte das Forum viel zu ernst genommen. Regelrecht fanatisch."

Hmh? Erst recht ein Motiv ihn zu beseitigen ist in Sanas Gesicht zu lesen. Sie hält ihm ein Foto unter die Nase. „Ist er das? Was ist denn dieser Oliver für ein Typ?" Er nickt. „Den habe ich nur einmal gesehen. Der war mir ein bisschen unheimlich."

Sana: „Und die Geschichte mit Kemal?" Seine Antwort kommt schnell. „Das war genauso, wie ich es erzählt habe."

Ihre Skepsis ist nicht zu übersehen: „Hören Sie. Wir sind hier nicht in einer Talkshow, wo man jeden Blödsinn behaupten darf. Hier geht es um Fakten. Und wenn nicht jetzt, dann spätestens vor Gericht. Also, was war mit Oliver und Kemal?"

Er sieht sich um, als hoffe er auf einen Moderator, der das Thema wechselt. Seine Schultern gehen hoch und fallen wieder herunter.

„Ach, Kemal fing auf einmal an zu spinnen. Behauptete, Daniel habe in der Türkei angerufen, damit von dort jemand in Deutschland beauftragt würde. Das hätte er getan, um keine Spuren zu hinterlassen. Ich weiß nicht, wie der auf so etwas gekommen ist?"

„Und dieser Oliver?" „Keine Ahnung. Dem traue ich alles zu. Aber sicher sollte er Kemal nur ein wenig einschüchtern!"

Sana wiegt bedenklich ihren Kopf: „Ich glaube Ihnen, zumindest dass Sie das glauben wollen. Wie kam es eigentlich dazu, dass Herr van Haaren das Forum gegründet hat? Das war ja nicht ganz billig. Woher hatte er das Geld?"

Fritz richtet sich umständlich auf als wolle er aufstehen, lässt sich aber zurückfallen. Sucht er Abstand zu ihr oder nur nach einer plausiblen Erklärung? Die scheint nicht so einfach zu finden zu sein.

Einige Sekunden später sackt er in sich zusammen: „Das mit dem Forum war ihm schon sehr wichtig. Aber Sie haben recht. Daniel hatte Schulden. Da hätte nicht mal der Verkauf seiner Villa ausgereicht."

Sana: „Ja und? Lassen Sie sich doch nicht alles aus der Nase ziehen."

Mit einer Jetzt-ist-sowieso-alles-egal-Miene zieht er die Schultern hoch. „Ach. Da tauchte so ein Typ auf. Ein Amerikaner. In den Staaten wäre man ohnehin ziemlich schlecht auf die Deutschen zu sprechen. Wegen dem Exportüberschuss und so."

Er verzieht das Gesicht: „Und die Berichterstattung in den Medien wäre ja aus US-Sicht kaum zu ertragen. Es wäre ganz gut, wenn die Deutschen mal einen Dämpfer bekämen."

Sie sieht ihn ungläubig an: „Der Typ soll van Haaren dafür bezahlt haben? Und die Todesfälle?" „Na ja, van Haaren hatte der Frau des Amis wohl übel mitgespielt."

Das war keine Antwort auf ihre Frage. „Ja und?" Er schließt die Augen und dreht die Innenseite seiner Hände nach oben. Fast sieht es so aus als würde er meditieren. Jedenfalls lässt er sich Zeit.

Schließlich platzt er empört heraus: „Dieser Typ hatte Daniel ruiniert und wollte nur zahlen und ihm die Schulden erlassen, wenn das Forum auch ins Fernsehen kommt. Den Rest kennen Sie ja schon!"

> „Das größte Problem des Journalismus liegt darin, einem Auflageninstinkt ohne Rücksicht auf Wahrheit und Gewissen zu widerstehen." (Joseph Pulitzer, Journalist)

Masken. Erst habe ich den Anruf für einen schlechten Scherz gehalten. „Ich rufe Sie an, weil es mir bei Sana zu riskant ist. Stankowski hier. Sie wissen, wer ich bin?"

„Ja ja, aber ….", stottere ich, werde aber abgewürgt. „Hören Sie mir genau zu. Ich habe selbst noch mal in der Asservatenkammer nachgesehen. Sie wissen schon. Die Sachen aus Sylvias Wohnung."

Wieder komme ich nicht weiter als „ja, was...." „Ich habe noch etwas gefunden, das wichtig sein könnte. Verstehen Sie, was ich sage?" Stankowski scheint es ernst zu meinen.

„Das weiß ich erst, wenn Sie mir etwas gesagt haben. Zum Beispiel, um was es überhaupt geht", knurre ich ungeduldig.

„Um Maskendeals. Davon haben sie sicher gehört." „Ja, das war kurz in den Medien." Er lacht: „Mit der Betonung auf kurz. Auffällig war doch, dass daraus kein Skandal gemacht wurde. So wie aus Barbocks Buch oder Laschets Lachen?"

„Na ja, das hat mich schon gewundert? Andererseits..." Erneut werde ich unterbrochen. „Sylvia Gonzales hat da so einiges mitbekommen, das damit zu tun haben könnte."

Er beschreibt nun, was er gefunden hatte. Irgendwelche Notizen mit Namen und Orten über ihre Beobachtungen.

Vor allem aber Spekulationen in so viele Richtungen, dass ich mir Stichworte aufschreiben muss, damit ich nichts vergesse. Trotzdem schwirrt mir der Kopf.

Am Ende wird Stankowski beinahe dramatisch. „Sylvia war wohl nicht vorsichtig genug. Ich weiß nicht, ob sie noch dazu gekommen ist, jemanden zu informieren. Überlegen Sie sich gut, wann und mit wem Sie darüber sprechen. Denken Sie daran: die Wände haben Ohren. Am besten rücken Sie erst damit raus, wenn Sie den Sack auch wirklich zumachen können."

„Und Sie? Warum erzählen Sie das ausgerechnet mir?" „Tja, erstens spreche ich vom Festnetz einer Kneipe aus. Zweitens hat dieses Gespräch sowieso nicht stattgefunden. Und drittens würde mich wundern, wenn Sie verstanden hätten, was ich Ihnen erzählt habe."

Umfrage. „Ich habe doch noch was von Sylvias Befragung gefunden." Jonny legt eine Mappe vor uns auf den Tisch.

Er schlägt sie auf und nimmt ein paar Blätter raus: „Ich weiß nicht, was ich davon halten soll. Sie wollte wohl nicht so tendenziös fragen, wie die im Fernsehen."

„Ja und?" Er schaut auf das oberste Blatt: „Es waren etwa Zweihundert, die sich beteiligt haben." „Hmh? Nicht viel. Zu kompliziert?" Ich sehe ihn fragend an.

Jonny: „Na ja, die Sicht der Bürger auf Politik und Parteien ist nicht besonders rational."

Anna: „Was heißt das?" „Es waren keine Tendenzen zu erkennen. Weder nach Parteien oder Inhalten."

Ich bin enttäuscht: „Gar nichts?" „Tja. Da muss man erst mal drauf kommen, dass keine Korrelation auch eine Erkenntnis ist." „Will sagen?"

Er breitet die Blätter mit einer ausholenden Geste vor uns aus. „Ganz einfach. Diejenigen die ARD und ZDF regelmäßig schauen, wissen auch nicht mehr und pflegen die gleichen Vorurteile wie andere auch."

Wes: „Hmh? Die öffentlichen Sender berichten doch genauer und sachlicher als soziale Netzwerke, auch nicht so einseitig wie manche Zeitungen."

Anna: „Sylvia meinte, das die sich eigentlich nur gewählter ausdrücken. Sie versachlichen zwar die Schmutzkampagnen, tragen aber so erst recht zu ihrer Verbreitung bei." „Wie das?"

Jonny: „Na ja, wenn man etwas richtig stellen will, muss man ja erst mal beschreiben, um was es geht."

Anna: „Aber der Zuschauer hört ja ohnehin kaum noch zu, weil immer wieder über die gleichen Vorkommnisse berichtet wird. Und so bleibt vor allem der Dreck hängen."

Er schiebt uns ein Blatt herüber. „Sehen Sie sich doch mal diese Grafiken an. Häufiges zuschauen bei ARD und ZDF hat offenbar nicht mal Einfluss auf die Wahlbeteiligung."

Ich gehe auf jeden Fall zur Wahl?

ARD/ZDF sind meine Informationsquellen

```
Sehr oft 10 | x    xx      x    xxxx  xx       xx   xx   x    xx
          9 | xx    xx     xxx  xx    xx       xx        xx   xxx
          8 | xx           xxxxxx  x        xxx       xxx      xx
          7 | xxx   xx           xxxxxx    xx    x         xx   x
          6 | xxxx   x     xx    xxxx     xx     x       xxx
          5 | xxx    x           xx  xxx     xxx       x          x
          4 | x     xxx          xxxx       xxx         xx        x
          3 | xxxx   xx          xxxxxx         xxx       x
          2 | x   xxx     x      xxx      xxx          xx         xxx
Gar nicht 1 | xxx    xx          xxxxx  x     xxx    x        xxx  xx
            ────────────────────────────────────────────────────────
              1     2     3      4     5     6     7     8     9    10
            Sicher              Vielleicht                        Nein
```

Auf den ersten Blick erinnert es mich an ein Blatt, das der Drucker nach seiner Selbstreinigung auswirft.

Ich schaue genauer hin. Mir fällt auf, dass sich nur ein relativ kleiner Teil vorwiegend über die beiden Sender informiert.

Auch scheinen die ARD/ZDF-Zuschauer eine eher geringere Wahlbeteiligung als alle anderen aufzuweisen. Damit habe ich nicht gerechnet.

Eigentlich sollten die öffentlich-rechtlichen doch deutlich besser als andere Quellen dem mündigen Bürger klar machen, wie wichtig eine hohe Wahlbeteiligung für die Demokratie ist. Ein Stichprobenfehler?

Anna: „Ich habe mich mit Sylvia oft darüber unterhalten. Es ist ja ganz hilfreich, wenn man nicht derselben Generation angehört. Also ich bin sehr froh, dass meine Generation nicht von Anfang an den heutigen Medien ausgesetzt war. Für uns waren ARD und ZDF ja quasi amtliche Informationen."

Wesley: „Na ja, der Krieg und die Besatzungszeit waren noch nicht so lange her. Die Kriege in Korea und Vietnam wurden nur im Radio oder im Schwarz-Weiß-Fernsehen behandelt. Das war schlimm genug."

Anna lässt die Mundwinkel hängen: „Tja, heute sind die Medien in Farbe und sportlich dabei. So, als sollten wir Beifall klatschen, wenn ARD und ZDF uns zeigen wie die Bomben der NATO die Städte der bösen Mächte bombardieren und Tausende sterben."

Wesley: „Und wenn die betroffenen Länder das kritisieren oder jemand fragt, was der Westen da eigentlich nichts zu suchen hat, nennen wir das Propaganda."

Anna nickt: „Zum Glück sind die Jungen Leute viel skeptischer als wir und nehmen nicht alles für bare Münze. Vielleicht werden sie deshalb von den Medien so schlecht gemacht."

Informationsauftrag. „Das ist der Informationsauftrag der öffentlich-rechtlichen laut Rundfunkstaatsvertrag." Jonny legt eine Liste auf den Tisch und liest uns vor.

1. Der öffentlich-rechtliche Rundfunk mit ARD und ZDF informiert ohne Rücksicht auf Einschaltquoten.

2. Die Auswahl der Themen gewährleistet die freie Meinungsbildung und kulturelle Vielfalt und soll mit seinem Angebot die Bildung und den Informationsstand verbessern.

3. Die Zuschauer sollen beraten und unterhalten werden, wobei sie einen umfassenden Überblick über internationales, europäisches, nationales und regionales Geschehen in allen wesentlichen Lebensbereichen erhalten?

4. Die Nachrichten über das Zeitgeschehen sollen politische, gesellschaftliche Information umfassen, einschließlich Wirtschaft, Auslandsberichte, Religiöses und Sport.

5. Nachrichten und Kommentar sind strikt voneinander zu trennen.
6. ARD und ZDF sollen aktuell, nachhaltig, abgesichert und glaubwürdig und verständlich informieren. Missverständnisse sollen vermieden werden.

Anna schnaubt: „Klar, wenn man sich viel Mühe macht und endlose Berichte über das eine oder andere Thema sucht und sie sich ansieht, ist das so. Aber die Moderatoren in den Nachrichtensendungen scheinen davon nichts zu wissen. Die machen doch über den Rundfunkstaatsvertrag lustig."
Jonny hebt den Kopf. „Das war ja Sylvias große Sorge. Denn gerade heute müssten ARD und ZDF allein schon wegen der sozialen Medien quasi ein Eichamt für alle Informationen sein."
Er zuckt mit den Schultern und nimmt ein weiteres Blatt aus der Mappe. „Besonders kritisch hat sie sich mit den Talkshows von ARD und ZDF auseinander gesetzt. Da hat sie auch einiges zu aufgeschrieben." Er liest uns vor.
„Für politische Talkshows sollten die Gäste so ausgewählt werden, dass sie alle für den Konflikt oder das Themenfeld relevanten Gruppen und mit den zugehörigen Positionen repräsentieren? Die Moderation sorgt für einen respektvollen, fairen Umgang zwischen allen Teilnehmern, so dass jeder seine Position darlegen kann ohne durch abfällige Kommentare unterbrochen zu werden?"
Anna: „Talkshows der öffentlich rechtlichen Medien sollen also ein Vorbild für den Umgang mit Menschen sein, die eine andere Meinung vertreten oder sonst wie anders sind?"
Ich nicke: „Ich schaue mir Talkshows am liebsten bei Phoenix an. Da geht es einigermaßen sachlich und informativ zu."
Anna: „Und was ist mit Talkshows in ARD und ZDF? Was meinte Sylvia, denn zu der Will, dem Lanz, der Maischberger, Illner oder den Moderatoren des Heute Journals oder der Tagesthemen?"

Jonny: „Na, ausgewogen sind die nicht. Die mischen im Moment ja beim Wahlkampf kräftig mit. Die wollen wohl nicht, das sich was ändert."

Hmh? „Was hat denn die Befragung dazu ergeben?" Jonny hält uns die nächste die Grafik hin und blättert in der Mappe herum. „Für einen empirischen Befund reicht es nicht aus. Es deutet aber einiges darauf hin, dass es nicht darum geht sich zu informieren." „Sondern?"

„Na ja, die Zuschauer wissen, was sie von den jeweiligen Moderator*innen zu erwarten haben und die wissen auch was das ist." „Und zwar?"

„Erstens will man sehen, wie jemand mit einer anderen als der eigenen Meinung fertig gemacht wird. Argumentativ und auch persönlich." Hmh? Das höre ich zum ersten Mal.

Jonny: „Und dann will man sich an den Fehlern berauschen, die die Opposition oder die Regierung gemacht haben. The German Angst."

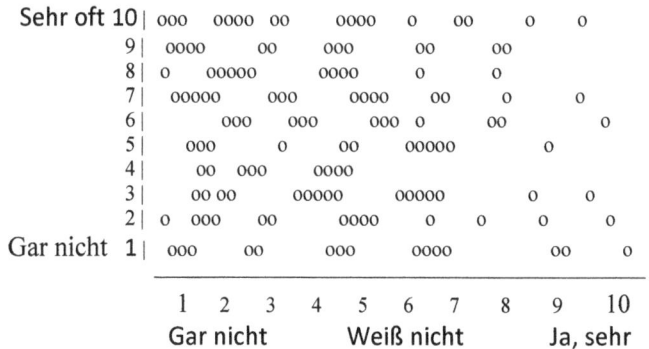

Die Moderatoren von ARD/ZDF sind ein Vorbild für den Umgang mit Minderheiten und Andersdenkenden.

„Na ja. Wichtig für die Quote ist doch nur, das alles ganz, ganz schlimm ist." Anna verzieht angewidert ihr Gesicht.

„Denkt doch nur mal an die Querdenker oder die AfD. Die von Lügenpresse reden sind täglich in den Medien. Schon komisch. Bestätigt das nicht die alternativen Fakten dieser Chaoten?"

Jonny nickt. „Genau. Verquere und Moderator*innen reden auch beide respektlos, ja verächtlich über und mit Politikern. Da werden jede Menge Vorwürfe in einer Frage untergebracht mit der „Bitte um eine kurze Ja- oder Nein Antwort."

Anna verzieht das Gesicht: „Dem Interviewer geht es doch nur darum, seine Unterstellungen zu platzieren."

Sie schnaubt: „Die Antwort interessiert ihn eigentlich nicht."

Wesley: „Vielleicht, weil es uns geht es trotz Corona doch so gut geht, wie noch nie in der Geschichte. Für die Medien ist das nicht leicht."

Er grinst: „Die haben Jahrzehnte lang lernen müssen aus Mücken Elefanten zu machen. Und jetzt wissen sie nicht mehr, wohin mit den echten Elefanten."

Anna lacht: „Tja, die haben Maßstab und Überblick verloren. Eigentlich müsste es nicht 'The German Angst' sondern 'The German Panikmache' heißen."

8.07.21: Noch 80 Tage bis zur Wahl. Markus Lanz. Corona, das übliche, und Klima. Ungewöhnliche Zusammensetzung.

Der ehemalige Bundesinnenminister de Maiziere, bekannt für trockene Sachlichkeit, eine grüne Aktivistin Tabea Engelke und Katharina Hamberger, Journalistin, Deutschland Radio sowie der Virologe Alexander Kekule'.

Es beginnt wie immer. Auch nicht neu, dass die Engelke viel drastischere Klimaschutz-Maßnahmen von der Politik fordert.

Dann wird es interessant. De Maiziere fragt sie, wer das denn entscheiden soll. Doch wohl die gewählten Volksvertreter. Erstaunlich ehrlich benennt er das Problem. Mehr als die Hälfte der Wähler sind 55 und älter.

Und eine Regierung brauche Mehrheiten, die in der Demokratie durch Kompromisse zu Stande kommen. Das brauche eben seine Zeit.

Engelke meint, die Zeit habe man nicht mehr. Hamberger: „Die CDU kann nicht alles bisherige über Bord werfen."

De Maiziere vermutet, dass Großeltern und Enkel mehr an die Zukunft denken als die mittlere Generation, die keine Kinder hat. Engelke fordert ein Wahlrecht ab 16. Sonst richteten sich Parteien nur nach den Alten.

De Maiziere erklärt, er sei bereit über ein Wahlrecht ab 16 zu reden, wenn damit auch die Pflichten und Verantwortlichkeiten eines Volljährigen, einschl. Strafrecht, verbunden würden.

Kluger Mann, keine Ausreden, sondern logische Folgerungen. Na, egal, jedenfalls überzeugt er mich.

Engelke hat auch recht, dass angesichts des Klimawandels nicht mehr abgewartet werden kann bis die jungen Leute Karriere in den Parteien gemacht haben.

Was haben der alte Politiker und die junge Aktivistin gerade festgestellt? Dass man warten muss, bis die Teenager in der Regierung sind, also noch zwanzig oder dreißig Jahre? Das der Klimawandel erst wirklich bekämpft werden wird, wenn uns auch in Deutschland das Wasser bis zum Hals steht?

Wahrscheinlich werden bei ARD und ZDF Experten vom Schlage eines Kekule uns raten bloß nicht den Kopf hängen zu lassen.

9.07.2021 Noch 79 Tage bis zur Wahl. Das Morgenmagazin. Ein Interview von Julia Schöning mit Matthias Machnig, ehemaliger Wahlkampfmanager der SPD. „…man muss den Wählerinnen und Wählern ein Bild vermitteln, was man denn tun will, um das Land wettbewerbsfähig und gute Löhne zu haben, dem Klimawandel zu begegnen."

All das fände ja gegenwärtig gar nicht statt. Man konzentriere sich auf Nebensächlichkeiten, wie Büchertexte und falsche Lacher. Wir bräuchten Antworten. Schwierige Fragen hätten wir genug.

Die nächsten zehn Jahre würden so oder so zu einem sehr tief greifenden ökonomischen Wandel führen.

Wir müssten die Gesellschaft, die Menschen, darauf vorbereiten. Bisher hätten wir ja noch nicht mal nach Antworten gesucht. Die könnten ja noch unangenehmer sein als die Fragen.

Und die Moderatorin? Sie lenkt ab, spricht lieber über Personen. Annalena Baerbock. Vertrauen? Sie fragt, ob es dabei nicht um Aufklärung, nach Fakten recherchieren ginge.

Machnig: „Nein, es geht darum, eine Person zu diskreditieren. Es geht darum, eine Glaubwürdigkeit einer Kandidatin umfassend und gründlich in Zweifel zu ziehen." Er nennt das eine mediale Kampagne.

Sie blockt ab. „Wenn Sie sagen, das ist eine mediale Kampagne, dann ist das ein großes Wort" und fragt ihn nach den Strippenziehern.

Ist das ihr ernst? Im Hintergrund des Studios ist ein großes Plakat von Baerbock mit ihrem Buch zu sehen.

> „Wer auf Fakten und Zahlen achtet,
> kann Menschen mit den Ohren sehen."
> (Helmut Eppmann, Regionalstatistiker)

Kissinger. Keine Ahnung, was das zu bedeuten hat. Sanas Chef, der Wegener, hat uns eingeladen. Nicht nur sie und ihren Mann, sondern auch das sogenannte Ermittlungsteam, also Wes und mich. Und so begegne ich dem berüchtigten Doppeldoktor zum ersten Mal persönlich.

Natürlich habe ich mir aus Sanas Erzählungen schon ein fundiertes Vorurteil über ihn gebildet.

Bereits bei der Begrüßung finde ich mich bestätigt. Ja mehr als das. Mir ist noch niemals ein dermaßen widerwärtiger Mensch begegnet wie dieser Wegener; eine unerträgliche Mischung aus schleimiger Untertänigkeit und verächtlich machender Überheblichkeit. Wahrscheinlich wäre letzteres noch krasser ausgefallen, wenn nur Sana und ihre Clique da gewesen wären.

Aber es sind noch zwei Leute vom Fernsehen da. Dieser Redakteur Rasmussen und sein Vorgesetzter, der sich uns mit Henry Kissinger vorstellt. Unsere skeptischen Blicke erwidert er mit einem Grinsen. „Namen sind Schall und Rauch. Sie wollen doch ehrliche Antworten. Oder?"

Als ich Rasmussen sehe, bin ich kurz davor mich auf ihn zu stürzen, fasse ihn aber nur beim Kragen und schüttel ihn ein wenig durch. „Was war das mit Anna? Was hat Sie Ihnen getan?"

Bevor er antworten kann, höre ich Wegener donnern. „Los! Festnehmen. Abführen!" Er fixiert Sana als müsse sie nun auf und durch einen brennenden Reifen springen. Die sieht mich entgeistert an.

Kissinger hebt eine Hand und schnauzt Wegener an. „Lassen Sie das!" Und zu mir gewandt: „Lassen sie ihn los. Der Kollege hat sie nur retten wollen. Er ist ein großer Fan von ihr."

Er grinst. „Überlegen Sie doch mal. Ein TV-Redakteur hat es nicht nötig seine Feinde zu töten. Mit unseren Möglichkeiten können wir doch jeden jederzeit fertig machen. Ganz legal."

Wirklich überzeugt bin ich nicht, lasse Rasmussen aber los. Der ringt nach Luft und japst: „Ich wollte Anna wirklich helfen. Der Nadolny hat das inszeniert, er hat sie angefahren und auf die Gleise gelegt. Aber so, dass ich noch eingreifen konnte. Für Sie, Herr Nötel, hat das anders ausgesehen. Nadolny hat erst Sie, dann mich ausgeschaltet und Anna entführt. Das Ganze hat er so gedreht, dass man Sie, Herrn Nötel für den Täter halten musste."

Karl legt eine Hand auf meine Schulter: „Lass ihn. Das klingt durchaus plausibel."

Wes zuckt mit den Schultern: „Machen wir weiter?" Er zeigt auf meine Mappe. Ach ja. Anna hat sie uns mitgegeben. „Das bist Du Sylvia schuldig", höre ich ihre Stimme in meinem Kopf. Ja, sie hat tatsächlich mit mir gesprochen.

Okay, erst nach dem Sana, Karl und Wes es abgelehnt hatten, dieses Manifest vorzutragen. Ich reiße mich zusammen und bemühe mich die Fragen ruhig und neutral vorzutragen.

„Herr Kissinger, Herr Rasmussen", ich sehe die beiden an, „warum etablieren die Medien in der ganzen Welt, egal ob Öffentlich-rechtlich oder Privat ein derart obszönes Schwarz-weiß-denken?"

Wegener: „Was soll das denn werden? Sind Sie....?" Eine energische Handbewegung von Kissinger bringt ihn zum Schweigen. Mich ermuntert er fortzufahren. „Erläutern Sie."

Ich lese vor: „Ist Amerika eine Demokratie, obwohl ein großer Teil der Bevölkerung das Wahlergebnis gar nicht akzeptiert? Kompromisse sind doch das Kernmerkmal einer Demokratie. Die sind in den USA aber nahezu unmöglich. Haben wir dort also eine Zwei-Parteien-Diktatur?"

Wegener: „So ein Quatsch." Ich nehme seinen verächtlichen Blick persönlich. „Wie läuft die Präsidentenwahl denn ab?"

Der Doppeldoktors würdigt mich keiner Antwort. Also rede ich weiter: „Eigentlich ganz einfach. Wer das meiste Geld für seine Wahlkampagne sammelt macht das Rennen. Und wer spendet am meisten? Klar, diejenigen die Geld haben. Die bestimmen dann die Politik und sorgen dafür, dass sie noch reicher werden."

Wegener: „Davon profitiert doch auch die Wirtschaft und alle anderen auch." „Na ja, die Amis sind nicht gerade bekannt für ihr tolles Sozialsystem", grinst Wesley.

Ich schaue in meine Unterlagen. „Was ist eigentlich der Unterschied zwischen Wettbewerb und Faustrecht, also dem Recht des Stärkeren?"

Wesley sieht mich erstaunt an. „Na ja, der Staat reguliert den Wettbewerb zu einer sozialen Marktwirtschaft herunter. Aber Du hast Recht. Je weniger der Staat eingreift um so freier der Markt auf dem das Recht des Stärkeren gilt."

Rechtsstaat. „Die Medien prangern immer wieder andere Länder an, die Menschenrechte missachten. Woran erkennt man eigentlich einen Rechtsstaat?"

Ich hebe den Kopf: „An der Zahl der Leute die im Gefängnis sitzen? Wohl kaum. Das setzen wir ja gleich mit Diktatur und Polizeistaat."

Was jetzt kommt habe ich erst selbst nicht geglaubt und mich kundig gemacht. „Schon erstaunlich, dass ausgerechnet die USA als oberster Hüter unserer westlichen Werte den Weltrekord hält. Auch gemessen an der Bevölkerungszahl sitzen da rund doppelt so viele im Knast wie in China oder Russland?" Karl sieht mich ungläubig an.

„Ein Rechtsstaat der hart durchgreift? Gleiches Recht für alle?", schnaube ich, „von wegen. Es sind vor allem Farbige Erwachsene und farbige Kinder im Knast."

„Na ja, in den Armenvierteln, wo die Farbigen wohnen, ist die Kriminalität eben deutlich höher." Wegener schaut die Fernsehleute beifallheischend an. Die verziehen keine Miene.

Mein Kopf schüttelt sich von alleine. „Dass es derart prekäre Viertel gibt ist schlimm genug, auch das vor allem Farbige da leben. Von wegen gleiches Recht für alle. Wie kann es sein, dass ein farbiges Kind, das aus reiner Not zum Dieb geworden ist jahrelang im Gefängnis sitzt. Und das ein weißer, der bewaffnet zu einer Demo geht und Leute erschießt, frei herum läuft."

Wegener plustert sich auf. „Wo haben sie das denn her? Aus den sozialen Medien?" „Nein, das habe ich aus Reportagen von ARD und ZDF."

Der Doppeldoktor schaut die ZDF-Leute hilfesuchend an. Kissinger zuckt mit den Schultern. „Wo er recht hat, hat er es."

Terror. Er wendet sich mir zu: „Haben Sie noch mehr?" Na gut: „Wie viele zivile Opfer, Frauen und Kinder, haben die Amerikaner in anderen Ländern und Kontinenten getötet? Im Nahen Osten führen sie schon seit mehr als zwanzig Jahren Krieg gegen die Terroristen."

Ich schaue auf den Spickzettel: „Okay, die haben sich gerächt und 9/11 dreitausend unschuldige Menschen umgebracht. Dann haben die Amis sich wieder gerächt und Zigtausende getötet. Und in Europa regt sich keine Sau darüber auf."

Wegener sieht mich wütend an. Egal. „Militärisch und auch wirtschaftlich sind die USA so stark, dass man es sich mit ihnen nicht verscherzen kann. Als Bundesregierung würde ich das auch nicht tun", ziehe ich mein, nein Sylvias Fazit.

Rasmussen: „Kann man so sehen oder auch nicht. Worauf wollen Sie hinaus?"

Das kann ich ihm sagen: „Warum beschreibt ihr die Bombenanschläge der Terroristen als widerwärtige Verbrechen, aber die Bombenabwürfe der Amerikaner nicht?"

Ich hebe das Papier ein wenig an: „Vor was oder wem habt ihr Angst? Oder geht es Euch um euren eigenen Vorteil. Sylvia meinte, dass die Medien, auch die Öffentlich-rechtlichen, zu reinen Verkaufssendern geworden sind."

Ich ignoriere Wegeners empörte Blicke: „Die Parteien werden wie Produkte vermarktet. Das Marketing entscheidet, wer uns regiert? Und die Öffentlich-rechtlichen mischen da kräftig mit. Dabei sollten sie doch eine Art Verbraucherschutz sein, der informiert, was uns bei Kauf bzw. Wahl erwartet?"

Kissinger sieht Rasmussen an. Der nickt. „Na ja. Wenn Sie sich ein wenig Mühe geben, werden Sie die Informationen schon finden. Die Realität ist eben kompliziert."

Wesley neigt den Kopf zur Seite: „So kompliziert, dass die Parteienbindung zu einer Glaubensfrage geworden ist?"

Kissinger lacht laut: „Wenn Sie meinen? Na ja, nicht nur die Kirchen verlieren Mitglieder."

Forum 21. Ich weiß nicht, ob es wirklich eine gute Idee ist, mit Anna das Forum wieder aufleben zu lassen. Sylvia hat ja einige Aufzeichnungen aus dem Sommer 21 archiviert, war aber nicht dazu gekommen, sie zu kommentieren.

„Das sind wir ihr schuldig!", beharrt Anna. Wes: „Reicht es denn nicht, wenn wir das unter uns machen?"

Sie sieht ihn mitleidig an. „Ein Diskussionsforum bei dem alle auf die siebzig zu gehen. Und ich mit Ende fünfzig soll wohl die Stimme der Jugend sein?"

Also geben wir ihrer Forderung nach und laden Nadja, Jonny und Niklas ein. Nicht ganz billig, denn lediglich Jonny will auf eine Teilnehmergebühr verzichten.

Anna sieht es sogar positiv: „Beim Fake-Forum des Herrn van Haaren wurden die Teilnehmer ja auch bezahlt."

Und so sitzen wir jetzt mit den jungen Leuten in meinem Wohnzimmer am Esstisch. Mit Anna, Karl, Wesley und meiner Wenigkeit sind wir also sieben.

Ich lege die Aufzeichnung vom 26.8.21 ein. „Noch 30 Tage bis zur Wahl", brummt Anna.

Erst kommt das Heute Journal. Thema Kabul, Afghanistan. Klaus Kleber mit gewohnt tragischer Miene. Diesmal wohl gerechtfertigt.

Das Versagen den Bundesregierung, vor allem des Außenministers Heiko Maas. Die Verteidigungsministerin sorgt sich mütterlich um ihre Soldaten.

Dann die Talkshow, bei der es meines Erachtens ausgewogen zu geht. Das sage ich auch. Nadja stimmt mir zu.

Die anderen sind gar nicht einverstanden. Also sehen uns das Ganze noch ein zweites Mal an.

Maybritt Illner: „…und hier das Thema: Corona, die Flut und jetzt das Versagen in Afghanistan. So viele Krisen bräuchten einen neuen Manager im Kanzleramt. Ziemlich viele Wähler meinen, die Grünen und die CDU hätten nicht ihren jeweils besten Kandidaten ins Rennen geschickt.....Ich begrüße heute Abend diese Gäste:

Die Stimme aus dem off: Friedrich Merz; für den CDU-Politiker sind die Grünen eine Staats autoritäre Partei und damit der Hauptgegner.

Robert Habeck, der Grünen-Vorsitzende erwidert: Die Union bremst alles aus, was längst mehrheitsfähig ist.

Achim Truger, der Wirtschaftsweise sagt: Viele Versprechungen sind nicht sauber gegenfinanziert.

Dagmar Rosenfeld, Chefredakteurin der Welt: „In diesem Wahlkampf ist am Ende der erfolgreich, der die wenigsten Fehler macht."

Anna: „Typisch. Der CDU-Mensch haut sofort etwas heraus, das polarisieren soll. Auf diesem Niveau hätte die Antwort eigentlich lauten müssen: Und Herr Merz ist die zynische Fratze des Kapitalismus in der Union." Nadja: „Typisch für Euch Loser. Der Merz wird es Euch schon zeigen. Der ist eben souverän und weiß, wie es geht." Wesley: „Die Union dürfte es schwer haben. Die Grünen können sich ja zurücklehnen und den Finger in die Wunden legen."

Anna schüttelt den Kopf. „Das ist doch das ZDF mit der Illner. Sie sorgt schon dafür, dass es nicht um die Sache oder irgendwelche inhaltlichen Fragen geht." Ich bin skeptisch: „Das kann ich mir nicht vorstellen?"

Anna: „Doch. Sie wird nichts auf den Punkt bringen und die Köpfe in den Vordergrund stellen. Seht euch doch nur die Zusammensetzung an. Habeck, Opposition ist klar, Merz, zwar Regierungspartei, aber nicht im Amt und kann also entspannt agieren."

„Und die Rosenfeld ist so wirtschaftsnah, dass sie formal zwar auch die Union kritisieren wird, aber genau genommen nur die Grünen in die Pfanne haut", ergänzt Wes.

Karl sieht ihn nachdenklich an, Jonny nickt nur. Die übrigen verdrehen die Augen. Da geht es auch schon weiter.

Die Illner führt in das erste Thema ein. Afghanistan. Merz macht eine zweite Einführung und weiß wie man es besser gemacht hätte. .

Maybritt Illner: „Begonnen wurde dieser Einsatz mal unter einem grünen Außenminister vor 20 Jahren. Und er wurde von den Grünen nie abgelehnt und nie im Bundestag bekämpft als Einsatz. Geht diese moralische Verantwortung auch an Sie?"

Habeck erklärt, es sei viel schief gelaufen in den letzten 16 Jahren, das habe seine Partei auch häufig kritisiert.

Immer wieder werden die mitleidig skeptischen Mienen von Merz und Rosenfeld eingeblendet.

Nadja: „Der redet sich doch nur raus. Ohne die Grünen hätte der Krieg nie begonnen. Dann ständen wir heute ganz anders da."

Inzwischen rechnet die Rosenfeld mit Frau Merkel ab. Illner fragt nach der Verantwortung der Bundesregierung, spricht Habeck direkt an: „Wie kann es sein, dass auch das Kanzleramt offensichtlich nicht informiert ist, dass ein Innenminister Visa-Ausstellungen mit Listen verfügt oder besser gesagt, diese Visen gar nicht zulässt. Oder wie kann es sein, dass die Bundeskanzlerin im Kino ist und nicht den Krisenstab leitet. Ich stell die gleiche Frage noch mal. Wie geht das?"

Anna: „Eine Unverschämtheit. Den Oppositionspolitiker so zu fragen, als sei er dafür verantwortlich."

Jonny: „Die Illner ist genial. Das hat Sylvia schon gesagt. Die schafft es oft den Eindruck zu erwecken, dass die Union uns ordentlich regiert und das die Fehler eigentlich der Opposition zuzuschreiben sind."

Dann doch noch Kritik an der Union wegen des Vergleichs mit 2015, Rosenfeld als besorgte Therapeutin sieht es als ein „Trauma von 2015", das noch nicht überwunden wurde. Auch Illner und Merz sind sich einig, dass das gegenwärtig kein Thema ist. Überhaupt wird der CDU-Mann wie ein Staatsmann behandelt.

Anna: „Der Merz hat doch außer seiner Überheblichkeit und einigen Spitzen, wie zum Lastenfahrrad nur hohle, altbackene Phrasen zu bieten."

Jonny: „Achtet doch mal drauf, wie die Moderatorin, die Gäste und der Regisseur das inszenieren. Da hat jeder eine ganz bestimmte Rolle."

Widerwillig schaue ich mir auch den dritten Durchlauf an. Hmh? Alles ganz normal. Das sage ich auch.

Jonny: „Normal? Ja, wir sind daran gewöhnt, so das es uns nicht auffällt. Aber wir sind ja beim Fernsehen. Da bestimmt die Kamera die Perspektive."

Keine Ahnung worauf er hinaus will. „Ja und?" Wes: „Schau doch mal genau hin." Ich zucke mit den Schultern.

Wesley: „Siehst Du das denn nicht? Da sitzt der Habeck vor einer Prüfungskommission aus Illner, Rosenfeld und Merz. Und die zeigen mit überheblich mitleidigen Mienen, dass der Kandidat mit Pauken und Trompeten durchfallen wird."

Wahlkampf. Wes: „Für die Union läuft der Wahlkampf nicht so besonders. Na ja. Die Bayern sind eben schlechte Verlierer und treten gerne nach. Und eine Partei ohne Programm, die nur den Gegner attackiert? Eigentlich ist der Laschet nicht so einer. Im Diffamieren ist der Söder ja deutlich besser."

Anna: „Okay, die Grünen liegen vorne. Und bei einem Programm des Nichtänderns kann man ein paar Tage vor der Wahl nichts mehr machen."

Sie hebt ihre Hände hoch: „Also muss die Union an ihre untersten Schubladen gehen und noch mehr Schmutz auf die Grünen werfen. Das ZDF wird schon dafür sorgen, dass auch genügend hängen bleibt."

Wesley: „Meines Erachtens ist es zu spät. Die Union ist auf den alten Stan Libuda Trick reingefallen. Links angetäuscht und rechts vorbei. Weil die Grünen in den Umfragen vorne lagen hat sich die Union an ihnen abgearbeitet. Und so konnte die SPD sie überholen.

Jonny: „Vielleicht wird die Union dem Scholz ja noch was anhängen."

Wes: „So kurz vor der Wahl? Das müsste schon ein ziemlich dickes Ding sein."

Jonny: „Kann sein, aber die werden es versuchen. Und bei jemandem, der so viele Ämter inne hatte, dürfte das nicht schwer sein. Bis sich herausstellt, dass es sich lediglich um ein Missverständnis handelt, ist die Wahl vorbei."

Wes: „Nein, da würden die öffentlich-rechtlichen nicht so einfach mitziehen. Wir sind ja nicht in den USA."

Anna: „Ach ja? Die Öffentlich-rechtlichen warnen ja ständig vor dem Klimawandel." Sie zieht eine Schnute: „Aber noch mehr vor denen, die wirklich etwas dagegen machen wollen. Den Moderatoren ist das unheimlich. Die Baerbock kündigt doch im Triell rotzfrech sogar konkrete Maßnahmen an."

Jonny: „Zum Glück war es nicht die Baerbock, die als erste behauptet hat, dass die Erde eine Kugel ist. Dann würden ARD und ZDF täglich sogenannte Experten bringen, die beweisen können, das die Erde den Himmel trägt. Und die Barbock wäre längst dem medialen Scheiterhaufen verbrannt oder von aufgebrachten Bürgern gelyncht worden."

Anna nickt heftig: „Politisch und medial leben wir doch längst wieder auf einer Scheibe und beten das goldene Kalb an. Und die Börsengurus lehren uns jeden Abend das 11. Gebot."

„Ich kenne nur 10", maule ich.

Sie lacht: „Das 11. Gebot wird auch nicht ausgesprochen. Es lautet nämlich: 'Gott war es, der die Welt nach seinem Willen geschaffen und ihre Reichtümern verteilt hat."

13.Sept.2021 Noch 13 Tage bis zur Wahl. Die Sendung heißt Vierkampf. Moderatoren Ellen Ehni, Christian Nitsche. Ich sehe mir die 90 Minuten an, passe dabei wohl nicht immer auf. Es kommt ja wenig neues.

FDP und CSU bleiben vage: Mehr Ziel und Wünsche, außer Steuerentlastungen. Dafür wird die Linke heftig attackiert.

Na gut, die Wissler kommt nicht gerade sympathisch rüber. Trotzdem fühle ich mich unwohl, wenn Lindner und Dobrindt so bedrohlich auf sie herunterschauen.

Jonny sieht mich an. „Na, was sagt ihr?" Was soll ich sagen? Außer: „Nichts besonderes, eigentlich wie immer."

Anna: „Denkst Du noch selbst oder hast Du Dein Gehirn schon gespendet?" Eigentlich freue ich mich, dass sie mich anspricht. Ja, mich sogar für den Bruchteil einer Sekunde dabei angesehen hat. Aber was sie gesagt hat, war wohl nicht so nett.

Jonny schüttelt den Kopf. „Schauen Sie sich das doch noch mal genauer an." Er startet die Aufzeichnung noch mal von vorn. Im Schnelldurchgang, dann stoppt er und geht auf normales Tempo. „Zum Beispiel hier."

Lindner wird nach der Finanzierung der Corona-Folgen gefragt. Er redet ausführlich, beantwortet aber die Frage nicht. Als die Worte „Steuersenkungen" und „Hartz4" fallen werde ich hellhörig. Er erklärt nämlich, das Steuersenkungen nicht vor allem den Spitzenverdienern sondern den Harzt4 Empfängern zu Gute kämen: „Die höchste Belastung haben wir zum Beispiel bei der alleinerziehenden Mutter in Hartz 4 die mit dem Minijob sich aus der Bedürftigkeit raus arbeiten will." Der Minijob würde nämlich mit 80% besteuert.

Jonny: „Eine Unverschämtheit, das ist doch Kasperletheater. Wieso lassen sich die Moderatoren das gefallen?"

Anna: „Die Wissler beantwortet wenigsten die Fragen. Okay, was sie sagt ist nicht mein Ding. Aber, dass Dobrindt oder Lindner nichts als geifernde Attacken auf die Wissler zu bieten haben? Haben die sich mit den Moderatoren abgesprochen, dass man die Linke fertig machen muss?"

Jonny sieht mich aus den Augenwinkeln an: „Moderatoren repräsentieren eben die Zuschauer." Meint er mich damit? „Was soll das denn heißen?"

„Na ja, der Mehrheit macht es einfach Spaß, wenn Lindner der linken Wissler in Herrenmensch-Attitüde klar macht, wo sich der Dienstbotenausgang befindet."

„Die Zeit mag Wunden heilen, aber sie ist eine miserable Kosmetetikeirn (Mark Twaln)

Loyalität. Rasmussen sitzt jetzt mit uns in einem Cafe, nicht weit vom Ministerium entfernt.

Anna hat mir eine Frage mit auf den Weg gegeben. „In einer Demokratie kann man ja seine Meinung sagen. Oder bist Du zu feige."

Das Papier auf dem sie ihre Gedanken für mich notiert hat, war wohl als Mutprobe gedacht. Denn ich sollte es vortragen.

„Kann es sein, dass die vielen US-Soldaten nicht zu unserem Schutz noch in Deutschland stationiert sind? Nach dem Ende des Warschauer Paktes ist Russland ja weit weg", trage ich ohne ihn anzuschauen vor.

Rasmussen sieht mich mit großen Augen an. Es dauert bis er schließlich sagt: „Die Frage könnten Sie sich genau so gut selbst beantworten. Sie sollten an die 'self-fulfilling prophecy' denken."

Wes wirkt überrascht und nickt mir anerkennend zu: „Hmh? Soweit ich mich erinnere ist diese Frage weder in den Medien noch seitens der Politik jemals gestellt worden. Erstaunlich."

Rasmussen: „Ehrlich gesagt. Nicht nur wir beim ZDF würden so eine Frage niemals aufwerfen."

Wes: „Weil...?" „Weil sie nichts bringen würde. Ganz im Gegenteil", brummt Rasmussen: „Ich habe vor Jahren mal mit meinem Chef darüber gesprochen."

Wes: „Und?" Der Redakteur hebt die Hände hoch. „Was würden die Amis oder unsere Bundesregierung denn darauf antworten können? Und wenn wir die Frage öffentlich machen? Die Bundesregierung könnte das ja niemals zugeben. Und die Ami hätten kein Interesse an dem Thema."

Karl: „Weil die schon inoffiziell alles machen können. Sogar einen Mord begehen?" Ich sehe ihn ungläubig an. Er fährt ungerührt fort: „Oder haben Sie schon mal gehört, das ein US-Soldat vor einem deutschen Gericht gelandet ist?"

Wes: „Hmh? Selbst, wenn die Medien beweisen könnten, dass wir noch einer Besatzungszone leben. Den Amis wäre das egal. Aber bei uns wäre der Teufel los."

„Kluger Mann, dieser Kissinger. Und sehr, sehr vorsichtig!", stelle ich ironisch fest.

„Der ist eigentlich ganz in Ordnung", nimmt Rasmussen ihn in Schutz, „ohne ihn hätte es manche Berichte nicht gegeben."

Wes: „Ach ja?" „Nehmen Sie den russischen Oppositionellen Nawalny, der zu zwei oder drei Jahren Haft verurteilt wurde. Darüber regen sich alle fürchterlich auf." „Zu recht", werfe ich ein.

Rasmussen: „Dass Julian Assange quasi seit Jahrzehnten in Haft sitzt und ihm bei einer Auslieferung an die USA mehr als hundert Jahre Knast drohen. Sein Vergehen? Er hat Kriegsverbrechen der USA öffentlich gemacht. Ohne Genehmigung des Pentagon. Darüber haben wir auch berichtet. Darüber regt sich aber kaum jemand auf."

Wes: „Worauf wollen Sie hinaus?" „Eigentlich wissen unsere Zuschauer Bescheid. Aber sie wollen es nicht hören." Der Redakteur seufzt: „Die Leute brauchen ein klares Feindbild. Wenn wir die USA genauso anprangern würden wie Russland oder China, wäre ihnen das zu kompliziert. Die würden sich dann andere Kanäle suchen, um sich ihr Weltbild zu machen."

Wesley fehlen die Worte. Zumindest sagt er nichts. Ich schaue noch mal in Annas Mappe.

Ach ja, die Frage passt: „Was ist mit den Moderatoren in den Nachrichten und Talkshows?" Rasmussen: „Soweit ich weiß, hat Frau Gonzales die ja regelrecht gehasst."

Wes: „Und warum? Weil die Meinung machen? Oder Stimmung?"

Rasmussen: „Ich vermute, es hat mit einer Freundin von ihr zu tun. Der haben die Medien angeblich früher mal übel mit gespielt." Ich frage aus Höflichkeit nach. „Kennen sie diese Freundin?"

„Leider nein. Die Geschichte ist wohl schon ziemlich lange her."

Wes schüttelt den Kopf: „Und die Moderatoren? Was meint Kissinger dazu?"

Rasmussen verzieht das Gesicht. „Besonders glücklich ist er nicht damit." „Weil bestimmte Themen so dauerhaft hoch gehalten und andere schnell wieder vergessen werden?", lese ich vor. Rasmussen sieht mich fragend an.

„Zum Beispiel die Maskendeals einiger Politiker", helfe ich ihm auf die Sprünge.

Er zuckt mit den Schultern. „Ich wundere mich ja auch, dass kein Moderator oder Journalist das weiter am Köcheln hält."

Sana: „Warum macht Kissinger denn da nichts?" Rasmussen: „Na ja. Es ist ohnehin fraglich, ob er sich noch lange halten kann." Karl: „Wie soll ich das denn verstehen?"

Rasmussen schüttelt den Kopf. „So was wie jetzt habe ich noch nicht erlebt." Sana: „So etwas wie jetzt? Die Wahlen?"

Er verzieht das Gesicht: „Auch, aber das meine ich nicht." „Sondern?" „Haben Sie sich nicht gefragt, warum mein Chef so offen mit Ihnen geredet hat?" Sana nickt: „Der hat ja sogar den Wegener düpiert."

Rasmussen: „Ich glaube, die haben den abgesägt. Es ist noch nicht offiziell."

Wes: „Schade. Ich fand den Kissinger ganz okay. Und warum der Wechsel?" „Keine Ahnung. Es gibt nur Gerüchte, dass das aus Bayern käme."

Das ist mir dann doch zu schlicht: „Die Umfragen oder Wahlergebnisse haben damit nichts zu tun?"

Rasmussen lacht: „In der Politik und den Medien hat immer alles mit allem zu tun."

Er wird wieder ernst: „Kennt ihr noch viele junge Leute, die ARD und ZDF schauen? Die Jüngeren und die sich in ihrem Job engagieren haben uns ja bereits abgeschrieben. Wie hat Sylvia es ausgedrückt?"

Die Falte auf seiner Stirn wird steiler: „Wenn die Nachrichten und Polittalks Krimis wären, würde kein Mensch sich das anschauen. Egal welches Thema oder wie die Faktenlage ist. Jeder weiß doch von vornherein, wer verurteilt werden wird."

23.09.21 Noch eine Wahlarena. Noch 3 Tage bis zur Wahl. Diesmal mit Tina Hassel, Theo Koll und den Vorsitzenden der im Bundestag vertretenen Parteien. Mir wird bewusst, wie viele das inzwischen sind: Von rechts nach Links oder aus Zuschauersicht von links nach rechts: AFD, FDP, CSU, CDU, Die Grünen, SPD und Linke.

Wesley: „Was sie Politiker sagen werden, kennen wir doch von anderen Sendungen. Wir sollten uns diesmal auf die Fragen der Moderatoren beschränken. Vielleicht erkennen wir so, welche Rolle die spielen."

Ich weiß nicht was das soll, lasse mich aber darauf ein. Die Hassels und der Koll werden wahrscheinlich so kurz vor der Wahl besonderen Wert auf faire Sachlichkeit legen werden.

Anna spielt uns die Aufzeichnung so vor, dass die Antworten im Schnelldurchlauf unhörbar bleiben.

Tina Hassel an Lindner: „Aber ein Wort noch als Parteichef zu Herrn Kubicki und der Äußerung. Also Signalwirkung, in illegale Kneipen gegangen und das sei sein recht gewesen?"....

....Theo Koll an Wissler: „Die Linke ist für die Abschaffung des Verfassungsschutzes. Wer soll denn dann die radikalisierteren Teile von.......im Netz kontrollieren und im Auge behalten?"....

....Tina Hassel unterbricht: „Frau Wissler, sie meinen also mit dem Vorschlag, das haben sie erklärt, würde es besser gehen, Man kann da seine Zweifel haben."....

....Tina Hassel: „Aber ich würde gerne Frau Baerbock ins Spiel holen." Sie spricht die radikaleren Querdenker und das Thema Gewalt an: „Was ist ihr Konzept, wie man mit diesen Menschen umgehen sollte?"....

….Theo Koll an AfD: „Frau Weidel, Wir haben vom BMI, dass sich Teile der Querdenker zunehmend radikalisieren. ….Ihr Co-Spitzenkandidat hat sogar zur Teilnahme an Querdenker-Demos aufgerufen. Wäre es ….nicht höchste Zeit … sich klar zu distanzieren?"….

….Theo Koll unterbricht „wenn man von Diktatur spricht..." Doch Weidel setzt sich durch und redet weiter.…

….Tina Hassel: „Herr Söder. Sie befürworten ja im Team Vorsicht … die 2 G Regel….sie haben auch … gemeinsam mit den anderen Parteien die Quarantäne ohne Lohnfortzahlung beschlossen. Spalten wir sehenden Auges mit diesem zunehmenden Druck auf ungeimpfte die Gesellschaft…Was ist ihre Position da?"….

….Theo Koll führt ein: Thema immer weniger Sozialwohnungen. „Herr Laschet …. müssen wir da nicht eingestehen. Wir haben versagt?"….

….Theo Koll: „Die Frage war, hat die Politik da nicht versagt. (Das ist ja) eine Erkenntnis, die hätte man ja haben können."….

….Tina Hassel gibt das Thema an die Grüne weiter: „Frau Baerbock..…(die Berliner Spitzenkandidatin) schließt Enteignungen als Ultima ratio zumindest nicht aus. Wie sieht das bei ihnen aus?"….

….Tina Hassel unterbricht die Baerbock „...das ist die Problembeschreibung..." Die Baerbock redet weiter.….

….Tina Hassel ist ungeduldig bis sie sie endlich abwürgen kann: „...also... Enteignungen als Ultima ratio fänden sie unter den von ihnen beschriebenen Umständen also richtig?"….

….Theo Koll: „Das war auf jeden Fall ein ja zu Enteignungen." Baerbock widerspricht, wird aber vom Moderator und Söder abgewürgt.

Anna stoppt die Wiedergabe und sieht uns der Reihe nach an. „Habt ihr es jetzt auch gemerkt. Das ist die Spezialität der Moderatoren. Erst eine Frage stellen, die mit Sicherheit verneint werden wird, aber noch bevor die Antwort kommt, eine Nachfrage stellen, als sei sie bejaht worden."

Ihre Miene wird zum erhobenen Zeigefinger: „Die Antwort bekommt man kaum noch mit. Sie ist ohnehin egal."

Jonny: „In einer Live-Sendung kann sich ja trotzdem jeder sein eigenes Bild machen. Aber sehr viele sehen das nur als Zusammenfassung in den Nachrichten."

Er spielt uns nun das anschließende Heute Journal mit Klaus Kleber vor. Die Zusammenfassung der Wahlarena im Heute Journal bringt Anna auf die Palme.

„Das ist Bayerisches Staatsfernsehen. Baerbock, Scholz und Wissler sind so zusammengeschnitten, dass sie möglichst schlecht wegkommen. Die Rechten Lindner, Söder und Laschet wurden so in Szene gesetzt, dass ihre Phrasen überzeugend wirken."

Wesley: „Genauso hat es Marietta Slomka mit dem anderen Disput vor ein paar Tagen gemacht. Die halten uns doch für blöd."

Jonny: „Die machen aktiv beim Wahlkampf mit. Gibt es eigentlich keine Stelle, die so etwas ahnden kann? Oder ändert sich das, wenn andere Parteien an der Macht sind?"

Ich weise darauf hin, dass beide Sender in ihren Magazinen differenziert, qualifiziert und sachlich über vieles informieren.

Wesley nickt: „Das ist richtig. Aber Du musst zugeben, das sich das man das nicht immer ansehen wird. Die Nachrichtensendungen, wie die Tagesthemen, das Heute Journal kommen dagegen täglich."

Anna grinst: „Und Nachrichten heißen Nachrichten, weil man sich danach richten soll."

Christian 3. „Tut mir leid. Das mit Deinem alten Freund", sage ich und hoffe, ihn diesmal aus der Reserve zu locken.

„Was stört Dich denn wirklich?" Er muss einen Moment überlegen, wovon ich rede. Es fällt ihm wieder ein: „Na ja, In fast jedem Gespräch kommt nach seinem ausführlichen Bericht über die örtlichen Ereignisse, der Punkt an dem er etwas erzählt, dass ihn unzufrieden macht."

„Ja und?" „Tja, ich lege ich ihm dann meine Sicht dar und was ich in so einem Fall gemacht habe oder machen würde." Er zögert, als sei er nicht sicher, ob er weiter reden soll. Ich gebe ihm einen Schubs. „Ja, und dann?" „Dann kommt fast immer eine abfällige Bemerkung von ihm. So in dem Sinne, 'nein, derartige Probleme kenne er nicht', im Sinne von 'das könne man doch nicht vergleichen' oder 'was das schon wäre'. Ich sehe ihn dann vor mir, wie er verächtlich die Lippen schürzt und ein kaum hörbares „Pfft" von sich gibt."

Was soll ich denn davon halten? „Nenn doch mal ein Beispiel. Was war denn beim letzten Mal?"

„Das war eigentlich harmlos." Er zögert. „Hmh? Ich glaube, es ging darum, dass Gertrud unzufrieden wäre, weil sie zwar sehr schön wohnen würden, aber soweit vom Schuss wären."

„Und weiter?" „Na ja, ich kann Gertrud irgendwie verstehen, deshalb haben wir darauf geachtet, zwar etwas außerhalb zu wohnen aber mit der U-Bahn gut angebunden zu sein, so dass wir in einer halben Stunde in der Innenstadt sind." „Okay?"

„Tja, dann kam sein abfälliges 'Pfft, Hannover'." Ich gebe mir Mühe ernst zu bleiben. „Und was schließt Du daraus?"

Die Falte auf seiner Stirn vertieft sich. „Tja, ich glaube, das ihn alles was mit mir zu tun hat, nicht wirklich interessiert."

Hmh? „Hast Du ihn mal darauf angesprochen?" „Schwierig. Wenn er seine Sachen los geworden ist, muss er immer dringend das Gespräch beenden. Deshalb habe ich ihm im Affekt eine Email geschrieben."

Zögernd schiebt er hinterher: „Eigentlich über Gertrud, denn seine Adresse habe ich nicht. Falls er überhaupt eine hat."

„Und?" „Na ja, er hat geantwortet, handschriftlich, zwei eng beschriebene Seiten. Ganz schön anstrengend die zu lesen. Blaue Schrift auf blauem Grund."

„Und der Inhalt?" „Keine Ahnung. Ich habe es erst vier mal gelesen." „Und was glaubst Du?"

„Ich nehme an, das Gertrud ihn dazu aufgefordert hat. Und, dass er als Ministerialbeamter so formulieren kann, dass es selbstkritisch und wie eine ausgestreckte Hand wirkt. Als B4-Beamter erkenne ich darin nur die übliche Form des Schwarze-Peter-Spiels."

Hmh? Was soll ich denn dazu sagen? Mir fällt nichts ein. Außer: „Sag mal, vierzig oder auch nur zwanzig Jahre? Kann es sein, dass Du Dich verrannt hast? Oder gibt es da etwas anderes?" Wes hebt den Kopf: „Und was sollte das sein?"

„Hast Du mal etwas gemacht, dass er Dir immer noch übel nimmt? Oder sieht Dich als Konkurrent? Beruflich? Privat? Frauen?" Wes: „Das habe mich auch gefragt. Mir fällt nichts ein."

„Gehen wir doch mal alle Möglichkeiten durch: Erstens Du bildest Dir das alles nur ein oder bist viel zu empfindlich. Zweitens. Eigentlich willst Du ihn nur los werden und suchst nach einem Grund dafür. Drittens. Du hast ihn irgendwann verletzt und dafür rächt er sich unbewusst an Dir." Ich sehe ihn an. Ja. Wes hört mir aufmerksam zu.

„Viertens. Er ist unsicher und muss das kompensieren; entweder ganz allgemein oder nur Dir gegenüber. Fünftens. Er ist mit sich und seinem Leben unglücklich und erträgt Deine langweilige Selbstzufriedenheit nicht. Sechstens. Er hat viele Leute die ihm wichtig sind und versucht allen gerecht zu werden. Und Du bist nicht selbstbewusst genug, um damit umgehen zu können. Vielleicht, weil Du zu wenig andere Freunde hast oder weil Du ihn zu wichtig nimmst."

Wes hat bisher keine Miene verzogen und ist ruhig geblieben. Also lege ich augenzwinkernd nach: „Vielleicht liegt es ja nur am falschen Etikett."

„Was soll das denn heißen?" „Na ja, solange ihr im gleichen Viertel gelebt habt war doch alles bestens. Da wart ihr euch vertraut, weil ihr euch immer wieder in der gleichen Szene begegnet seid." Wes: „Ja und?"

„Erst nach dem die räumliche Nähe und eure regelmäßigen Treffen fehlten hast Du es bemerkt." „Was meinst Du?"

„Na ja, Freundschaft ist ein großes Wort, das einem ein gutes Gefühl geben aber auch wie ein Mühlstein um den Hals hängen kann." Er sieht mich belustigt an: „Muss ich das verstehen?"

Okay: „Es liegt in der Natur der Sache, dass man nur wenige Freunde haben kann. Manche haben nicht mal einen."

Wes verzieht seinen Mund zu einem schiefen Grinsen. Egal. Ich biege in die Zielgerade: „Bekannte kann man dutzende haben. Manche verliert man aus dem Auge, dafür kommen neue hinzu."

„Du meinst...?" „Genau. Ihr wart vielleicht nur eine Zweckgemeinschaft, Leute die sich ständig über den Weg liefen und Spaß mit einander hatten. Das ist vorbei."

Er ist unsicher. „Aber warum meldet der Chris sich denn noch bei mir? Doch um mich an seinem Leben teilhaben zu lassen und umgekehrt?"

Ich nicke: „Vierzig Jahre sind eine lange Zeit. Und ihr habt Euch als junge Männer kennengelernt, die sich und anderen was beweisen wollten." „Okay?"

„Ich denke es ist eine Mischung aus viel Gewohnheit und ein wenig Geltungsdrang." „Du meinst, wir wollen uns nur wichtig machen?"

Hmh? „So würde ich es nicht sagen. Aber wenn man sehr vielen Leuten etwas erzählt, werden die irgendwann zum Publikum." „Du spinnst?" „Nein, ich interpretiere nur deine Worte."

Er sieht mich fragend an. Also weiter: „Ihr seid jetzt beide im Ruhestand. Oder?" Wes nickt nur.

„Sind eure Kontakte dadurch häufiger geworden?" Seine Miene ist ein Fragezeichen.

„Also, so lange Du beruflich eingebunden warst hast Du Dich selten bei ihm gemeldet. Und er sich umgekehrt bei Dir. Der Job ist da ein Freundschaftskiller."

„Kann schon sein. Worauf willst Du hinaus?" „Na ja, Habt ihr jetzt wieder mehr Kontakt? Im Ruhestand hat man doch Zeit."

Wes ist sichtlich irritiert. „Jetzt, wo du es sagst. Anfangs haben wir die beiden schon mal für ein paar Tage besucht." „Und umgekehrt?" „Tja, zwei-, dreimal kamen sie auch in unsere Gegend. Und dann haben wir uns irgendwo getroffen. Meistens in einer größeren Runde."

„Also häufiger als vorher?" Wes sieht mich verlegen an. „Hmh? Eher weniger."

„Müsste das nicht häufiger sein. Ihr seid doch alte Freunde?" Wes zuckt mit den Schultern. Hilflos?

Also weiter: „Du rufst ihn ja schon lange nicht mehr an, um ihm von deinen Erlebnissen zu erzählen. Oder?" „Warum sollte ich? Um mich fragen zu lassen, warum ich ihn wegen so was anrufe."

Hmh? Das klingt nicht gut. „Sieh es doch mal so. Du hast seine Nähe gesucht und bist jetzt beleidigt, weil die Schlange in der Du stehst immer länger wird? Vielleicht nimmst Du Dich auch zu wichtig. Oder ihn."

„Quatsch. So sind wir beide nicht." „Okay. Andersherum: Du hast Dich vielleicht einen Tick mehr um ihn bemüht als er sich umgekehrt um Dich. Aber für mich sieht es so aus als wärt ihr euch beide nicht besonders wichtig. Zumindest nicht wichtig genug, um eure vermeintliche Freundschaft aufrecht zu erhalten.

Wes: „Du spinnst. Da ist auch noch Gertrud, die ist echt. Und der Chris hat doch diesen langen Brief geschrieben. Das war sicher nicht nur dahin gerotzt?"

„Nein, ich glaube sogar, das es ihm ernst damit ist. Aber egal welche der denkbaren Erklärungen es am ehesten trifft, ihr habt keine Chance. Selbst, wenn es Euch gelingt, die ein zwei Stunden pro Jahr freundlich und ohne Nickeligkeiten über die Bühne zu bringen." Ich sehe ihn eindringlich an: „Wie lange wollt euch das denn noch antun? Wie viele Jahre hast Du denn noch? Möchtest Du ihn bei Deiner Beerdigung haben?"

In seinem Gesicht arbeitet es. Habe ich einen wunden Punkt getroffen? Es tut mir selbst weh, aber ich lege nach: „Oder glaubt Du, dass er noch an Deinem Grab die Lippen schürzt und „Pfft, was war das schon" denken wird?

Wes schüttelt schockiert den Kopf: „Quatsch. Aber ich muss ihm doch eine Antwort geben. Eigentlich müsste ich noch mal mit ihm sprechen."

Hmh? Eine schwere Geburt für ihn. Da hilft nur noch ein Kaiserschnitt. „Okay, dann schreibe ihm, dass eure Freundschaft darauf beruht hat, dass eure sehr unterschiedlichen Philosophien positive Reibungsenergien erzeugen. Das erfordert aber einen regelmäßigen Austausch und viel Zeit, die ihr heute eben nicht mehr habt." Wes: „Und deshalb sollen wir jeglichen Kontakt vermeiden? "

Allmählich reicht es mir. Ich frage mich, warum er das Thema so aufbläst und ausgerechnet mit mir bespricht. Mich beschleicht schon länger das Gefühl, dass es ihm eigentlich um etwas ganz anderes geht.

Bevor wir uns wieder im Kreis drehen, mache ich dem ganzen ein Ende. „Lass es sein, bevor ihr auch noch Eure Erinnerung zerstört. Geht Euch lieber aus dem Weg. Eine Freundschaft muss gepflegt werden, sonst entwickelt sie sich zurück. Und von dem guten Freund bleibt am Ende nicht mal mehr ein alter Bekannter übrig."

Wes verzieht das Gesicht und wechselt das Thema: „Stell Dir doch mal vor es wäre umgekehrt? Also wenn Du jemanden eine Ewigkeit, sagen wir 40 Jahre, nicht gesehen hast und Dich heute noch dafür interessierst wie es ihm oder ihr geht?"

Hmh? Soll das eine Retourkutsche sein? Oder wollte er von Anfang an dahin? Quasi 'von hinten durch die Brust ins Auge'?

Grinsend schiebt er hinterher: „Wie wäre das für Dich? Oder hast Du so etwas schon mal erlebt? Vielleicht sogar in jüngster Zeit?"

Die Dummheit von Regierungen sollte niemals unterschätzt werden. (Helmut Schmidt, Politiker)

Seelentruhe. Anna hat mich tatsächlich mit zu sich nach Hause genommen. Ein Vertrauensbeweis? Sie besitzt nämlich neben ihrem gemieteten Zimmer im Studentenwohnheim noch ein kleines Appartement ein wenig außerhalb.

Sie seufzt. „Die steht schon lange bei mir im Keller. Seit dem letzten Umzug. Stephan hat sie mir gebracht, damit sie nicht verloren geht. Das war kurz nach unserer Trennung."

„Warum? Wenn ihr da doch schon getrennt wart?", staune ich. „Keine Ahnung. Er meinte nur, dass ich ihn irgendwann vielleicht verstehen würde." „Und dann?"

„Na ja anfangs war ich sauer auf ihn. Später habe ich die Kiste dann vergessen. Und jetzt habe ich sie unter einem Haufen verstaubter Kartons gefunden."

Vor dieser Kiste sitzen wir nun. Habe ich Kiste gesagt? Nein, bei ihrem Fund handelt es sich eher um eine Truhe oder einen sehr kleinen Sarg. Kindersarg?

Das Ding ist beschriftet. Unauffällig, eindrucksvoll. Nicht sehr groß, aber gut zu lesen.

„Wie habe ich das nur übersehen können?", fragt Anna sich und deutet mit dem Finger auf die Inschrift.

Stephan Frohmann, Seelen-Truhe, 1952*

„Ich bin noch nicht dazu gekommen, das Jahr seines Todes einzugravieren. Vielleicht hat er das ja nicht gewollt." Sie nimmt das Vorhängeschloss ab und öffnet die Klappe.

Das Ding ist rappelvoll. Alte Fotoalben, Veröffentlichungen von Frohmann, Dokumente seiner Eltern, Zeitungsausschnitte und vieles mehr. Oben liegt eine Mappe.

Wir nehmen die Seiten heraus und beginnen zu lesen. Na ja, es ist viel. Ich beschränke mich auf das Summery.

Nach dem Krieg musste Deutschland erst Demokratie lernen. Wie wurden die Wahlen entschieden? Anhand der Parteiprogramme und Personen an der Spitze?

Die BRD hat sich von Anfang an um die westlichen Siegermächte bemüht und nicht um die Russen. Warum? Weil die schlechter versorgt waren als die anderen Besatzungsmächte? Oder hatten wir ein schlechtes Gewissen?

Die Deutschen haben 27 Millionen Russen umgebracht. Vielleicht auch ein paar mehr. Die meisten waren Zivilisten. Dagegen waren die 400.000 gestorbenen Amis ja beinahe ein Klacks.

Nachvollziehbar, das die Deutschen mit den Russen nichts zu tun haben wollten. Ausgerechnet diese rohen Menschen sollten die Opfer gewesen sein? Die waren ja auch noch arm und abgerissen.

Wahlergebnisse in Deutschland.

Jahr	CDU/CSU	Regierung	Thema
1949	31,00%	ja	Freiheit
1953-69	45,2-50,2%	ja	Adenauer, Keine Experimente, Sicher in 70er
1072 -76	44,9-48,6%	nein	Freiheit statt Sozialismus
1982- 98	41,5-48,8%	ja	Zukunft statt rot-grün
1998-2002	35,2 – 38,5%	nein	Keep Kohl, Armutszeugnis SPD
2005-2017	32,9 – 41,5?	ja	Klug aus der Krise. Weiter gut regieren.
2021	?	?	Deutschland gemeinsam machen.

Die Amis haben uns sogar Geschenke gemacht. Zumindest den hübschen Mädchen. 'The german Fräulein-Wunder."

Flittchen? Nein, die waren damals genau so wir heute, Erst kommt das Fressen, dann auch die Moral.

Und so gewannen Parteien, die sich am Westen orientierten die ersten Wahlen. 1949 noch knapp, dann aber bis Anfang der 60 er deutlich.

Es dauerte nicht lange bis die öffentlichen Meinung Russland als das Reich des Bösen abgestempelt hatte. Und so reichte es für den Wahlsieg aus, SPD und Kommunismus gleichzusetzen.

War die Wiedervereinigung Deutschlands ein Erfolg des Westens? Nein. Im Warschauer Pakt brodelte es und statt den Widerstand militärisch niederzuknüppeln, gab Russland nach und suchte die Nähe zu Europa, um die wirtschaftliche Zusammenarbeit zu intensivieren. Auch, um irgendwann unter den Schutzschirm der NATO kriechen und den teuren Rüstungswettlauf beenden zu können.

Damit hatte der gutgläubige Gorbatschow Russland an den Rand einer Katastrophe gebracht. Wie hat er nur glauben können, das die USA auf ihre Vormachtstellung im westlichen Bündnis und damit in der Welt verzichten würden?

Die Amis trieben stattdessen mit ihrer Waffenlobby und ihren europäischen Vasallen die NATO-Osterweiterung voran. Und die Rüstungsspirale drehte sich so schnell weiter, dass Russland kaum noch mithalten konnte .

Putin versuchte es noch mal in Deutschland und bei der EU. Vielleicht hätten die Amis einen Beitritt im Sinne von 'ein Land eine Stimme' ja toleriert. Das wirtschaftlich angeschlagene Riesenreich wäre ja dann den Regeln der EU unterworfen.

Was das bedeuten würde, hat das Beispiel Deutschland schon gezeigt. Große Worte und schöne Reden von einem gemeinsamen Deutschland für das, oh Jammer, die Bürger der alten BRD sogar finanzielle Opfer brachten.

Die Freude der Ossies hielt sich Grenzen, denn undankbar wie sie nun mal sind, beklagten sie, das die wirkliche Wiedervereinigung mit BRD scheinbar ewig dauerte.

Gleichzeitig mussten sie zusehen wie ihre DDR von westlichen Konzernen schneller ausgeschlachtet wurde als ein herrenloses Schiffswrack. Mit Hilfe der 'Treulos-Hand-auf-Gesellschaft', wie ein Ostberliner mal zu mir gesagt hat.

Die Russen wussten also, was auf sie zu käme,, wenn sie sich als Teil des Bündnisses den sogenannten freien Märkten öffneten. Die westlichen Konzerne hätten mit der Unterstützung ihrer Regierungen das rohstoffreiche Russland ausgepresst wie eine Zitrone und auf den Haufen der Dritte Welt Länder geworfen..

Also bestätigte das Volk Putin, der sich als kalter Machtpolitiker bewährte, nach dem Motto: „Lieber gefürchtet als ausgebeutet werden."

Und so behielt der Westen seinen Gegenpol, der so böse ist, das unsere Medien ihm nicht mal ein 'in dubio pro reo" einräumen.

Leider hat im Windschatten des fanatischen Russland-Bashings der Medien mit China ein anderer, großer Systemrivale ungestört sehr viel Boden.gut machen können.

Emotionen. „Da ist schon was dran"; räume ich widerwillig ein und lege die Papiere zur Seite. Anne sieht mich empört an. „Spinnst Du. Wir bringen das gefälligst zu Ende."

Sie hält mir die nächsten Blätter unter die Nase. Also lese ich weiter.

Erstens kommt es anders und zweitens als man denkt. Deshalb habe ich in den letzten Jahren versucht mich gut zu informieren und verpasse kaum mal eine Sendung, die aktuelle Informationen erwarten lässt.

Dabei ist mir aufgefallen, dass unsere Nachrichtensendungen heute nicht mehr so dröge sind und unsere Emotionen sehr gut bedienen. So sehr, dass es oft mehr um Köpfe oder Gesichter als um trockene Fakten geht. Das bleibt für die Politik nicht ohne Folgen.

Die Bewertung einer Partei und ihrer handelnden Personen hängt heute eher von der medialen Präsentation ab als von ihren inhaltlichen Positionen. Und so befinden sich die zwei Seelen in der Brust des Wählers in einem ständigen Widerstreit.

Es ist ja wissenschaftlich erwiesen, das Intelligenz begabte Wesen entscheiden müssen, ob sie mühsam der Vernunft oder ihrem Bauchgefühl folgen werden.

Gefühle sind als bewusste Emotionen ja einfach da und senden Signale aus, die blitzschnell verarbeitet werden und mit Angriffs- oder Fluchtinstinkten lebensrettend sein können.

Vor allem in Stresssituationen und wenn es für uns nur schwer überschaubar wird, handeln wir instinktiv.

Die relevanten Fakten erkennen, zusammentragen, abwägen und selbst zu bewerten ist aufwändig. Dazu fehlt uns dann meistens Zeit und Lust.

Das war unseren Vorvätern aus schmerzhafter Erfahrung bewusst. Also haben sie eine Institution geschaffen, die das für uns alle erledigen oder zumindest erleichtern sollte. Und so schufen sie das öffentlich-rechtliche Fernsehen und erteilten ihm im Rundfunkstaatsvertrag den Auftrag, uns zu informieren.

Und zwar so, dass wir populistischen Verführern nicht mehr auf den Leim gehen. Das erforderte natürlich eine gewisse politische und auch wirtschaftliche Unabhängigkeit. Daher werden die Rundfunk- und Fernsehanstalten von allen Bürger durch eine Steuer ähnliche Zwangsgebühr finanziert.

Im Jahre 1984 gingen die ersten werbefinanzierten privaten Fernsehsender an den Start. Die Finanzierung dieser Medien zeigt ihre Ziele auf: Verkaufen, Umsatz steigern, Marktanteile erhöhen. Informationen sind also Mittel zum Zweck. Es geht um Einschaltquoten, die den Preis für Sendezeit bestimmen.

In den ersten Jahren wurde das subtil verbrämt, so dass RTL et all sich von ARD und ZDF nur wenig unterschieden.

Doch im Zuge der weitergehenden Liberalisierung verschoben die Machtverhältnisse zwischen Staat und Wirtschaft. Und so konnte die stetig wachsende Werbebranche für die privaten Sender eine ganzheitliche Strategie entwickeln.

In den erfolgreichen TV-Serien und Shows wird demgemäß das Unterbewusstsein darauf getrimmt, wie schön doch konsumieren ist; 'Shoppen gehen' als Allheilmittel für die geschundene Frauenseele.

Und in den sogenannten Werbepausen werden die Produkte angepriesen, die sämtliche Probleme lösen oder erträglicher machen können.

Es handelt sich dabei also nicht, um Unterbrechungen des Programms sondern lediglich um einen Phasen-Wechsel innerhalb des Marketingkonzepts. Und so werden die Übergänge zwischen Unterhaltung, Werbung und sachlicher Information unbemerkt verwischt.

Nach vierzig Jahren Marketing hat das Privatfernsehen sehr viele Zuschauer davon überzeugt, dass im Shopping der einzige und wahre Sinn des Lebens liegt.

Wähler. Was kann der demokratische Staat schon dagegen machen? Denn seine Regierungen müssen in Legislaturperioden denken, dass Marketing des Kapitals dagegen in Generationen.

Es ist heute wichtiger denn je, dass Öffentlich-rechtliche Medien mit ihren Leuchttürmen ARD und ZDF als Felsen in der Flut und Brandung der Informationen funktionieren.

Alle Macht geht ja vom Volke aus. Idealerweise sollte der Wähler also der Souverän sein. Leider ist die Realität eine ganz andere.

Nicht nur in autokratischen oder sozialistischen Systemen. In den westlichen Demokratien befinden wir Wähler uns in den Klauen der Medien; sind in einem Dreieck aus Information, Emotion und Marketing gefangen.

Nimmt man hinzu, dass persönliche Freiheit und privates Eigentum als unantastbar gelten, findet sich der Wähler in einem sehr komplexen Umfeld wieder. Er ist sozusagen die Kugel im Spielautomaten, die zwischen den drei Säulen der Medien hin und her geflippert wird.

Spätestens seit mein Hausarzt mir noch maximal ein Vierteljahr gegeben hat, frage mich, ob der Himmel eine Kapitalgesellschaft ist, in der die Hölle die Aktienmehrheit hält.

Wahl-Faktoren

Arbeitgeber → →→→→ Politische |
Konzerne → →→→→ Parteien | ↖
| Kapital   → →→→→→ Regierung | ↑
↓ | Börse   Ressorts | ↑
↘↓↓↓   ↑↑↑↖   ↑
Medien / Marketing   ↑
↓↓↓↓↓↓↓↓↓↓↓↓   ↑
↓↓↓↓↓↓↓↓↓↓↓↓   ↑
↓↘↓↓↓↓↓↓↙↙↙   ↑
↓↘↘ Persönliches ↙↙↙   ↑
↓↘↘ Umfeld ↙↙↙   ↗
→→→ *Wähler* →→→→→
↑ ↑↑

|*Der (wahrgenommene)* **Boden der Tatsachen** |

Entwicklungen. Jeder weiß, dass die USA militärisch viel stärker sind als der Rest der Welt zusammen. So großkotzig tritt Amerika auch auf.

Na ja. Wenn man zwei Weltkriege gewonnen hat, ist man sicher zurecht nicht ängstlich oder zart besaitet.

Keine Ahnung, wie viele militärische Aktionen die USA seit dem gestartet haben. Ich erinnere mich nur noch den Irak-Krieg.

Fast zwanzig Jahre ist das her, das die USA das Land überfallen, dem Erdboden gleichgemacht und bis 2011 besetzt gehalten haben.

Die Zahl der Opfer? Irgendwo zwischen 100.000 oder einer Million? Na ja, so genau kommt es nicht drauf an. Laut ARD und ZDF eine notwendige 'Intervention', denn dieser fürchterliche Saddam Hussein hatte ja Massenvernichtungswaffen hergestellt und bedrohe die westliche Welt.

Okay. Gefunden hat man nichts. Der US-Außenminister räumte ein, da habe man sich wohl vertan.

Und ARD und ZDF berichteten über diesen Irrtum im Stile von 'ganz schrecklich, aber das kann schon mal passieren.'

Erst heute habe ich verstanden, wie mutig Kanzler Schröder gewesen war, uns aus dem Krieg heraus zu halten. Für mich eine der wenigen richtigen Entscheidungen dieses selbstgefälligen Machos, die von unseren öffentlich-rechtlichen Medien registriert aber nicht gerade gewürdigt würde.

Dann kam in den USA mit Donald Trump verzogenes Kind im Körper eines alten Mannes an die Macht. Es ist mir immer noch unbegreiflich wie man so eine Mischung aus Dumpfbacke, Sektenprediger und Mafiaboss überhaupt wählen kann.

'Amerika first'. Okay. Und der Rest der Welt? Abstoßend ist es allemal, wie begeistert die Amerikaner sind, wenn ihr Präsident die Europäer mit Herrenmenschenattitüde wie seine Lakaien behandelt. So weit, so auch berichtet.

Wie gerne habe ich mir früher die amerikanischen Spielfilme angesehen; Western, den Kampf gegen die Indianer, Actionfilme. Immer hat gesiegt, wer die neueste Waffe besaß, am besten schießen oder zuschlagen konnte.

Auch in den wenigen nicht gewalttätigen Genres zeigte sich ein grob geschnitztes Menschenbild; Karikaturen von Genies, Superreichen, geistig Armen, Prüderie und Sexsymbolen.

Heute kann und will ich die Filme dieser mittelalterlichen Zombies nicht mehr sehen oder von ihren milliardenschweren Genies hören.

Besetzt. Wie konnten unsere eigenen Medien so verkommen? Die öffentlich-rechtlichen Sendeanstalten feiern sich selbst als moralische Instanz sieht, die von ihrer Kanzel predigt und dabei Diskussion als Inquisition verstehen.

Wir haben die Parteien gewählt, nicht die Fernsehmacher. Wie anmaßend sind die Moderatoren, wenn sie unsere Politiker hämisch der Lächerlichkeit preisgeben und das Kapitol der Demokratie stürmen.

Die Öffentlich-rechtlichen ermutigen einfache Gemüter und Fehlgeleitete auf die Organe unseres Staates loszugehen, um dann empört über die Ausschreitungen der Demonstranten berichten zu können.

Vor 500 Jahren hat Martin Luther mit seinen 95 Thesen den Klerus gegen sich aufgebracht. Er hat es überlebt. Und heute? In unserer 'aufgeklärten' Zeit? Unsere Medien hätten ihn längst auf dem medialen Scheiterhaufen verbrannt.

Warum fällt es unseren Medien so schwer sachlich relevante Fragen zu stellen und Antworten zu hören? Begreifen sie nicht, dass die Meinungen und Kommentare auch der besten aller Moderatoren Fakten nicht ersetzen können?

Und wieso berichten ARD und ZDF durchaus kritisch über die einzige Großmacht in unserer NATO. Stellen Rechtsstaatlichkeit und Demokratie in Frage? Wagen aber nicht diese sogenannte Weltpolizei als einen Sheriff zu entlarven, der sich den Stern selbst angesteckt hat. Pressefreiheit? Warum spitzen unsere Medien die Lippen, wenn sie nicht zu pfeifen wagen?

Spätestens seit Donald Trump ist klar, dass das Wohl und Wehe Europas von den Launen eines einzigen Mannes abhängt.

Sind wir geistig ein besetztes Land geblieben, weil wir unser Schicksal immer noch in die Hände der Amis legen?

Nach der Auflösung des Warschauer Paktes soll ja jedes Land selbst entscheiden können, welchem Bündnis es angehören will. Ist das wirklich ernst gemeint? Kann Deutschland oder ein anderes europäisches Land die NATO einfach verlassen?

Würden die Amerikaner ihre Truppen genauso brav abziehen, wie einst die Russen aus der DDR?

Die USA sind ein gespaltenes Land. Könnte sich die Lage dort so zuspitzen, dass aus strategischer Sicht selbst ein dritter Weltkrieg ein kleineres Übel als ein amerikanischer Bürgerkrieg wäre?

Sind die USA in Sachen Krieg nicht ohnehin schon Exportweltmeister. Wer in Europa würde es wagen, einen Angriff auf Russland zu kritisieren? Niemand!

Unsere Medien malen ja schon seit Jahren das Schreckgespenst der kriegslüsternen Russen, Chinesen oder Iraner an die Wand.

Die Instrumente des öffentlich-rechtliche Orchester der Titanic sind für den Untergang längst schon gestimmt. Vielleicht warten sie ja schon darauf, endlich entsetzt über die Gräuel des nächsten Krieges berichten zu können.

Ich lege das Blatt ab, vor uns auf den Tisch: „Starker Tobak. Na ja, im Angesicht des Todes erscheint einem die Welt wohl noch düsterer als sie schon ist."

Anna: „Oder man traut sich, die Dinge so zu sehen, wie sie sind. Okay. Russland hat den kalten Krieg verloren. Und die NATO?"

Sie sieht mich vorwurfsvoll an: „Früher war selbst die übelste Schlägerei vorbei, wenn der andere am Boden lag. Und heute? Das treten wir nach Herzenslust weiter auf ihn ein. Der Verlierer ist ja der Böse, da müssen wir nicht menschlich sein."

„Was meinst Du denn damit?" Anna: „Na ja, die Merkel und der Scholz werden doch kritisiert, dass sie mit Russland lieber reden wollen statt Waffen nach Georgien oder die Ukraine zu liefern. Für die Medien ist das feige Führungsschwäche."

Hmh? „Was ist, wenn Russland uns das Gas abdreht?" „Drohen die USA nicht schon damit. Nordstream2?"

„Na ja, wir dürfen uns nicht abhängig machen von Russland." „Was ist wenn die Ukraine uns das Gas abdreht?" „Dann geht es eben durch Nordstream2." „Und wenn die Amis das verhindern?"

Jetzt bin ich doch ein wenig irritiert. Die Argumente habe ich schon oft gehört und mir nichts dabei gedacht. Aber in der Gegenüberstellung? „Mist. Dann frieren wir uns den Hintern ab. Wie Ende der 40 er Jahre."

Anna verzieht das Gesicht: „Ein Zyniker aus dieser Zeit würde sagen, dass Deutschland damals 20 bis 30 Millionen Russen und Ukrainer getötet hat. Man sollte dem Rest der NATO auch noch etwas übrig lassen."

„Aber Russland verstößt gegen die Menschenrechte. Denk an Nawalny." „Ach, und was ist mit Assange und Guantanamo?" „Na ja?"

„Und was ist mit der EU-Außengrenze? Push backs? Die Flüchtlinge, Frauen und Kinder werden in den Tod getrieben. Haben die keine Menschenrechte?"

„Das liegt doch nur an den unmenschlichen Diktatoren, die sie erst zu uns treiben." „Und wir zeigen ihnen unsere westlichen Werte, in dem wir sie sterben lassen?" „Wir können doch nicht alle aufnehmen." „Weil?"

„So sollten wir nicht diskutieren." „Weil der Westen hilflose Menschen lieber sterben lässt als seinen Wohlstand mit ihnen zu teilen?" „Das ist doch linke Propaganda." „Also, dass was wir den Medien in Russland, China und anderswo vorwerfen?" „Klar."

„Warum stellt man nicht die Abscheulichen Verbrechen von West und Ost in gleicher Weise an den Pranger? Warum spricht man von den westlichen Demokratien und Diktaturen im Osten? Ich möchte in den USA genauso wenig leben, wie in Russland. Schon gar nicht, wenn ich farbig wäre." „Worauf willst Du hinaus?" „Machen ARD und ZDF nicht auch Propaganda?"

„Wir haben aber die Pressefreiheit, da kann man sagen was man will." „Und nutzen die Freiheit, um die Leute aufzuhetzen. Na ja, der letzte Krieg ist lange her. Trotzdem zeigen die Umfragen, dass die Medien es noch nicht geschafft haben uns für einen sinnlosen Krieg zu begeistern. Aber sie geben nicht auf."

*„Erst wirbeln wir den Staub auf und behaupten dann,
dass wir nichts sehen können."*
(George Berkeley, Philosoph und Sensualist)

Fake. Diesmal sitzen wir nicht bei mir zusammen sondern bei den Hoffmanns. Als es schellt kann ich mich also zurück lehnen und zuschauen, wie Sana zur Tür geht.

Zu meiner Überraschung kommt sie nur Sekunden später mit Rasmussen zurück und bietet ihm einen Platz an. „Was gibt es denn?" „Das wüsste ich auch gerne."

Karl ist irritiert: „Was ist mit ihrem Chef oder Wegener?" Der Redakteur schüttelt den Kopf und setzt sich hin: „Das was ich jetzt sage. Äh. Ich verlasse mich darauf, dass Sie es für sich behalten?" Sana lacht: „Ausgerechnet jemand vom Fernsehen bittet um Vertraulichkeit?"

Rasmussen verzieht das Gesicht, holt einen Stick aus seiner Hosentasche und fuchtelt damit herum. „Es war reiner Zufall. Der Bericht war 50 Sekunden zu lang. Ich habe ihn mir dann angesehen. Der sollte ja heute wiederholt werden."

Er schnappt nach Luft. Hmh? 50 Sekunden? Okay, beim Fernsehen haben die eine enge Taktung. Aber so eine Aufregung?

Nach einem Blick in unsere verständnislosen Mienen, atmet er durch. „Okay der Reihe nach. Vor ein paar Monaten hat ein ZDF-Team eine Reportage über das Rotlicht-Milieu gemacht."

Bemüht sich kurz zu fassen, berichtet er, dass dabei auch zwei Professionelle interviewt worden waren. Eine Frau Mitte 50, die schon ewig dabei war und eine 20 Jährige, die diesen Job erst seit einigen Monaten machte.

Klar, dass bei den Filmaufnahmen die meisten Gesichter unkenntlich gerastert wurden. Das galt für die beiden Damen, die im Mittelpunkt des Berichtes standen, natürlich nicht. Schließlich hatte das Kamerateam sie drei Tage lang begleitet. „Also alles ganz normal." Er breitet seine Arme aus und holt ein wenig aus.

Mein langgehegter Eindruck, dass sich die Fernseh-Fuzzies für was besonderes halten, bestätigt sich: „Für einen normalen Menschen wäre es gar nicht nicht zu erkennen gewesen." Selbst er mit seiner ganzen Berufserfahrung habe es auch nur bemerkt, weil er nach etwas suchte, das er herausschneiden konnte.

„Sie können sich gar nicht vorstellen, wie viele Fotos und Mini-Sequenzen man in 50 Sekunden bringen kann. Und wenn die in einem Beitrag von 90 Minuten richtig verteilt und mehrfach wiederholt werden, erzählen die einen ganzen Roman." Er sieht uns an, als wäre damit alles gesagt.

Ich werfe Karl einen irritierten Blick zu. Aber da hätte ich gleich in einen Spiegel schauen können.

Sana: „Ja und? Und was sind das für Bilder, die da nicht rein gehören? Was ist da denn drauf?"

Rasmussen: „Nicht was ist wichtig, sondern wer. Ein gutes halbes Dutzend Fotos und Filmsequenzen, die Sylvia auf einer Party zeigen."

Er holt Luft: „Die müssen Im Karneval entstanden sein. Sie ist jedenfalls so kostümiert, also mit Netzstrümpfen, übertrieben geschminkt und hampelt da ausgelassen herum. Der Balken über ihren Augen wirkt auch eher wie ein Accessoire als das er sie unkenntlich macht."

Karl: „Und darüber regen Sie sich so auf?" Sana: „Lass ihn ausreden. Das ist doch nicht alles. Oder?"

Der Redakteur nickt aufgeregt: „Diese Bilder sind alle paar Minuten in die Reportage herein geschnitten worden, so dass der Eindruck entsteht, dass sie regelmäßig in diesem Rotlichtschuppen verkehrt." Sana: „Ach Du Scheiße!"

Rasmussen: „Am schlimmsten sind die Interviews mit einigen Kunden. Natürlich sind deren Gesichter gepixelt. Die äußern sich lobend über die Mädchen. Na ja, auf die Weise, wie man die Arbeit einer Prostituierten eben loben kann."

Er verzieht angewidert sein Gesicht. „Und direkt vor und nach solchen Äußerungen sind immer wieder Bilder und Szenen mit Sylvia zu sehen."

Wahlergebnis: Anna: „Die ARD und ZDF sind neutraler geworden in ihrer Kritik an den Parteien." Wes: „Weil die Union nicht mehr regiert?" „Schon möglich." Karl: „Ist doch gut. Dann funktioniert es ja doch."

Anna: „Meinst Du das im Ernst? Wenn öffentlich-rechtliche Medien ihre Berichterstattung an den Mächtigen ausrichten, was wäre das denn für eine Demokratie?"

Wesley: „Glaubst Du denn, das es so ist?" Sie lacht: „Mal sehen. Die Union hat sich ja selbst zerlegt. Das konnten auch die Medien nicht ignorieren. Bestimmt nicht leicht für sie. Und dann können ausgerechnet die Parteien, deren Untergang sie jahrelang voraus gesagt haben, eine neue Regierung bilden. Was sollen sie da schon machen?"

Anna: „Die Grundsatz-Programme der Parteien sind ja sehr unterschiedlich. Und für die alten Schlachtrösser des Heute Journals und der Tagesthemen sind die Selfies von Grün und Gelb eine einzige Provokation. Jetzt arbeiten sie daran, das es nicht klappt. Ihre Gülle-Eimer haben sie jedenfalls gut gefüllt. Das kann man jetzt schon riechen."

Sie verzieht das Gesicht: „Schwieriger wird es, wenn die Ampel einen Kompromiss zu Stande bringt. Klar, sie haben die Giftspritzen schon aufgezogen, müssen aber vorsichtig sein. Die sind ja noch nicht mal an der Regierung. Und wenn man ihnen jetzt schon die Fehler der letzten Jahre anlastet, dann würden selbst ihre Stammzuschauer das durchschauen. Also verspotten sie die Ampelparteien erst mal nur."

Wesley: „Warum müssen die denn alles schlecht machen? Können die nicht einfach mal berichten wie es ist?"

Sie nickt: „Gute Frage. Vielleicht haben die es verlernt. Das erfordert ja eine Menge Vorarbeit. Mehr jedenfalls als eine unglückliche Bemerkung zu skandalisieren."

Wes: „Und die Politiker können sich nicht dagegen wehren? So etwas spaltet doch die Gesellschaft."

Anna zuckt mit den Schultern. Er schüttelt den Kopf: „Aber wenn sie Pressefreiheit so benutzen, dann sägen sie doch den Ast ab, auf dem sie sitzen?"

Sie hebt die Hände. „Es will eben niemand auf seinen Erfolg verzichten, und wenn er noch so kurzfristig ist. Sollen sich doch erst mal die anderen zurückhalten."

Ich melde mich zu Wort: „Am meisten stört mich, das die Demos das Maß aller Dinge zu sein scheinen."

Die verständnislosen Blicke der anderen irritieren mich. Ich schiebe nach. „Na ja. Die Spaziergänge der Querdenker oder Impfgegner sind wohl wichtig, die friedlichen Gegendemos mit weniger Teilnehmer nicht so. Wenn man im Fernsehen nicht ganz genau hinhört, bekommt man den Eindruck, das nur eine kleine Minderheit die Mehrheitsmeinung vertritt."

Wesley lacht: „Gewalttätige Chaoten und Idioten geben ja einfach mehr her, als die vernünftigen Leute. Und weniger kluge Zuschauer freuen sich natürlich, dass wohl viele Leute dümmer sind als sie."

Anna: „Ich habe die Nase voll. So wie ARD und ZDF über Deutschland berichten ist das ein absolutes Chaosland. Und die Politiker sind unfähig oder korrupt. Dass sie damit die Demokratie lächerlich machen ist denen doch egal."

So ein Quatsch, denke ich, halte mich aber zurück: „Das ist schon ein wenig übertrieben."

Anna: „Nehmen wir Impfpflicht. Der neue Bundeskanzler, will keinen eigenen Entwurf seines Kabinetts vorlegen. Denn daran würde sich die Opposition dermaßen abarbeiten, das man das eigentliche Ziel aus den Augen verliert. Schwachstellen oder Ungerechtigkeiten würden angeprangert und so skandalisiert, um ein Gesetz zu verhindern, das eine klare Mehrheit eigentlich will."

Wesley: „Jetzt schießt Du aber ein wenig über das Ziel hinaus."

Anna: „Mag sein. Aber Gestern, am 18. haben die sich im Heute Journal über die Geschichtsvergessenheit einiger Leute empört. Schließlich wären durch den Überfall 3 oder mehr Millionen Juden ermordet worden. Kein Wort darüber, dass durch den deutschen Überfall 20 oder 30 Mio. Ukrainer und Russen getötet wurden. In Sachen Geschichtsvergessenheit spielen unsere Moderatoren und manche Journalisten von ARD und ZDF in der ersten Liga."

Wesley nickt: „Ich habe mich 50 Jahre über die beiden Sender informiert. Jetzt kann ich den Scheißdreck nicht mehr sehen."

Anna: „Sylvia hat recht. ARD und ZDF zerstören unsere Demokratie. Auch da folgen wir wie die Lemminge den USA."

Natürlich fällt Wes wieder mal ein passender Spruch dazu ein. „Albert Camus hat schon gesagt, dass die Freiheit nicht in erster Linie aus Privilegien, sondern aus Pflichten besteht."

„Die Journalisten haben die Pflicht kritisch zu berichten. Von Verantwortung hat Camus nichts gesagt", mische ich mich ein.

Wesley grinst: „Aber mal im ernst. Die neue Regierung ist doch nicht mal im Amt. Meint ihr, das an dem was diese Sylvia zu Papier gebracht hat, könnte doch was dran sein."

Anna: „Klar, sie werden die neuen Minister*innen bald als Ursache für die aktuellen und alten Probleme anprangern."

Wes: „Wie soll das gehen?" Sie denkt einen Moment nach. „Nehmen wir den Klimawandel. Auch in Deutschland wird es zu weiteren Katastrophen kommen. Die Wissenschaft ist sich einig, die Wetter-Fuzzies berichten täglich und in Magazinen von ARD und ZDF wird deutlich gezeigt, was uns erwartet."

Ihre fegt Hand durch die Luft. „Und was machen die im Heute Journal? Die regen sich darüber auf, dass die Grünen den Sprit um 16 Cent verteuern wollen."

Sie holt Luft: „Es wird Jahrzehnte, wenn nicht länger dauern bis eine konsequente Politik wirkt. Aber die Maßnahmen werden die Leute sofort spüren. Denn manches wird nicht mehr erlaubt sein oder deutlich teurer werden." Ich zucke mit den Schultern: „Aber das weiß doch jeder."

„Klar, aber die Medien werden berichten, dass der Klimawandel weiter geht, obwohl die Regierung uns so viel Verzicht und Wohlstandminderung beschert. Und die unterschwellige Botschaft lautet: 'Früher ging es uns doch allen besser'."
Karl: „Da kann man doch nicht in Legislaturperioden denken."
Anna: „Jede Wette, dass die Medien bald Experten aus dem Hut zaubern, die uns 'beweisen', dass es auch anders geht."
Wesley: „Na ja, die Union und die FDP haben das ja schon immer gewusst und die Medien werden das aufgreifen, weil die Leute das hören wollen."
Wes: „Keine Chance, das es anders kommt?" Anna: „Da müssten die Leute den eigenen Kopf einschalten und selber denken. Nicht so leicht, wenn man Jahrzehnte lang nur den Einheitsbrei der Medien wiedergekäut hat."

Experiment. Sana hat doch noch etwas gefunden. „Das müsst ihr Euch ansehen. Vielleicht ist es das, was Annas Ex nicht mehr veröffentlicht hat."
Also gehen wir ins Internet und geben unter der angegebenen Adresse „Rufmord-Mord-Mord" ein.
Nach ein paar Werbespots, Versandadressen und Querverweisen gelangen wir beim gesuchten Artikel an.

Rufmord von Steffen Frohmann

Verleumden ist morden, heißt es in der mündlichen Lehre der Gesetze und religiösen Überlieferungen des Judentums nach der Babylonischen Gefangenschaft (Talmud).
Rufmord ist kein neues Phänomen, weiterentwickelt haben sich nur Verbreitungswege, Strategie und seine Komplexität. Das Gift der Verleumdung wird heute nicht mehr in erster Linie durch physisch präsente Lästermäuler und das Papier der Schmähschrift appliziert. Diese Methode weist ja ein erhebliches Risiko auf, entlarvt und sanktioniert zu werden.

Die modernen Medien ermöglichen sowohl eine umfassendere Verbreitung dieses Giftes und verteilen die Dosierung auf so viele Beteiligte, das sich der Verleumder sicher fühlen kann.

Spätestens, wenn auch die Öffentlich-rechtlichen das Thema aufgreifen ist das Schicksal des Geschmähten besiegelt.

Geht es um Personen des öffentlichen Lebens und der Politik kann das Ganze so verfeinert werden, dass am Ende nur noch das Opfer schuldig erscheint. Viele glauben ja, dass diese Methode den Medien vorbehalten sei. Natürlich sind die dafür hervorragend aufgestellt. Aber Sie sollten nicht zu bescheiden sein: Was die können, können Sie auch. Ja sogar noch einen Schritt weiter gehen. Führen wir uns mal vor Augen, dass die Folge der Verleumdung mit zwei zusammengefügten Worten bezeichnet wird: Ruf und Mord.

Sie hätten es in der Hand daraus sogar einen echten Mord zu kreieren. Wie? Machen wir doch mal ein Gedankenexperiment, Nehmen wir an, das Sie es leiten und ihr verhasster Gegner ein Proband wäre.

Für einen erfolgreichen Rufmord-Mord (**RMM)** müssen folgende Voraussetzungen (Prämissen) gegeben sein und die Reihenfolge der Phasen unbedingt eingehalten werden.

A. Der Proband ist jemand, der viele Leute verärgert hat. Durch eine böse Tat, durch unliebsame Wahrheiten oder weil er einige mächtige Konkurrenten düpiert hat.

B. Es gibt unter den Feinden des Probanden eine genügend große Zahl, die die betreffende Person nur deshalb nicht töten, weil sie mögliche Sanktionen fürchten.

C, Die Feinde greifen auf die gleiche Informationsquelle zurück, die ihrer fachlichen oder persönlichen Interessenlage entspricht.

D. Die Planung und Durchführung beginnt mit der Erstellung eines Zeit und Ablaufplanes, der folgende Schritte umfasst. Der Startschuss fällt mit dem Termin der Bekanntmachung des Rufmord-Mord-Modells. (Zum Beispiel mit seiner Veröffentlichung!)

E. Der Proband wird unter Druck gesetzt. Zum Beispiel durch Anfeindungen im Alltag oder in sozialen Medien, der Verbreitung diskriminierender Fakes und Behauptungen, die seinen Charakter oder Geisteszustand in Frage stellen. Auch, wenn sich einzelne Anwürfe widerlegen lässt, wird psychische Belastung enorm sein.
F. Hier heißt es genau hinzuschauen und Geduld zu haben. Meistens wird sich der Proband ja jemandem anvertrauen und/oder sich professionelle Hilfe holen.

Oft werden dabei auch Beruhigungs-, Schlafmittel oder Antidepressiva zum Einsatz kommen. Mit etwas Glück könnte der **RMM** hier bereits durch einen Suizid abgeschlossen sein.
G. Meistens dürfte es damit aber noch nicht erledigt sein. Hier sind Sie noch einmal gefordert. Aber denken Sie daran: Sie sind nicht allein!

Sorgen Sie dafür, dass die Suizidgefährdung ihres Probanden bekannt wird. Achten Sie jedoch darauf niemals mit jemandem, der ein Verbündeter sein könnte, zu kommunizieren oder auf andere Weise in Kontakt zu treten.
H. Lassen Sie sich von ihrem Hausarzt gebräuchliche Beruhigungs- und Schlafmittel verschreiben und informieren sie sich über die Gefahren einer Überdosierung. Wenn Sie so etwas nur sehr selten nehmen wird ihr Arzt auch bereit sein ihnen etwas stärkeres zu verordnen.

Sie verfügen nun über etwas, das Ihnen hilft zur Ruhe zu kommen, aber entsprechend hoch dosiert ein gefährliches Betäubungsmittel sein kann. .
I. Nutzen sie nun jede Gelegenheit, sei es an der Bar, in einem Restaurant, bei anderen beruflichen oder privaten Anlässen dem Probanden etwas davon in sein Glas oder ins Essen zu geben. So gering dosiert, dass es als Therapeutikum gelten könnte. Vermeiden Sie aber engere Kontakte oder sich auffällig darum zu bemühen, in der Nähe des Probanden zu sein.
J. Bleiben sie vor allem geduldig. Auch, wenn mit einer Veröffentlichung des **RMM** der Startschuss gegeben wurde, kann es eine Zeit dauern.

Früher oder später wird die Dosierung tödlich sein oder zu einem Unfall mit dem gleichen Ergebnis führen.

Denken Sie einfach daran, dass sie viele Verbündete haben, die diese Gemeinschaftsaufgabe mit Ihnen stemmen werden.

01.10.21 Richard David Precht Im Gespräch mit der Philosophin Eva von Redecker darüber, ob der Kapitalismus eine Gefahr für die Natur ist. Und ob auch 8, 10, 12 Mrd. Menschen schonend mit der Natur umgehen könnten.
 Sie zögert, stellt schließlich fest, dass es grundsätzlich möglich sei, der schonende Umgang mit der Natur erfordere ja auch mehr Arbeitskräfte.
 Sie weist aber darauf hin, dass das enorme Anstrengungen und Veränderungen erfordere. Ob das gelingt, hält sie für denkbar, aber nicht wahrscheinlich, angesichts des destruktiven Umgangs den wir in unserem System mit der Natur pflegen.
 Precht: „Sie sagen eigentlich ist der Kapitalismus Schuld, weil der Kapitalismus.... im Hinblick auf die Natur.... das falsche System ist..."
 Sie: „Der volle Kapitalismus basiert darauf, dass konkurriert wird um Profite. Also nicht nur, dass man so herstellen will, das was überbleibt sondern das ….(man die anderen Firmen) ...zugrunde konkurriert."
 Precht: „...der Kapitalismus ...schafft … keine Gemeinwohl-orientierung?"
 Von Redecker: „....in den letzten Jahrzehnten....(wurden ja)....alle wichtigen Infrastrukturen fürs Gemeinwohl, Bildungssystem, Gesundheitssystem, Wohnungsbau ….stärker....privatisiert und vermarktlicht und weniger Gemeinwohl orientiert."
 Precht verweist darauf, dass der Sozialismus noch schlimmer mit der Umwelt umgangen war. Fragt, ob es am Menschen liege.
 Sie glaubt, das es mit dem Rechtsinstitut des Privateigentums zu tun hat, das im 16, 17 Jahrhundert geschaffen wurde.
 Er spricht von der Erbsünde, das jedem zugängliches Land privatisiert worden war. Und das sei einher gegangen mit dem Beginn des Kapitalismus und Liberalismus. Beides wäre ja schwer von einander zu trennen.

In der Adelsgesellschaft gehörte einem etwas, weil Gott das so gewollt habe, in der moderne, die Vorstellung, das dem etwas gehört, der es in Besitz genommen und ausgebeutet habe. Durch das ausbeuten eigne man es sich an.

Und dann hätten die Menschen einem imaginären Geldvertrag zugestimmt, das heiße, man darf mehr besitzen als man braucht . Und über seinen Besitz kann man frei verfügen. Geld wird nicht schlecht.

Wie Lebensmittel. Also Tauschwirtschaft wäre schlecht. Geld ermögliche bedingungslos Expansion. Landexpansion ist nicht bedingungslos.

Lock, ein Beamter im Kolonialministerium musste begründen warum in England das Eigentum unantastbar war, aber den Indianern das Land weggenommen werden durfte. Ergebnis: Weil sie es nicht genug beackert haben. Die Besitzer in England würden 100 mal mehr aus dem Boden holen als die Indianer.

Und weil Gott ja gewollt habe, dass man die Natur ausbeutet; der Mensch solle sich ja die Erde untertan machen.„Natur ausbeuten ist gottgefällig. Und Natur ausbeuten rechtfertigt Eigentum." Er fragt sie. ob das aus ihrer Sicht noch zeitgemäß ist.

Sie meint, dass früher das Eigentum von Land mit der Herrschaft über das Volk verbunden, also Regierung war.

Die Erkenntnisse aus dem Kolonialismus hätte man dafür genutzt das zu ändern. Sie erwähnt die Rückkehr zum römischen Recht und den Grundrechten Meinungsfreiheit, Bewegungsfreiheit und „Eigentum in dem ich volle Willkür-Freiheit habe."

Precht verweist darauf, das er bei seinem Grundstück eingeschränkt sei, durch Auflagen und Verordnungen.

Von Redecker stimmt zu, stellt aber fest, dass das sei erst viel später gekommen wäre und dass Konzerne wie RWE auch heute mehr machen dürften als er.

Er meint, wenn die Großkonzerne den gleichen Restriktionen ausgesetzt wären, könnten sie nirgendwo auf der Welt mehr Bodenschätze ausbeuten. Das würde unserem Wirtschaftsmodell große Probleme bereiten.

Er verweist auf seltene Erden in Afrika, Südamerika und extrem schlimme Arbeitsbedingungen. Wenn das anders wäre, gäbe für uns nur noch alle paar Jahre ein neues Handy; für die Menschen verzichtbar, aber für die Unternehmen bedeute es, weniger Gewinne oder Pleite, Steuern und Arbeitsplätze.

Precht sinniert, dass das vor dem Kapitalismus auch nicht besser gewesen ist. Aber: „Warum nötigen wir unserem Lebensstandard einen Preis ab, das künftige Generationen irgendwann keine bewohnbare Erde mehr vorfinden."

Er fragt: „....wie entsteht ein Bewusstsein für Verschonen?" Und meint, das wir keine Zeit mehr haben.

„(Wir haben)... schon dermaßen keine Zeit mehr, dass es dann auch keinen Unterschied macht."

Nach kurzem zögern fährt sie fort: „Wenn .... die Macht dermaßen undemokratisch bei Menschen mit bestimmtem Reichtum konzentriert ist und es schlechter wird, ... dann haben wir.... nichts, was wir wirklich gelernt haben, um in einer zuspitzenden Katastrophe uns anders zu organisieren, ... einzuüben, was es hieße, eben zum Beispiel kollektiv schonend Güter zu verteilen."

*„Niemand ist weiter von der Wahrheit entfernt
als derjenige, der alle Antworten weiß."
(Zhuangzi, Philosoph und Dichter, 365 bis 290 v.Chr.)*

Kriminalistik. Karl räuspert sich: „Es ist kompliziert." Wir sehen ihn fragend an. Er beginnt zögernd. „Frohmann hat ja erwähnt, dass es ersten Schritt darum geht möglichst viele Menschen gegen jemanden aufzubringen. Das ist heute dank der sozialen Medien ja nicht besonders schwer. Und Sylvia hat aus ihrem Herzen ja nie eine Mördergrube gemacht. Es fehlte noch der Funke, der das Fass zum Überlaufen brachte."

Sana: „Auch wenn dieses Szenario kurz vor Sylvias tödlichem Unfall ins Netz gestellt wurde, kann es sich um einen normalen sozialwissenschaftlichen Artikel handeln, in dem es um die Beeinflussbarkeit der Menschen bis hin zum Lynchmord geht."

Karl: „Und das ist nicht strafbar." Sana: „Ursprünglich stammt das Modell tatsächlich von Frohmann. Der hat es allerdings nur auf die Medien bezogen. Professor Maifeld hat daraus eine Fortsetzung des Stanford-Prison-Experiments gemacht."

Sana: „Also quasi eine wissenschaftlich-methodische Weiterentwicklung zu einer modernen Lynchjustiz? Ohne einen konkreten Bezug zu Sylvia."

„Vielleicht doch. Seht euch doch mal Maifelds Mail an." Karl legt den Ausdruck vor uns hin.

Betreff: Medien- oder Rufmord-Mord

Sehen wir uns den aktuellen Wahlkampf in den öffentlich-rechtlichen Medien an. Die Baerbock wird wegen Plagiatsvorwürfen und der Laschet wegen eines Lachers an den Pranger gestellt. Das hält sich über Wochen und Monate in den Medien. Obwohl sich die beiden weniger zu Schulden kommen lassen haben als viele ihre Kollegen, reicht es für einen klassischen Rufmord aus.

Die Anlage mit der Rufmord-Mordmethode von Frohmann zeigt, dass so etwas in der analogen Welt bis zur Lynchjustiz gehen kann.

Sana: „Ja und?" Karl: „Beachte den Verteiler: Alles Leute, die etwas gegen Sylvia haben könnten. Praktikanten und Azubis der Redaktion, ein dutzend Kommilitonen des Jahrgangs, Kollegen der Kneipe und so weiter."

Sana: „Das passt." Wes sieht sie genauso erstaunt an wie ich. „Denkt doch mal nach." Sie hebt ihre Hand und zählt an den Fingern ab.

„Erstens. Wir haben zwar keinen Obduktionsbefund, wissen aber, dass sich einige Leute Mühe gegeben haben, den durch ihre Einäscherung zu verhindern. Um ihren Ruf zu schützen?"

Sie sieht uns fragend an. „Oder sollte aus einem anderen Grund nicht bekannt werden, das Sylvia verschreibungspflichtige Beruhigungs- und Schlafmittel nahm.

Der zweite Finger: „Es gibt ein gutes Dutzend Leute, die mit ihrer Medienkritik nicht einverstanden waren. Nicht nur in diesem komischen Forum, sondern auch in ihrem realen Umfeld wünschten ihr einige Leute, wie man so sagt, die Pest an den Hals."

Finger Nummer drei: „Ich habe in der Asservatenkammer den Beutel mit dem Zeug aus Sylvias Badezimmer gesehen. Da war auch ein oft verschriebener Tranquilizer auf Valium-Basis dabei. So etwas nimmt man ein, wenn man zur Ruhe kommen will. Die Packung war noch halbvoll."

Der Mittelfinger wackelt: „Wirklich gefährlich ist das Zeug angeblich nur mit hochprozentigem Alkohol. Da wir in ihrer Wohnung nichts dergleichen gefunden haben, deutet nichts auf einen Suizid hin."

Der vierte Finger: „Die Wirkung des Mittels hält etwa zehn bis zwölf Stunden an. In dieser Zeit könnte die übliche Dosis weit überschritten und mit Alkohol verstärkt worden sein. So sehr, dass sie nicht mehr fahrtüchtig wäre."

Der Daumen: „Vor allem wenn da jemand nachgeholfen hat? Frage: Wer hat sich solche Tranquilizer beschafft?"

Die Hand geht nach oben: „Die ärztliche Schweigepflicht scheint ja auch für Apotheker*innen zu gelten. Und da ein richterlicher Beschluss nicht zu bekommen war, mussten wir diese Informationen aus vielen Gesprächen herausfiltern. Wir haben über jeden Befragten recherchiert und dort angesetzt. Zum Beispiel bei der kranken Oma, dem verletzten Bruder, der Schwester im Knast oder beim letzten oder aktuellen Arbeitgeber. Also von hinten durch die Brust ins Auge."

Die Hand ist wieder unten: „Kurz gesagt. Ich bin jetzt sicher, dass Ärzte und Apotheker, wenn sie nicht mehr darüber schweigen müssten, unsere Ergebnisse bestätigen würden."

Wes: „Mach es nicht so spannend." Sana nickt: „Tja, fast alle die Maifelds Mail bekommen haben verfügen über das oder ähnliches Zeug. Die meisten haben es sich wenige Tage vor Sylvias Tod beschafft."

Karl nickt: „Wir haben uns also gefragt, wer Sylvia in den Stunden vor ihrem Ableben getroffen hat oder so weit in ihrer Nähe war, das er oder sie damit etwas zu tun haben könnte."

Wes: „Du meinst, wer ihr das Zeug verabreicht oder heimlich ins Glas oder ins Essen getan haben könnte?"

Sana: „Nach meinem Stand waren das fast alle aus dem Verteiler von Maifelds Email. Sylvia war an dem Morgen noch mal in der Redaktion und gegen Mittag an der Uni gewesen."

Wes: „Und was war das mit dem Alkohol?" „Tja, sie war am frühen Abend in ihrer Kneipe. Hatte wohl auch einen Streit mit ihrem Praktikantenkollegen, Hubertus sowieso und einem der Kellner. Angeblich hat sie nur ein Glas Wein und zwei Apfelschorle getrunken."

Sana verzieht das Gesicht: „Das war zumindest das, was der Barkeeper auf den Tresen gestellt hat."

Sie stellt ihre Handkanten auf den Tisch, als müsse sie ihre Tasse beschützen. „Tja, wir kennen die Leute, die ein Motiv haben und auch die Gelegenheit hatten."

Karl: „Mit der Email hat der Professor den Mord quasi in Auftrag gegeben." Wes: „Und warum sollte er das tun?"

Aufklärung. Wesley: „Vielleicht gibt es ja Verbindung zu dem Attentat auf Anna? Könnte sie raus gefunden haben, wer dahinter steckt?"

Sana schüttelt den Kopf. „Ich denke eher an diese Nadja Paranowa. Die hat ihren Professor ja gut im Griff. Keine Ahnung, ob das nur in sexueller Hinsicht der Fall ist oder ob sie ihn wegen des Übergriffs auf Sylvia unter Druck gesetzt hat. Damit hätte Mailand ein Motiv."

Ich denke nach. Laut. „Was ist eigentlich mit diesem Russen, der verschwunden ist? Nadalny oder so?"

Sana: „Wusstet ihr das diese Nadja auch etwas mit dem Nadalny hatte? Der war sogar ziemlich verrückt nach ihr."

Mir schwirrt der Kopf: „Ihr denkt, sie hätte ihn angestiftet? Warum sollte sie das tun? Und woher konnte er wissen, dass sie zu dieser Zeit an der Haltestelle sein würde?"

Sana lächelt: „Kein Zufall. Anna und Rasmussen kannten die Sylvia ganz gut und mochten sie ja auch."

Wovon reden die denn jetzt schon wieder. „Was hat das denn damit zu tun?" Sana: „Wir haben auf den Handys der beiden eine Nachricht gefunden."

Sie zieht einen Zettel aus der Tasche und liest: „I did not understand the last Message from Sylvia. Can you help me? I'll be at the train stop seelhorst in two hours."

Wes: „Okay. Ich nehme an, das waren Ort und Zeit der Tat. Und der Absender kommt aus England?"

„Nein, aus Hannover. Vom Rechner des Professors." Sana lächelt süffisant.

„Maifeld hat den Anschlag organisiert?", staune ich. „Er behauptet, nichts damit zu tun zu haben. Er habe lediglich Nadja einen Gefallen getan."

Wes: „Also steckt Nadja hinter dem Anschlag. Aber warum hat sie auch Rasmussen dahin gelockt?" Karl: „Weil er verhindert hat, dass sie einen Job beim ZDF bekommt. Ein bisschen dünn. Oder?"

Wes: „Aber was brächte ihr eine Entführung?" Karl: „Keine Ahnung, warum Anna überfahren werden sollte. Weil dieser erste Mordversuch nach nicht geklappt hat, wurde sie auf die Bahngleise gelegt. Beides sollte dem Rasmussen in die Schuhe geschoben werden."

Sana: „Das Ulrich auftauchte, hat den Plan über den Haufen geworfen. Der Typ war überrascht und hat improvisiert, um sich selbst aus der Schusslinie zu bringen. Na ja, den tiefen Teller hat er wohl nicht erfunden.

Ihre Schultern gehen hoch: „Vielleicht hat er es auch nicht übers Herz gebracht einen dritten Mord-Versuch an Anna zu verüben."

Karl: „Dieser Praktikant, Hubertus Sowieso hat Rasmussen ja anfangs belastet. Erst als ihm klar wurde, dass er wegen Beihilfe dran kommen könnte ist er eingeknickt und hat gestanden. Er war es nämlich, der den Bericht über das Milieu mit Sylvias Bildern 'ein wenig aufgemotzt' hatte." Wes: „Und warum hat er das gemacht?"

Karl: „Um die Festanstellung zu bekommen. Das hätte geklappt, denn nach dem Fake wäre Sylvia ja draußen gewesen."

Sana: „Also hat ihr Tod ihm nichts gebracht. Vielleicht hat er ja Nadja davon erzählt. Und die hat ihm vorgeschlagen es Rasmussen anzuhängen. Der war ja bei Annas Unfall vor Ort. Die Nachricht auf dem Handy könnte man so interpretieren, dass Anna nicht erfahren sollte, welche Rolle er bei Sylvias Tod gespielt hatte."

Hmh? Gut spekuliert Herr Kommissar. Aber: „Habt ihr diese Nadja schon dazu befragt?"

Sana und Karl sehen sich an. „Noch nicht. Sie ist gemeinsam mit Nadalny untergetaucht."

Beleidigt. Allmählich habe ich die Nase voll. Wochenlang haben die beiden mich im Glauben gelassen zum Team zu gehören und mich von Pontius nach Pilatus geschickt.

In Wahrheit haben Sana und Karl im Alleingang ermittelt und mich außen vor gelassen. Abgesehen von ein paar harmlosen Gesprächen und Botengängen war ich wohl gerade gut genug gewesen das Archiv zu verwalten. Vielleicht vertrauen sie mir ja nicht. Gestern tuschelten Wes und Sana miteinander und flüchteten regelrecht vor mir.

Verstanden habe ich nur meinen Namen und dass ich wohl jemanden oder etwas nicht erkannt habe.

Sana tippt sie mir auf die Schulter: „Gratuliere. Ohne Dich wäre Anna wohl nicht mehr am Leben!"

Meint Sie das ernst? Ich weiß nicht, was ich denken soll. Ich habe schon zwei- oder dreimal versucht, den beiden von Stankowskis Anruf zu erzählen; wurde aber jedes mal von den beiden 'Profis' abgewürgt, die ja sowieso alles besser wussten.

Okay. Letzter Versuch. „Ich hebe Euch doch erzählt, dass ein leitender Beamter aus dem Innenministeriums, ein gewisser Wagenmacher-Rottelmann mit jemandem aus dem Gesundheitsausschuss befreundet ist. Nicht nur mit dem sondern auch mit dem Dr. Dr. Wegener."

Sana und Karl nicken mir mit ihrer 'wir-wissen-doch-Bescheid-Miene' freundlich zu. Bevor sie ihre Ohren wieder auf Durchzug schalten, schiebe ich hastig nach: „Deshalb hat mich ja auch der Stankowski von LKA angerufen."

Karl, empört: „Warum hast Du uns das nicht sofort gesagt?"
Ich, beleidigt: „Warum habt ihr mir nicht sofort zugehört?"
Sana legt ihrem Mann beruhigend die Hand auf die Schulter: „Komm, lass. Er hat doch recht."

Sie wendet sich mir zu: „Entschuldige, das nennt man wohl Deformation Professionell. Erzähl."

'Eher berufliche Ignoranz' denke ich, bleibe aber kooperativ: „In einem Studio hat Sylvia das Gespräch eines Redakteurs mitbekommen."

Die Ungeduld der beiden ist nicht zu übersehen. „Ja, ja. Und weiter?"

„Es ging um einen Termin für ein Interview mit jemandem aus dem Gesundheitsausschuss. Als er weg war hat Sylvia, neugierig wie sie ist, die Wahlwiederholung gedrückt. Und da meldete sich eine Firma, die FFP2-Masken produziert."

„Und dann?" „Sie hat den Redakteur danach gefragt. Der hat ihr aber nur etwas von Recherchen erzählt. Als dann tagelang nicht passierte, hat sie noch mal nachgehakt und ihm die Pistole auf die Brust gesetzt. Eine Woche gäbe sie ihm, dann würde sie ihren Vorgesetzten darauf ansprechen. Das war kurz vor ihrem Unfall."

Erleichtert sehe ich, dass der Stein, der mir vom Herzen gefallen ist nicht im Wasser, aber in ihren Gesichtern seine Kreise zieht.

Karl: „Es könnte um einen Maskendeal gegangen sein. Vielleicht nicht ganz sauber." Wes: „In den Medien war davon allerdings nichts zu hören." Sana sieht mich an: „Das war noch nicht alles? Oder?" „Na ja, eigentlich schon. Stankowski wollte noch ein wenig recherchieren." „Und?" „Keine Ahnung."

„Na gut. Ich rufe ihn jetzt an." Sana holt ihr Handy, wählt eine Nummer und schaltet auf laut. „Stankowski?", dröhnt es aus dem kleinen Ding. „Sana, hier."

„Ach, er hat es euch erzählt?", ist ein Lachen zu hören, „ich hätte mich sowieso bald gemeldet. Ein ziemlich komplizierte Sache."

Er holt weit aus. Ich bin nicht sicher, ob ich alles richtig verstehe. Nach dem was ich mitbekomme, ist Geld geflossen. Viel Geld. Von dem Masken-Fabrikanten an den Mann im Gesundheitsausschuss für seine Beratungstätigkeit und an den Redakteur für die Entwicklung eines neuen Vermarktungskonzeptes der Firma. Offensichtliche Schmiergeldzahlungen, die als Entlohnung für geleistete Arbeit legalisiert worden waren. „Ganz schön raffiniert", stelle ich beeindruckt fest.

Stankowski lacht: „Das war der einfache Teil." Karl: „Hieß der Redakteur vielleicht Rasmussen?" „ Nein. Es war einer der Wirtschaftsredakteure. Seeger oder so."

Sana: „Und der schwierige Teil?" Aus dem Handy ist ein Rascheln zu hören. Blättert der LKA-Mensch in irgendwelchen Unterlagen? „Es gab einige größere Spenden an das IM, angeblich für die Förderung wissenschaftlichen Nachwuchses."

Und nach einer kurzen Pause: „Das fällt in den Bereich eines gewissen Herrn Wagenmacher-Rottelmann und wird von einem Leitenden Ministerialrat Dr. Dr. Wegener verwaltet. Der ist für innere Sicherheit und das ZOK zuständig."

Stankowski ignoriert Sanas „ich weiß" und fährt fort: „Nach welchen Kriterien das Geld verteilt wurde, weiß ich nicht. Nur das es wohl um eine experimentelle Studie der Uni Hannover geht."

Sana: „Und was ist daran so schwierig?" „Immerhin habe ich herausgefunden, welche Studenten Förder-Gelder bekommen haben. Ein ziemlich bunter Haufen", antwortet er verschnupft.

„Und? Hast Du etwas über diese Leute in Erfahrung bringen können?"

Stankowski: „Und mit welcher Begründung sollte ich der Sache nachgehen? Ich kann Euch aber die Liste mit den Namen schicken. Vielleicht könnt ihr damit etwas anfangen."

Wenige Sekunden später hat er per Wattsapp Sana die Liste übermittelt. Sie öffnet sie sofort und beginnt zu lesen. „Karl, gib mir doch noch mal diese Email von dem Maifeld."

Ein paar Sekunden später liegt das Gewünschte vor ihr auf dem Tisch. Sie hält ihr Handy so daneben, dass Karl mitlesen kann. Gemeinsam vergleichen sie die Liste der Namen aus dem Handy und mit dem Verteiler der Email.

Kopfschüttelnd sehen sie sich an. Karl: „Völlig identisch. Alle, und nur die, Leute im Verteiler der Email haben auch die Fördergelder bekommen.". Sie nickt. „Ziemlich üppige sogar."

Post. Hmh. Weitere Indizien. Aber was fangen wir damit an? Keine Ahnung, warum ich jetzt an ein Gespräch zwischen Anna und Jonny denken muss. Sie fragte ihn nämlich nach seiner neuen Wohnung.

Sie hätte ihm ja damals ihre Hilfe angeboten, wenn er mit Sylvia zusammen ziehen würde. Irritiert hatte er ihr erklärt, dass er noch auf der Suche gewesen wäre, als sie den Unfall hatte.

Ich versuche es Sana und Karl zu erklären. „Die Sylvia hat geahnt, was auf sie zukommt. Deshalb hat sie ja den Stick als Feuerzeug in der Deckenlampe versteckt. Vielleicht hat sie noch mehr Hinweise hinterlassen."

Sana schüttelt den Kopf. „Wir haben alles untersucht. Die Handys, Laptops, PCs zu denen sie Zugang hat. Selbst in ihrem Internetcafe. Nichts deutet darauf hin, dass sie noch etwas in der Cloud hinterlegt hat oder auf irgend einem Server."

„Na ja, das Feuerzeug hat sie ganz real versteckt." Karl und Sana sehen mich fragend an.

„Na ja, von Anna habe ich erfahren, dass Sylvia einen Nachsendeantrag bei der Post gestellt hat. Wohin hatte sie ihr aber nicht gesagt", sage ich.

Karl ist skeptisch. „Aber ihr Unfall ist doch schon ein viertel Jahr her."

Ich nicke. „Trotzdem. Ich werde mich umhören. Irgendeine Adresse muss sie ja angegeben haben." Auch Sana macht mir nicht gerade Mut. „Vielleicht hat Anna sie ja nur falsch verstanden."

> „Wer hastig alles glaubt, was ein Verleumder spricht,
> ist ein Dummkopf oder Bösewicht."
> („Johann Heinrich Voß, Dichter)

Damenbesuch. „Für so dämlich habe ich ihn nicht gehalten." Sana ist ehrlich erstaunt. Karl nickt: „Er hat doch tatsächlich seinen Mitschnitt eurer Streitigkeit dem IM vorgelegt. Natürlich nur bis vor Deine Bemerkung mit dem Durchstecken. Klar, dass Du suspendiert wurdest. Deine Entlassung ist jetzt nur noch eine Formsache."

Sana grinst. „Tja, echt gemein von mir dem IM auch meinen Mitschnitt zuzuleiten. Den mit dem Durchstecken." „Tja, der IM ist natürlich ein alter Hase. Bevor das Durchstecken von Wegener auf ihn zurückfallen konnte, ist er aktiv geworden."

Sana berichtet knapp. Wagenmacher-Rottelmann war nichts anderes übrig geblieben; er musste den Dr. Dr. Wegener suspendieren. Wegen unberechtigter Vergabe von Fördermitteln. Derzeit liegt das Forschungsexperiment im Ethikrat. Schon die Stanford-Prison-Studie mit den Probandengruppen Gefangene und Aufseher war ja sehr umstritten gewesen. Die erschreckenden Folgen sind durch die Medien öffentlich gemacht worden.

Sana: „Ihr fragt Euch sicher, woher ich das weiß. Nun der Minister hatte mich ja zu sich bestellt. Der war aber nicht da. Nur der Wagenmacher-Rottelmann."

Sie lacht: „Und wie das bei den hohen Herren so üblich ist, ließ der mich eine Ewigkeit warten. Aber seine Vorzimmerdame war sehr nett zu mir. Sie hat mir nicht nur einen Kaffee gemacht, sondern auch ein paar Fragen beantwortet."

Wesley: „Ja und?" „Na ja, ihr Chef hatte ein paar Mal Damenbesuch. Das wäre sonst nicht seine Art gewesen. Von einer sehr jungen, attraktiven Frau. Die sei riesig gewesen. Ich habe ihr ein Handyfoto von Nadja Paranowa gezeigt. Die Sekretärin hat sie sofort erkannt."

Sana lächelt: „Und bevor die Dame dort zum letzten Mal erschien, hatte die Vorzimmerdame für ihren Chef von der Bank einen größeren Geldbetrag abheben müssen. Nein, sie weiß bis heute nicht, was damit geschehen ist. Im Safe liegt das Geld jedenfalls nicht."

Placebo. „Sie haben dafür gesorgt, das Sylvia so viel von dem Zeug bekam, das es tödlich enden musste!", donnert Sana den Professor an. Er wirkt eingeschüchtert und amüsiert zu gleich.
„Ich bin Wissenschaftler und kein Mörder. Wir haben mit harmlosen Placebos gearbeitet." Er grinst: „Na ja, mit einer Art Lebensmittelfarbe versetzt, die auch noch zwanzig Stunden später nachweisbar ist. So können wir feststellen, wie hoch die Gesamtdosis in ihrem Blut ist. Völlig ungefährlich. Selbst bei einer 1000fachen Dosierung hätte sie schlimmsten Fall ein wenig Durchfall bekommen."
Sana: „Und so wollten Sie die RMM-Methode simulieren? Halten Sie uns für bescheuert?"
Maifeld nickt: „Entscheidend für den Test ist doch, dass die Probanden denken etwas Schlimmes zu tun. Deshalb haben wir sie glauben lassen, dass es sich um ein neues Abführmittel handelt. Zur Marktreife und Zulassung haben wir sie im unklaren gelassen. Auf entsprechende Fragen hätten wir nur ausweichend geantwortet."
Er verzieht das Gesicht: „Es kamen aber keine. Und falls etwas anderes verabreicht worden sein sollte, dann hätte der Proband das eigenmächtig getan. Einen Austausch zwischen ihnen gab es ja nicht."
Trotz hartnäckiger Nachfragen blieb er bei dieser Version und schlug uns am Ende noch mal vor, das verabreichte Farb-Placebo selbst zu überprüfen.

Theorie. Erwartungsgemäß bestätigte das LKA-Labor die Aussage des Professors. Und unsere Nachfragen bei den Probanden?

Nach eigenen Aussagen hatten sich die sich ein-, zweimal mit Frau Paranowa getroffen.

Karl: „Ich bin mir sicher, dass sie im Auftrag von Wagenmacher-Rottelmann für Sylvias Tod gesorgt hat. Die war ihm schon seit dem Forum seines Freundes van Haaren ein Dorn im Auge und jetzt drohte Sylvia auch noch seiner Rolle bei dem Maskendeal auf die Spur zu kommen."

Sana: „Immerhin ist Wegener seinen Job los. Der Professor wird wohl seinen Lehrstuhl aufgeben müssen und nach dem Urteil des Ethikrat vielleicht sogar vor Gericht stehen."

Wesley: „Erstaunlich. Nach Corona und Klimawandel ist nun Maifeld vor dem Ethikrat das beherrschende Thema in den Medien. Der Minister hat sich aus der Schusslinie gebracht.

Karl: „Schade, dass uns Nadja und Nadolny durch die Lappen gegangen sind. Die werden inzwischen mit einer anderen Identität irgendwo im Ausland leben. Ihre Festnahme würden sie wohl nicht lange überleben."

Wesley: „Und dieser Wagenmacher-Rottelmann? Steckt der wirklich dahinter?" Karl: „Da hat Ulrich den richtigen Riecher gehabt."

Sana klatscht in ihren Hände. „Ohne Ulrich wären wir nie dahinter gekommen." Sie sieht mich aufmunternd an. „Erzähl Du."

Das mache ich gerne. „Ich habe erst bei Jonny und bei ihren Eltern nachgefragt. Und hatte Glück. Sylvia wollte wohl gar nicht umziehen, hat aber einen Nachsendeantrag zu der Adresse ihrer Eltern gestellt. Die haben sich die Post gar nicht mehr angesehen, denn sie war erst Monate nach dem Tod ihrer Tochter bei ihnen angekommen."

Wesley: „Wieso das denn?" „Tja, ihre Eltern waren noch so schockiert, dass sie sich nicht mal beschwert haben", erkläre ich und füge selbstzufrieden hinzu, „das habe ich dann übernommen." Wes: „Ja und?"

„Die Zustellung war gar nicht verspätet erfolgt, sondern absolut termingerecht, denn Sylvia hatte auch einen Lagerservice in Auftrag gegeben, der erst nach drei Monaten auslief."

Wes: „Okay. Und dann erst kam der Nachsende-Antrag zum Zuge. Ganz schon clever."

„Genau", nicke ich,"unter der ganzen Post befand sich auch ein kleines Päckchen mit einem Stick."

Ich gebe Sana ein Zeichen und sie macht für mich weiter. „Auf dem Stick waren einige Telefonmitschnitte. Wichtig für uns waren die Gespräche mit Wagenmacher-Rottelmann. Die waren nur sehr kurz und jedes für sich ziemlich nichtssagend. Erst zusammen genommen ergeben sie einen Sinn."

Sie zuckt mit den Schultern: „Keine Ahnung, wie sie es gemacht hat. Aber es sieht so aus, als hätte sie Telefone oder Handys von Nadja Paranowa, Professor Maifeld, einem Redakteur Seeger, einem Studenten, der ein Praktikum beim ZDF machte und an der Studie teilgenommen hat, mit einer Spy-Software, oder wie man das nennt, verwanzt." Wes: „Okay?"

„Na ja. Wagenmacher-Rottelmann hat mit Frau Paranowa über einen Auftrag und Geld gesprochen, mit dem Professor über den Ablauf der Studie und mit dem Seeger über die Spenden eines Produzenten von FFF2-Masken und mit dem Praktikanten über Medikamente gegen seine Unruhe und Schlafstörungen." Wes: „Wird das denn ausreichen?"

Sana verzieht das Gesicht: „Ich bin mal gespannt, wie er dem Gericht klar machen will, dass die Gespräche überhaupt nichts miteinander zu tun haben."

Sie seufzt: „Ich fürchte aber, er wird nicht verurteilt werden. Na ja. Immerhin ist er suspendiert und auch bei den Medien unten durch."

Hmh? Eigentlich ist der Typ mir egal, aber der Vollständigkeit halber frage ich doch: „Und der Wegener? Okay, der ist ein Arsch. Aber was genau hat der eigentlich verbrochen?"

Sana wirft mir einen angewiderten Blick zu. „Nichts. Er hat nur nie verstanden, dass ein fehlendes Rückgrat ihn nicht davor schützt sich den Hals zu brechen."

Termine. Wes: „Gibt es für Dich ein besonderes Datum? Eines das Du nie vergisst?" „Was meinst Du?"
„Na ja für mich ist es der 22.02.2022. Nicht nur eine Schnapszahl sondern auch sonst ziemlich verrückt."

Meine verständnislose Miene war wohl Frage genug. „Es ist kompliziert", erklärt Wesley und nimmt seine Finger zu Hilfe. „Also irgendwie hatte ich trotz der Eintragungen im Kalender den Überblick über meine Arzttermine verloren. Noch dazu überlegte ich, meinen Hausarzt zu wechseln. Ich machte also einen Termin bei einer Ärztin, die ich persönlich gut vom Segeln kannte." Ich warte, dass er zur Sache kommt.

„Als erstes wollte ich den Termin verschieben, den ich laut Kalender bei meinem Augenarzt hatte. Denn unglücklicher Weise überschnitt sich der Termin mit dem, den ich bei der Segelärztin ausgemacht habe."

Er nimmt den zweiten Finger zu Hilfe: „Ich habe eine Dame bei meinem Augenarzt erreicht und von ihr erfahren, dass der bei mir eingetragene Termin wohl nicht stimmt. Der liegt nämlich ein paar Wochen später. Mein Verdacht, das es Lisas Termin beim Augenarzt sein könnte, bestätigte sich nicht.

Der nächste Finger: „Dann rief ich bei meinem Zahnarzt an, um nach dem nächsten vereinbarten Termin zu fragen. Den machte ich normalerweise schon beim letzten Termin, also nach der Behandlung. Ich gehe ja drei bis viermal im Jahr zu Zahnreinigung dahin. Und falls ich aus irgendeinem Grunde noch keinen gemacht hatte, wollte ich einen vereinbaren."

Der Zeigefinger: „Es zeigte sich, dass ich tatsächlich doch schon einen gemacht hatte und zwar den, der sich mit dem bei der Segelärztin überschnitt. Bevor ich nach einer Terminverschiebung fragen konnte, sprach die Sprechstundenhilfe das Thema selbst schon an."

Der Finger wackelt: „Sie bedankte sich nämlich für meinen Anruf und erklärte, dass der Termin leider verschoben werden müsse, weil mehrere Kolleginnen erkrankt seien. In der Post fand ich eine Stunde später tatsächlich die Nachricht in der die Terminverschiebung angekündigt und um Rückruf gebeten wurde."

Der Daumen: „Im Handy fand ich dann einen Hinweis auf einen Anruf durch eine mir unbekannte Nummer. Die rief ich natürlich an. Es war die Sprechstundenhilfe meiner Segelärztin, die mir mitteilen musste, dass mein Termin verschoben werden müsse, weil die Frau Dr. einen Hausbesuch machen müsste."

Ich sehe ihn Anteil nehmend an. „Da ist ja einiges zusammen gekommen. So was ist schon sehr selten." „Glaubst Du, dass das alles Zufall gewesen sein kann?"

Blöde Frage. „Was sonst? Oder glaubst an eine Verschwörung des Weltärzteverbandes?"

Er grinst: „Das wohl nicht. Aber irgendwie auch Schicksal." „Wieso?" Seine Miene wird ernst: „Tja, ich habe Lisa am Abend davon erzählt. Dabei fiel mir ein, dass wir uns mal mit dieser Segelärztin, Andrea, und ihrem damaligen Freund getroffen haben. Das ist etwa 15 Jahre her."

„Okay?" „Ich erinnere mich kaum noch daran. Nur daran dass der Typ Handwerksmeister war und ihre neue Arztpraxis ausgebaut hatte. Und daran, dass der Typ Lisa meines Erachtens ziemlich angebaggert hat. Und das in Gegenwart von Andrea."

„Und in Deiner!", kann ich mir nicht verkneifen. Er winkt ab. „Klar, hat mich das genervt. Nenn es von mir aus Eifersucht. Anderseits war das mit Lisa noch am Anfang. Sie hing damals noch an einem anderen Typen, genauso wie ich mit ihrer Vorgängerin noch nicht im Reinen war."

Ich kenne Wes ganz gut und frage nach. „Du mit ihr oder Du mit Dir?" Er lacht. „Okay. Ich mit mir. Das ist lange vorbei. Ich habe mich nur gewundert, dass Lisa auf meine Absicht Andrea zu besuchen, so distanziert, beinahe feindselig reagiert hat.

Was soll ich dazu sagen? Vielleicht ist das in längeren Beziehungen ja normal.

Also mache ich weiter: „Können wir dann?" Ich lege die Mappe mit den offenen Fragen zum Stand der Ermittlungen auf den Tisch.

Wesley schüttelt den Kopf. „Interessiert denn nicht, wie es weitergegangen ist?" Ich bin irritiert. „Ach so. Es geht noch weiter?"

Wes sieht mich eindringlich an. „Ich habe den Termin bei Andrea wahrgenommen. Also den Arzttermin. Sei hat mich dann gefragt, ob ich noch mit Lisa zusammen wäre. Dabei hat sie mich so komisch angeschaut."

Hmh? Warum erzählt er mir das? „Lass mich raten. Du hast ihr nicht gesagt, das ihr schon lange verheiratet seid?"

Er nickt: „Sie wollte mir wohl etwas sagen. Also, ich habe nicht direkt gelogen, sondern nur gesagt, das Lisa nicht mehr meine Freundin ist." „Ja und?"

„Es platzte regelrecht aus ihr heraus. Sie ist mit diesem Andreas schon lange verheiratet. Ihre gemeinsame Tochter ist jetzt 14 Jahre alt." Ich weiß immer noch nicht warum, er mir davon erzählt. „Okay?"

Wes: „Natürlich hatte Andrea mit noch mal ihm über unseren Abend zu viert gesprochen. Ergebnis? Nicht er war es, der Lisa angebaggert hat, sondern im Gegenteil hätte er sich gegen ihre Anmache kaum noch wehren können. Er hat auf Szenen hingewiesen, wo das doch offensichtlich gewesen wäre. Zum Beispiel als sie sich auf dem Rückweg von der Toilette im Gang ziemlich lange unterhalten haben."

„Das darf doch nicht wahr sein. Lisa? Ist das für Dich nicht schrecklich?", empöre mich so wenig wie möglich.

Wes zuckt mit den Schultern: „Wieso das denn? Ich kenne Lisa doch und bin auch kein Idiot." Ich spüre das Blut in meine Wangen steigen.

Er lacht: „Nein. Der Typ ist ungefähr so glaubwürdig, wie der Fuzzie eines Käseblatts, der ne Schlagzeile braucht." Mein Gesicht wird heiß und leuchtet vermutlich wie ein Osterfeuer.

Gast. Diesmal ist Anna die Gastgeberin. Sie macht ihre Sache gar nicht mal schlecht. Ich bin der Einzige, dem es nicht gefällt. Nein, es liegt nicht an ihrer Wohnung. Die ist okay.

Anna sorgt auch dafür, dass ihre Gäste sich wohlfühlen. Das haben Sana und die anderen schon mehrfach hervorgehoben.

Ich habe nichts dazu gesagt, denke nur darüber nach, warum sie mich überhaupt eingeladen hat.

Zur Begrüßung hatte sie jedem ein Glas in die Hand gedrückt. Sana und Jonny mit Prosecco, Karl und Wes mit O-Saft. Sie selbst mit Wasser. Meines wohl mit Luft, denn sonst hätte sie sich das Glas ja nicht sparen können. Vielleicht hat sie ja nicht genügend davon.

Und so geht es weiter. Sie hat für jeden ein freundliches Wort und ein herzliches Lachen übrig. Für mich nicht mal einen Blick.

Als sie das Buffet eröffnet und jedem einen Teller mit in die Serviette gehülltem Besteck überreicht stehe ich wieder mit leeren Händen da. Ich habe die Nase voll.

Anna unterhält sich angeregt mit Sana und Wes. Nein, ich stelle mich nicht dazu, sondern gehe vorbei in den Flur. Sana und Wes scheinen sich bei ihr zu entschuldigen. Doch sie lacht: „Ich habe euch ja verboten, Klartext zu reden. Trotzdem, danke für eure Winkerei mit dem Zaunpfahl."

Sie legt ihre Hand auf die Schulter von Wes: „Du solltest Lisa einweihen. An dem letzten Zaunpfahl mit dem Du gewunken hast, hing ja das ganze Lattenzeug noch dran."

Keine Ahnung von was die reden. Ich nehme meine Jacke vom Haken und ziehe sie an.

Neben dem Garderoben-Spiegel hängen ein paar alte Fotos. Die sagen mir nichts. Dann werde ich stutzig.

Ein eingerahmter Zeitungsausschnitt, der mich an einen anderen erinnert, der nicht so vergilbt, quasi druckfrisch gewesen war. Darauf ein Foto. Ein halbes dutzend junger Leute. Betrunken. Eine Party.

Im Vordergrund ein ausgelassenes Mädchen, das herzhaft lacht. Es sieht so aus, als wüchsen die Zähne direkt aus den Lider ihrer geschlossen Augen. Ein junger Mann hat den Arm um sie gelegt. Den kenne ich nicht. Das Mädchen kommt mir bekannt vor.

Mein Blick fällt auf den Zettel unten rechts im Rahmen. Die Schrift darauf ist gar nicht mal so klein. Trotzdem muss ich mich vorbeugen und die Augen zusammenkneifen.

'E-MON muss raus, dann bin ich ANNA', lese ich und 'ich werde es aufheben. Vielleicht brauche ich es ja noch mal.`

Was dann kommt kann ich nicht lesen. Den Schluss dann doch. 'Schade. Mama und Papa haben schwer kämpfen müssen, um den Standesbeamten von ANNE-MONA zu überzeugen.'

Anne-Mona. Ja, dunkelblond bis braun. Straßenköterfell hat sie damals gesagt. Natürlich lachend. Sie hat ja immer gelacht oder alberne Grimassen gezogen. Mit ernster Miene war sie nur zu sehen, wenn sie sich völlig unbeobachtet fühlte. Da ich meine Augen nicht von ihr lassen konnte, kam das aber so gut wie gar nicht vor.

Ich rufe mir diese Momente in Erinnerung. Wie die meisten anderen Mädchen hatte sie sich auf erwachsen geschminkt. Heute kann eine alte Frau, der Kosmetikindustrie sei dank, vermutlich deutlich jünger aussehen als die Teenager damals.

Die ungewohnt persönlichen Gespräche mit Wes? Natürlich musste ich dabei an Anne-Mona denken. Auch, wenn er ja nur über seine Probleme geredet hat. Assoziation nennt man das wohl. Oder konnte das der Wink mit dem Zaunpfahl gewesen sein, den Sana kürzlich erwähnt hat?

Konnte es sein, dass aus dem warmherzigen Teenager Anne-Mona die kühle Schönheit Anna geworden war? Ich versuche mir ihr Gesicht nach 40 Jahren und mit blonden Haaren vorzustellen.

Meine Erinnerungen fahren Geisterbahn. Aufgeschlagene Zeitungen schnellen aus dunklen Nischen hervor und stürzen sich auf mich. Aus weit aufgerissenen Seiten schleudern sie mir ihre Schlagzeilen und Titelbilder entgegen.

Es dauert bis ich ihn erkenne; den Zeitungsartikel über eine wilde Party. Der Text unter dem Bild, in dem Anne-Mona als Party-Luder bezeichnet wird.

Ich versuche mich zu beruhigen. Ja, einzig bemerkenswert war doch, das die Presse es geschafft hatte aus der harmlosen Party ein skandalöses Ereignis zu machen.

Ja, damals war alles quasi amtlich, was in der Zeitung stand. Wahrscheinlich war die Journalistin sogar stolz darauf, in ihrem Artikel hippe Worte wie Groupie und Luder unter die Leser gebracht zu haben.

Ich bin mir sicher, dass Anne-Mona nicht mehr getan hat als auf dem Foto zu sehen ist. Und dass meine Anne-Mona zu einer Anna geworden ist, die mich niemals wieder angelacht hat.

Eine solche Erfahrung hatte Anna sicher geprägt, vielleicht sogar traumatisiert. So sehr, dass sie gemeinsam mit Sylvia eine beinahe hysterische Diskussion um die Pressefreiheit los getreten hat?

Jetzt wird auch klar, warum Sana mich über Anna ausgefragt hat und Wes ausgerechnet mit mir diese gefühlsduseligen Themen durchkauen wollte.

Anna wusste von Anfang an, wer ich bin und hat es allen außer mir erzählt.

„Nicht die Tatsachen, sondern die Meinungen über Tatsachen beunruhigen die Menschen und bestimmen ihrer Zusammenleben." (Epiktet, † 135 n.Chr.)

Tagebuch. Am nächsten Tag stelle ich sie zur Rede. Na ja, erst mal sie mich. „Wieso warst Du gestern plötzlich weg?" „Ach, das hast Du gemerkt?"

„Du wolltest mir etwas sagen?", fragt sie so beiläufig als wäre sie nicht wirklich interessiert. Enttäuscht fällt meine Selbstkritik ein wenig kürzer und vorwurfsvoller aus als ursprünglich beabsichtigt. Sie hört mir mit unbewegter Miene zu.

Schließlich hält sie mir eine Kladde unter die Nase, die ihre besten Zeiten offensichtlich hinter sich hat. Der Deckel gewellt als wäre er in den Regen gekommen und mit einem Fön getrocknet worden.

Ich will danach greifen, doch sie zuckt zurück: „Nein, das geht Dich nichts an." Sie zieht ein vergilbtes Blatt Papier heraus und drückt es mir in die Hand. „Hier das reicht."

17.12.1979 Nie wieder Karneval. Musste Uli ausgerechnet heute gehen. Eigentlich wollte ich ihm hinterher. Aber Betty hielt mich fest. Dann war plötzlich der bekloppte Norbert da.

Hauptberuflich Sohn des Chefredakteurs oder Herausgeber des 'Norddeutschen'. Eine Regionalzeitung, die im wesentlichen über Veranstaltungen ihrer Anzeigenkunden berichtet. Den Norbert habe ich schon öfter abblitzen lassen. Einmal war Uli auch dabei gewesen und hat ihm eine geknallt. Das war, als der Typ meinen Hintern tätschelte.

Norbert hatte sich diesmal Verstärkung mitgebracht. Eine junge Journalistin mit Fotoapparat. Vermutlich sollte sie Ulis nächste Tätlichkeit auf Norbert festhalten. Es wäre ja nicht da erste Mal, dass derjenige, der Norbert das gegeben hatte, was er verdient, dies teuer bezahlen musste. Die Anwälte von Norberts Vater waren auf jeden Fall besser als „Der Norddeutsche."

Ich war zufrieden, denn es war mir gelungen Uli von Norbert fern zu halten. Sobald der auf uns zukam, zerrte ich meinen Freund jeweils ganz woanders hin.

Doch dann war Uli weg und ich von Betty abgelenkt. Und Zack. Ohne, dass ich es bemerkte hatte Norbert den Arm um mich gelegt und seine Journalistin hielt es mit ihrem Fotoapparat fest.

Na ja, nicht alles. Die Ohrfeige, die ich ihm verpasste, war wohl zu schnell gekommen.

Ich habe bis dahin nicht gewusst, wie eng die Zeitungsverlage zusammenarbeiten. Jedenfalls tauchten meine Fotos in allen möglichen Zeitungen und Zusammenhängen auf. Und Ulrich? Treu wie Gold und weitsichtig wie Hänsel und Gretel im finstern Wald fällt darauf rein.

Der Text ist zu Ende. Ich drehe das Blatt noch mal um und sehe sie erstaunt an. Ihre Schultern gehen nach oben. „Und vierzig Jahre später läufst Du mir wieder über den Weg. Du kannst Dir ja sicher vorstellen, das ich nicht gerade begeistert war. Zum Glück hast Du mich nicht erkannt."

„Und trotzdem hast Du..?", setze ich an, werde aber unterbrochen. „Das hat mit Deinen Freunden zu tun. Und, dass Du Dich wegen Sylvia so ins Zeug gelegt hast. Sana meinte nämlich, das wäre eine Art Wiedergutmachung an mir."

Ich sehe sie entgeistert an. „Ja und?" „Sie erzählte mir dann, dass Du in der ganzen Zeit, also seit vier Jahrzehnten, allein gelebt hättest. In einem Klotz von Haus, festgewachsen wie Dornröschen. Wie hat sie es ausgedrückt? 'Ritter Ulrich von Nötel' wartet auf seine Prinzessin, die ihn erlöst." Was soll ich dazu sagen? Außer: „Ganz schön albern."

Anna: „Und dann wollte Sana wissen, wie es dazu gekommen sei, dass ich einen anderen geheiratet habe." Ihre Mundwinkel nach unten gezogen. reicht sie mir ein anderes Blatt Papier. Das ist blütenweiß.

14.12.21. Mein Interesse unter Leute zu gehen, war verflogen. Und an Partys erst recht. Und so wurde ich bald nicht mal mehr eingeladen. Ich hatte also viel Zeit.

Vor lauter Langeweile besuchte ich Kurse. Abends. Viele. Und irgendwann hatte ich mein Fachabitur. Überlegte aber noch nicht ernsthaft zu studieren. Ging dann doch zur Info-Veranstaltung der Uni für Spät-Berufene. Die wurde durch einen Mentor gehalten. Der hieß Stefan Frohmann.

Vor zwanzig Jahren habe ich durch seine nüchterne Sachlichkeit meinen Frieden mit Ulrich machen können; Stefan und ich hatten nämlich einen gemeinsamen Feind, der im Laufe der Jahrzehnte mächtiger und dreister wurde. Wie hatte Stefan es auf den Punkt gebracht? "Wenn Jesus heute auf die Erde käme, würde er nicht mehr von den Pharisäern gekreuzigt. Das würden jetzt ihre geistigen Nachfahren erledigen, die in den Medienanstalten ein neues zu Hause gefunden haben.

Und plötzlich taucht er auf. Nach 40 Jahren! Mein Ulrich! Mein persönlicher Pharisäer und interessiert sich dafür, wie meine junge Freundin Sylvia ums Leben kam?

Ich habe ihn sofort erkannt und von Anfang an darauf geachtet, dass er mich nur von der Seite sieht und kaum mal mein Gesicht. Angeblich heißt das Gesicht ja so, weil man es sehen muss, um jemanden zu erkennen.

Na ja, es hat geklappt, vielleicht auch weil ich so blond geworden bin und kaum ein Wort mit ihm gewechselt habe. Nein. Noch mal wollte ich nicht verstümmelt werden, um in die Schublade eines Moralapostels zu passen.

Okay, ich habe ihm das leichtlebige Flittchen vorgespielt. Meine kleine Rache, die mir nur anfangs Spaß gemacht hat, denn diesmal wurde ich Ulrich nicht los.

Sogar Sana setzte sich für ihn ein. "Klar ist er ein Pharisäer, aber ein Heuchler ist er nicht. Er ist eher ein alttestamentarisch 'Abgesonderter' und in seiner eigenen Zeit gefangen.

Epilog

Panorama. Peter Merseburger ist gestorben. Und Panorama, das kritische Magazin ist 60 Jahre alt geworden. Ein Interview mit Merseburger. Den konnte ich damals nicht leiden.

Und jetzt? Der alte Mann, über 90 Jahre alt, beeindruckt mich. Er spricht ruhig, sorgsam formuliert, über seine lange zurückliegende Fehde mit einem sehr reichen Spekulanten, der eine Hetzkampagne gegen ihn und sein Magazin gestartet hat. Und auf gerichtlichem Wege versucht ihm die Kosten für die Anzeigenschaltung von 200.000 DM aufzubürden. Hat nicht geklappt. Aber, das habe ich nicht so ganz verstanden; er sollte ein Schmerzensgeld bezahlen. Keine Ahnung, wofür. Nur, dass der damalige Chef der CSU, Franz Josef Strauß, dafür sorgen wollte, dass Merseburger persönlich zahlen müsste?

Ich weiß nicht wie das ausgegangen ist. Doch Merseburgers Sorge, dass kaum ein Journalist es noch wagen würde sich mit den Mächtigen anzulegen, hat sich als aus heutiger Sicht als unberechtigt herausgestellt.

Oder doch nicht? Panorama und andere sind durchaus kritisch geblieben. Aber wer sieht die heute noch? Wir haben nicht mehr nur 2 Programme sondern Dutzende.

In den meisten Sendungen wird über sogenannte Skandale berichtet, aufgeregt und laut. Eigentlich Kleinigkeiten. Eine blöde Formulierung, ein Lachen im falschen Moment oder so aber kaum etwas über die Maskendeals einiger Abgeordneter. Warum werden statt dessen substanzlose Popanze aufgebaut gegen die niemand klagen kann. Und am härtesten werden die angegangen, die sich nicht wehren können.

Hmh? Von etwas ähnlichem, wie es Merseburger widerfahren ist habe ich in den letzten Jahrzehnten zumindest im Fernsehen nichts mehr gehört. Dabei treten die Journalisten und Moderatoren doch viel selbstbewusster, um nicht zu sagen, unverschämter auf.

Heute formuliert ein Moderator seine eigene Meinung lang und breit als Frage, steckt dabei möglichst viele bösartige Unterstellungen hinein und lässt eigentlich keine Antwort zu. Dem interviewten Politiker wird mit der Bitte um eine kurze Antwort eine Stellungnahme und jeder Versuch zu antworten verwehrt, auch in dem der Moderator ihn ständig unterbricht um seine eigene Meinung zu wiederholen.

Offenbar geht es nicht um eine Antwort oder Informationen zu bekommen. Steht die Selbstdarstellung des Moderators im Vordergrund? Hält er es nicht mal eine Minute aus, das der Politiker redet und nicht er selbst im Bild erscheint?

Das Interview mit dem alten Merseburger hat mir gezeigt, wie es einmal war. Hart in der Sache und ruhig im Ton. Die Fragen waren kurz und sachlich, der Journalist blieb im Hintergrund und wartete interessiert auf die Antwort und ließ auch die Zeit dafür.

Und Merseburger, der alte Journalist und Moderator tat etwas, was keiner seiner heutigen Kollegen wohl jemals fertig bringen würde. Er äußerte seine Kritik nicht nur unaufgeregt und sachlich, nein er übte in gleichem Maße Selbstkritik.

Dass man sich in Rolle drängen ließ, die von einem erwartet würde; nämlich bissig zu kritisieren, auch wenn es nicht sachdienlich wäre. Das habe er am Ende für sich selbst zu sehr empfunden. Deshalb habe er aufgehört und wieder als freier Journalist gearbeitet.

Frage des (unsichtbaren) Interviewers an ihn (wohl in Bezug auf Panorama): „Was ist aus ihrer Sicht das wichtigste Verdienst?"

Peter Merseburger, bedächtig: „Ich glaube, wir haben dazu beigetragen, das Konflikte offener und toleranter ausgetragen werden; unser Grundeinsatz oder Grundtendenz ist ja doch ein aufklärerisch, antiautoritär gerichtetes Denken zu stützen und Obrigkeitsdenken, dass doch zu unserer Zeit in vielen deutschen Köpfen steckte abzubauen und zu bekämpfen."

Zögernd, beinahe unsicher schiebt er nach: „Und damit haben wir vielleicht doch einiges geholfen zu erreichen."

Nächste Frage des Interviewers: „Sie haben damals einige Tabus gebrochen. Gibt es denn heutzutage überhaupt noch solche Tabus?"

Merseburger überlegt angestrengt lange und seufzt schwer: „Manchmal habe ich den Eindruck; das Fernsehen, das wir heute haben, ist ein bisschen kurzatmig im Aktuellen und maimstreamig. Und da glaube ich schon, dass es Tabubrüche gibt oder Tabus, die man aber abschaffen sollte."

Er nennt beispielhaft zwei Personen, die seines Erachtens zu Unrecht in die rechte Ecke gestellt wurden, weil sie nicht ganz mainstreamig waren.

Seines Erachtens würden Leute mit einer anderen Meinung heute zu schnell abgeurteilt. „Die Erben der 68er....haben eins verlernt; richtig tolerant zu sein."

Erkenntnis. Ich habe mir bisher nie Gedanken darüber gemacht warum ich seit Jahrzehnten kaum noch politische Shows, Magazine und Nachrichten angeschaut habe.

Jetzt ahne ich, warum ich mir das nicht mehr angetan habe. Die Selbstbeweihräucherung der öffentlich-rechtlichen Chef-Moderatoren, die in ihren Sendungen wie absolutistische Herrscher Hof halten fand ich zunächst ja unterhaltsam. Einen Minister abgekanzelt zu sehen wie einen Schuljungen ist ja ein-, zweimal ganz witzig, mir auf die Dauer aber zu blöd.

Auf die Privatsender auszuweichen hat nur kurz etwas gebracht. Politisch kein bisschen besser, eher einseitiger und platter, dafür aber noch mehr Starkult und kindische Shows als in ARD und ZDF.

Am meisten stört hat mich das Menschenbild, das dort gepflegt wird. Geld und Aussehen sind alles, der Mensch ist nichts. Sendungen German next Top Modell oder der Bachelor wirken auf mich wie Einführungskurse für den Nachwuchs im Rotlichtmilieu.

Okay. Aber ARD und ZDF sind auch nicht viel besser. So wie man da mit Andersdenkenden umgeht, ist eine Sauerei. Da hat Merseburger schon recht.

Aber warum? Ist ihnen die Spaltung der Gesellschaft wirklich egal? Zählt für die nur, was Fußballprofis, Topmanager und andere Stars oder Alu-Hut tragende Querdenker von sich geben?

Die jungen Leute, die mit dem ganzen Medienkleister groß geworden sind, schauen sich die öffentlich-rechtlichen gar nicht mehr an. Zum Glück sind sie nicht mehr so anfällig wie meine Generation. Ich bin einfach nur wütend und frustriert über die selbstgefällige, falsche Toleranz der Moderatoren- und Nachrichtengötter und wegen der fehlenden oder nur einseitigen Informationen, die uns am Denken hindern.

Konjunktiv. Kurz gesagt, kann ich Annas kritische Sicht auf die Medien inzwischen nachvollziehen und verstehe, dass sie mich derart ignoriert hat. Das sage ich auch.

Sie verzieht säuerlich den Mund. „So so. Ich habe Dich also nicht beachtet?" Meine Schultern gehen hoch. „So sah es für mich aus."

„Na gut, dann weißt Du ja, wie sich das anfühlt." „Und ob. Tut mir leid."

„Schon okay. Ohne das wären wir jetzt ein altes Ehepaar, hätten erwachsene Kinder und auch schon Enkel", sagt sie leichthin.

„Wäre doch gar nicht schlecht." Ich meine es ernst. Sie lacht: „Wie hättest Du unsere Kinder denn genannt?" „Daniel und Stefan." Sie nimmt mich nicht ernst. „Und wenn es Mädchen wären?" „Wären es nicht", bleibe ich stur.

„Und wo würden wir wohnen? Vielleicht in einem großen Haus mit Garten", fragt sie belustigt, als wäre das Ganze nur ein Spiel.

Nicht mit mir: „Ich habe es gekauft. Es hat Dir ja so gut gefallen."

Sie sieht mich an als hätte ich meinen Verstand verloren. „Du hast das gekauft, weil es mir gefallen hat?"

„Na ja, erst zehn Jahre später hatte ich das Geld dafür", erkläre ich wahrheitsgemäß.

„Dann säßen wir jetzt auf unserer Terrasse und würden in den Garten schauen", spottet sie und schiebt hinterher: „Andererseits hätten wir von Sylvias Geschichte nicht mal was gehört."

„Das wäre natürlich schade. Ehrlich, ich habe Dich wirklich nicht erkannt. Ich hatte auf Dich nur von Anfang an die gleiche Wut wie zuletzt auf Anne-Mona."

Was rede ich da eigentlich? Okay. Kommando zurück: „Kein Wunder, wie Du mich behandelt hast."

Ihre Mundwinkel zucken. „Ach, Ulrich, die dummen Gefühle. Weißt Du, dass sie nichts anderes als Instinkte sind?"

Hmh? Zum Glück hat Sana mich vorgewarnt, dass so etwas kommen könnte. Ich habe mich ein wenig vorbereitet. Nach dem Motto: Wissen ist Macht, die in den Büchern steht. Hoffentlich habe ich das alles richtig verstanden.

Ich versuche es: „Instinkte gehen nicht über unseren eigenen Körper hinaus. Gefühle sind Emotionen, die uns bewusst geworden sind? Als die Emotionen entstanden ging es ums nackte überleben und ums Lustprinzip, damit man sich fortpflanzen kann."

Sie grinst: „Dafür ist es jetzt wohl zu spät. Aber es gilt ja auch für die Politik?" „Wie meinst Du das denn?", frage ich irritiert.

Sie neigt den Kopf zur Seite. „Na ja. Ohne eine instinktive oder intuitive Zuordnung in schwarz oder weiß würden die Wähler doch die Medien-Berichte und Fakes hinterfragen."

Das schon wieder. Hmh? Erst gestern habe ich das gelesen, weiß aber selbst noch nicht, was davon zu halten ist. Jedenfalls ein ziemlicher Klopper.

Egal. Ich haue es raus: „In der heutigen Zeit sind unsere Emotionen sowieso nur noch ein genetisch bedingter Defekt." Das Fragezeichen in ihrem Gesicht ist nicht zu übersehen.

Hmh? Wie hat der Verfasser des Artikels sich erklärt? Ach ja: „Was vor Jahrtausenden einmal der Lebens- und Arterhaltung dienen mochte, sorgt jetzt für den Übergang ins postfaktische Zeitalter und für das Ende der Demokratie." Sie sieht mich mit großen Augen an. Erschreckt?

„Ich bin ja ganz froh, dass ich es nicht so mit den Gefühlen habe", beruhige ich sie.

Mit versteinerter Miene kneift sie ihre Augen zu und steht auf. Was ist denn jetzt los? Will sie gehen? Bloß weil ich die Nachrichten aus den Medien kritischer hinterfragen will, um Fakes und Meinungsmache zu erkennen?

Sie dreht mir den Rücken zu und greift nach ihrer Handtasche. Mein Kopf ist jetzt eine leere Tiefgarage; alle Gedanken sind mit quietschende Reifen verschwunden. Das einzige mir noch einfällt spreche ich aus. „Das Positive an den Gefühlen ist, das ich sie für Dich habe."

Zögernd setzt sie sich wieder hin und zieht eine Grimasse: „Das ist die mit Abstand blödeste Liebeserklärung, die ich jemals gehört habe."

Sie klatscht ihre Handtasche auf den Tisch und sieht sie vorwurfsvoll an. Die Falten auf ihrer Stirn scheinen ins Grübeln zu kommen. Sie öffnet den Mund, sagt aber nichts und schließt ihn wieder. Das wiederholt sich noch zweimal.

Es dauert bis sich schließlich ihre Miene erhellt. Sie lächelt mich an: „Na gut. Ich will mal nicht so sein. Unser Haus ist ja okay, aber das Wohnzimmer? Wann ist eigentlich wieder mal Sperrmüll?"

Ende